新神话学入门

[日]山田仁史 著

王靖宇 译 张 多 校译

学苑出版社

图书在版编目（CIP）数据

新神话学入门 /（日）山田仁史著；王靖宇译；张多校译 —
北京：学苑出版社，2022.7
　ISBN 978-7-5077-6472-7

Ⅰ. ①新… Ⅱ. ①山… ②王… Ⅲ. ①神话—研究
Ⅳ. ① B932

中国版本图书馆 CIP 数据核字 (2022) 第 140559 号

SHIN SHINWAGAKU NYUMON
Copyright © 2017 Hitoshi Yamada
Chinese translation rights in simplified characters arranged with Asakura Publishing Company, Ltd. through
Japan UNI Agency, Inc., Tokyo
著作权合同登记号：01-2020-6978

责任编辑：	陈　佳
特约编辑：	史　亦
封面设计：	齐立娟
内文制作：	罗家洋
出版发行：	学苑出版社
社　　址：	北京市丰台区南方庄 2 号院 1 号楼
邮政编码：	100079
网　　址：	www.book001.com
电子邮箱：	xueyuanpress@163.com
联系电话：	010-67601101（营销部）、010-67603091（总编室）
印　刷　厂：	鸿博昊天科技有限公司
开本尺寸：	880 mm×1230mm　1/32
印　　张：	9.75
字　　数：	244 千字
版　　次：	2022 年 12 月第 1 版
印　　次：	2022 年 12 月第 1 次印刷
定　　价：	78.00 元

本书插图系原书插图。审图号：GS 京（2022）1113 号

目录

中文版序言　山田仁史先生及其神话研究　　　　　　　　1

序章　作为精神史的神话与神话学　　　　　　　　　　9

第一章　以《圣经》为前提　　　　　　　　　　　　　18
　　　　——犹太教/基督教世界

第二章　古典时代的遗产　　　　　　　　　　　　　　35
　　　　——希腊与罗马

第三章　与新世界的相遇　　　　　　　　　　　　　　60
　　　　——南美北美大陆

第四章　《埃达》与《莪相》的冲击　　　　　　　　　79
　　　　——日耳曼人与凯尔特人

第五章　从比较语言学到宗教学、神话学　　　　　　　109
　　　　——波斯与印度

第六章　罗塞塔石碑与《吉尔伽美什》　　　　　　　　129
　　　　——埃及与美索不达米亚

第七章　南太平洋的魅惑　　　　　　　　　　　145
　　　　　——大洋洲

第八章　被翻译的日本、琉球、阿伊努神话　　168

第九章　与新大陆的重逢　　　　　　　　　　194
　　　　　——玛雅、阿兹特克和印加

第十章　拜物教与萨满　　　　　　　　　　　214
　　　　　——非洲与欧亚北部

第十一章　传教与民族志　　　　　　　　　　243
　　　　　——东南亚

第十二章　从中国学到东亚学　　　　　　　　267
　　　　　——中国与朝鲜半岛

终章　现代神话与神话学　　　　　　　　　　287

后　记　　　　　　　　　　　　　　　　　　293

人名索引　　　　　　　　　　　　　　　　　297

译后记　　　　　　　　　　　　　　　　　　305

中文版序言
山田仁史先生及其神话研究

在当今日本神话学界活跃的中青年学者中，山田仁史先生算与我交往较多的一位，大约是因为我们两人都主攻神话学，而且彼此的导师——我的博士导师钟敬文先生与山田的老师大林太良先生——也颇有交谊吧。山田先生比我小几岁，是一位"70后"，在我的印象里他总是充满对学术的不竭热忱，同时又温和谦逊，说话时还略带一丝羞涩，我当然觉得他属于更年轻的一辈。万万没想到的是，2021年1月15日，竟从日本传来了他猝然离世的消息。这消息在我心中激起极大的悲痛，我痛惜世间一位优秀神话学者的逝去，也在这新冠疫情肆虐全球的日子里更感生命的无常与可贵。因此，当前不久张多博士联系我，说王靖宇和他翻译并校对的山田仁史先生的近著《新神话学入门》即将由学苑出版社出版，希望我能写几句话作为译序的时候，我立刻答应下来，觉得自己有责任通过这篇序文，表达对山田先生的诚挚悼念，也向读者约略介绍一下我所认识的作者及其神话研究状貌，希望对各位了解这位优秀的神话学者以及经由他的杰出工作所呈现出的引人入胜的神话世界有所裨益。

日本神话学有着悠久的历史，成果丰硕，而且与中国学界往来频繁，相互之间影响很深（关于这一点，需有专文做细致梳理，这里暂且不论）。事实上，汉语中的"神话"一词，便是19世纪末至20世纪初叶，由孙福宝、章太炎、梁启超等人先后从日文翻译而来，当时的留日学生如蒋观云、鲁迅、周作人等，都不同程度地受到日本神话学的影响，他们以神话研究作为开启国民心智、追溯文明史流变的重要途径，由此揭开了中国现代神话学和民间文艺学的序幕。¹ 而日本的神话学者，也多深受中国传统文化和治学方法的影响，许多人——例如我了解稍多的小南一郎、伊藤清司、王孝廉、金绳初美等，都曾多次访问中国甚至在中国进行长期的田野调查。钟敬文先生曾于 1930 年代初期赴日本求学，他的学术思想和治学风格也受到日本学术的深刻影响，² 这在他对我的培养中也有鲜明体现。1994 年春夏，我在博士学位论文答辩之前，遵钟先生的吩咐，分别给日本神话学界的泰斗大林太良和伊藤清司两先生各寄一册论文以恳请指教，还特别邀请在日本长期工作的神话学家王孝廉先生担任校外评议专家。三位先生随后寄来的切中肯綮的评论意见我一直珍藏至今。1996 年，我在北师大正式留校工作，遵照钟老安排，开讲的第一门课程便是"神话学"。当时可资参照的教材比较匮乏，钟先生为帮助我，把自己手边的一本大林太良先生著、林相泰和贾福水二先生翻译的《神话学入门》赠我，这本书从此成为我讲授和研究神话学的重要入门典籍之一，并在随后的 20 多年间一直是该门课程的必读书目。

山田仁史先生是大林太良晚年的学生，³ 生前为日本东北大学大学院文学研究科宗教学研究室副教授，研究领域为民俗学、宗教学、神话学和文化人类学。从张多和王靖宇提供的更全面的简历看，山田先生一生著有《猎头宗教的民族志》(2015)、《喜食异物：

---

1 刘锡诚：《二十世纪中国民间文学学术史》，中国文联出版社，2014 年，第 17—77 页；谭佳：《神话与古史：中国现代学术的建构与认同》，社会科学文献出版社，2016 年，第 49—53 页。
2 参见拙文《历史关怀与实证研究——钟敬文民间文艺学思想研究之二》，《北京师范大学学报》(社会科学版) 1999 年第 6 期。
3 关于山田仁史与大林太良先生的关系，他本人在本书"后记"中有较详细的说明，可参阅。

狗、土壤与人类食物信仰》（2017）等30多部图书（包括合著和参撰），另发表《从南岛语系角度看出云神话》（2013）、《羽衣传说中民族研究与文学的连接点》（2016）、《负的文化渊源？——文字丧失的神话》（2017）等80余篇文章。如此丰硕的成果充分显示出山田先生作为一位优秀学者的勤勉与精进。

我曾在《21世纪外国神话学的研究趋向》[1]一文中，扼要介绍过山田先生的神话研究。山田曾在德国慕尼黑大学学习民族学，其治学背景与深受德语圈民族学影响的大林先生有一定程度上的重叠，[2]其治学方法也颇得乃师真传：常用民族学的方法来研究神话。2009年，他在台湾中兴大学召开的"新世纪神话研究之反思"学术研讨会上发表的论文《台湾原住民有关星辰的观念与神话》[3]，便颇能反映这一研究特点。该文采用了"宗教民族学的角度"，具体地说，该视角探讨的是"与人们的生活与生产密切相关的对于天体的认识，是如何反应到星辰神话中去的"[4]。作者最终得出的结论朴实而谨严：1.台湾"原住民"的星辰观念和神话总体上非常少，这一点与大林太良以往指出的几个因素或其共同作用有关；2.某种人（特别是不幸的人）升天而变成星星的故事较多；3.很多星辰神话与"原住民"的生活和生产密切相关，比如农耕历法、狩猎、渔业等。[5]该文选材审慎，分析细密，推理严谨，颇有乃师大林先生之风。

2011年，山田先生应我之邀，参加了由孙正国教授组织的《长

---

[1] 杨利慧：《21世纪外国神话学的研究趋向》，《文化遗产》2013年第3期。

[2] 山田仁史：《大林太良与日本神话学》，王立雪译，《长江大学学报》（社会科学版）2011年第9期。

[3] 此处"原住民"指的是中国台湾地区的高山族。

[4] 山田仁史：《台湾原住民有关星辰的观念与神话》，载陈器文主编：《新世纪神话研究之反思》，《兴大中文学报》第27期增刊，中兴大学中国文学系出版，2010年，第474页。

[5] 同上书，第488页。

江大学学报》专栏《神话与神话学：教材建设与学科发展笔谈》，就拙著《神话与神话学》发表了评论文章《大林太良与日本神话学》，中肯地补充了拙著中所未提及的有关大林先生及其《神话学入门》一书背后的学术背景，以及当代日本神话学的现状。他在文章的结尾特别指出：目前中日两国在神话学领域的交流现状令人遗憾，特别是中国神话学的成就在日本的普及情况不容乐观，希望随着日中两国学术界交流的增多，这种基础信息的缺失和交流上的障碍可以逐渐得以解决。[1] 与这一倡导相应，此后他似乎更注意向日本学界传递中国神话学的成果，从而为当代中国神话学在日本的传播交流做出了贡献。

2018年6月，承山田先生青睐，邀我参加由日本东北大学组织召开的"自然灾害与宗教/神话工作坊"（Workshop on Natural Disaster and Religion/Mythology），并做主旨演讲，会后还亲自将我的文稿《世界的毁灭与重生：中国神话中的自然灾害》译为日文，发表在《东北宗教学》15号（2019年）上。我也觉得工作坊所关注的有关神话与灾害的主题十分重要，便在《民俗研究》2018年第6期上组织了一期专栏，其中就包括山田先生的大作《蟹与蛇——日本、东南亚和东亚之洪水和地震的神话与传说》。该文以日本东北部与自然灾害相关的神话和传说为考察对象，将其与东南亚和东亚的神话传说进行比较，探索这些神话传说是否反映了前人想要将实际的灾害体验和紧急情况下的对策和心得传达给子孙后代的愿望的可能性。文章的风格一如既往：资料翔实，分析细腻，结论具体而严谨。

除上述研究成果外，山田先生还活跃在一些学术团体里，并在其中担任重要工作，这表明他既是一位成就卓著的优秀学者，还是

---

[1] 山田仁史：《大林太良与日本神话学》，王立雪译，《长江大学学报》（社会科学版）2011年第9期。

一位具有国际声誉和开阔视野的学界领袖。例如他积极参加"比较神话学研究会"的诸多活动，该研究会每年举办两次专题讨论会，与会研究人员来自文学、文献学、民族学、人类学等多个领域。另外他和同人还共同发起成立了"环太平洋神话研究会"，该会将环太平洋地区作为研究的重心，不定期地召开专题讨论会。

这本2017年在日本出版的《新神话学入门》，与上述论文既有风格上的一致性，例如十分注重所引资料的可靠性、推论谨慎、有很强分寸感等，同时又有诸多不同。具体地说，该书具有如下几个显著特点：

第一，一个人眼中的世界神话。前文曾述及，此书为山田先生向恩师大林太良及其所著《神话学入门》的致敬之作，但它与《神话学入门》存在着较明显的差异，用作者自己的话来说，即本书是"以一个人的视角，来统一描述全世界的神话"，是"以自己头脑中形成的西洋文化史为坐标轴，结合民族学与神话学的形式来写本书"（参见本书"后记"）。的确，本书是山田先生在多年研究神话的基础上，重新描绘出的一个广袤的神话世界。尽管限于篇幅，文字不免精简凝练，细节无法详尽展开，但总体上依然纵横捭阖，广泛展现了各个大洲包括犹太教/基督教、希腊与罗马、日耳曼与凯尔特、波斯与印度、埃及与美索不达米亚、日本与中国等众多文明和国度的神话。我觉得，如果说大林先生的《神话学入门》扼要地勾勒和构建了他心中的神话学学科的框架，是"一个人眼中的神话学学科"，那么本书则更注重呈现经过作者精心选择的、源远流长而又多姿多彩的各国神话，是"一个人眼中的世界神话"。本书立意高远，风格宏阔，引证丰富，在介绍各地神话时虽言简意赅，但常切中要害（例如在论及中国神话时提及的现代神话研究发端的时代背景、古典神话记录的特点，以及在民族和南北地域上存在的差异等，均抓住了中国神话和神话学的一些重要特点），彰显出山田先生作为当代日本中青年神话学者中领军人物之一的卓越见解与才情。

第二,"精神史"角度的神话展现。本书总体上是对世界各国神话传说的介绍和展示,然而,这些介绍和展示并非是简单地重述各国神话故事,即并非聚焦于神话文本,而是"尝试站在某种意义上的欧洲知识分子精神史的立场,在特别重视与其他文化交流的同时,再次摸索神话学的发展历程"(《序章》),作者之所以这样看重"精神史",用他自己的话来说,是"随着我对关于神话的研究不断深入,我越来越在意神话的文本以及围绕它的文脉。神话究竟是在什么样的情况下产生,之后又是如何被讲述、记录或者翻译后流传给今天的我们的呢?"带着注重"神话的文本以及围绕它的文脉"这样更深刻的、充满新世纪问题意识的理论视角,重新去看待古老的神话传统,他便有了不一样的发现:

> 这样一来,静态地描述"某某神话就是什么",已无法令我满足。如果动态来看的话,这段悠长学术史呈现的是,一批拥有古希腊罗马时代《圣经》知识背景的知识分子,看到某一段新发现的其他民族的神话资料,他们从原文出发进行翻译并不断比较。神话的文本本身固然重要,然而如果不能把握神话的文脉,我想也就没法真正地理解神话。(《序章》)

从揭示神话背后的"精神史"和"文脉"的目的出发,作者在书中不仅展现了各国和不同文明里那些经典的神话和传说、故事文本,同时还揭示了形塑这些文本"何以如此"的多重语境和流播至今的历史过程,特别是"欧洲思想史中人们对异文化,特别是对神话的看法"(《后记》)。例如作者指出,《圣经·旧约·创世记》里之所以会出现看似矛盾的两个不同的人类起源神话以及诺亚方舟的神话,与《圣经》经历的长时间的汇编过程相关:这些汇编前的文本都是各自特定的圈子内长期传承下来的，并且《创世记》的开篇是根据两个系统的资料编辑而成的（参见第一章）。毫无疑问，在呈现神话文本的同时更揭示其背后的文脉，这使本书具有了很强的学理性，从而在众多的世界神话汇编类书籍中显得卓尔不群。

第三，大家写的小书。我曾在拙著《神话与神话学》（北京师范大学出版社，2009年）的《后记》里简要地谈到大林太良先生的《神话学入门》，认为该书"是所谓'大家写的小书'，体系分明，论述精辟，言简意赅，文字富于韵味"。我觉得山田先生此书也具有"大家写的小书"的特点：作者以自己多年研究神话的心得为基础，将经典的神话故事文本与知识界的行为和思想相结合，夹叙夹议，风格深入浅出，常于字里行间提出有趣的问题，然后娓娓道来做出回答……这使本书具有很强的可读性，适合对神话感兴趣的各层次读者阅读。

山田先生生前，我曾多次邀请他来中国讲学，却总因故未能成行，这也成为我的一大遗憾。不过，无论怎样，我们每个个体的生命终归是天空中一闪而过的流星，而神话和神话学则是那浩瀚无垠的星空，将与人类永相伴随。山田先生在本书的末尾处所写的一段话十分精彩，我想在此引用作为这篇序言的结束，以示我的深深共鸣：

> 只要人类还存在于这个世界上，神话就会继续被阅读和讲述。并且我相信，投入到"神话学"这门研究神话的学科的人才也将不断出现。

最后，感谢王靖宇和张多克服种种困难将本书译为中文出版。几年前，我曾得山田先生寄赠的一册日文书，可惜我不懂日语，无法窥其堂奥。如今看到这部中译本，终于得以了解山田先生的诸多深刻见解。此译本为中国学界和广大读者透过一位优秀日本神话学者的眼睛，去认识一个不一样的神话世界提供了桥梁，并为推动当代中日神话学界的交流做出了切实的贡献。我想，山田先生泉下有知，见到这部中译本的出版，一定会十分欣慰。

杨利慧

2022 年 6 月 23 日于北京师范大学

序章
作为精神史[1]的神话与神话学

本书将围绕神话与神话学展开论述。它们具体是指什么呢?日语中的"神话"可能会让人认为是"神的话"。然而如之后将在第八章所说的,这个词是在日本明治时代作为翻译词语创造的。那么,这个词原本的意思是什么呢?

"神话"一词原本在英语中是"myth",在德语中是"Mythos",在法语中是"mythe",它们都起源于希腊语的"μύθος"。让我们引用《希腊语英语词典》来对它进行说明:

1. 通过口语传达的事情,言语,谈话。与"ἔργον"[2]相对,即不伴随行为的单纯的言词。
2. 谈话、会话,或者是会话的主题,抑或是话题本身。
3. 忠告、命令、指令。
4. 目的、意图、计划。
5-1 传说、故事。后来,"μύθος"成为与历史叙事形成对照的、富有诗意和传说性的故事。

---

1 精神史是日本学术界较为专门的一个领域,其与思想史有重合,但又不完全一样,精神史更偏重观念的生成、知识的生产以及文化精神的流布。——译者注(以下未做说明的皆为原书注)
2 "ἔργον",希腊语词,意为工作、产物、产品,引申为功能、活动、生产过程、行为。该词对应英语的ergon德语的werk。——译者注

5-2 传说、故事、寓言。比如《伊索寓言》。[1]

这样一看,"μύθος"原本仅仅指的是"语言",之后它的意思慢慢地收窄为我们今天所使用的那样,即富有诗意和传说性的故事。

那么"神话"与其他类型的语言究竟存在什么样的差异呢?比如,除了神话以外还有传说(英语中的 legend,德语中的 Sage,法语中的 légende)和民间故事(英语中的 folktale,德语中的 Märchen,法语中的 conte populaire)等,它们之间有何不同呢?

我们来举个例子吧!比如《旧约圣经》的《创世记》中记录了一段神话,大意是:神一开始创造了天和地,之后创造出植物和动物,之后创造出人类的男性亚当和女性夏娃。之后的发展是,一场大洪水袭来,有一个叫作诺亚的人乘坐方舟逃出此劫。

再来看传说。比如威尔士地区的亚瑟王传说、德国人理查德·瓦格纳的著名歌剧《尼伯龙根的指环》中的齐格飞传说,还有在日本多地传颂的关于弘法大师所种的树和休息过的地方的传说,在日本东北流传的慈觉大师、坂上田村麻吕、源义经等的传说。

最后说说民间故事,可以举出《桃太郎驱鬼》和《格林童话》中的《小红帽》等各种各样的故事。那么,让我们来比较一下它们之间有何不同。先从民间故事说起。首先请回忆一下《桃太郎》的故事是如何开始的。具体内容是这样的:"很久很久以前,在某个地方生活着一位老爷爷和一位老奶奶。有一天老爷爷进山去砍柴,老奶奶去河边洗衣服。当老太太到了河边开始洗衣服时,有一个很大的桃子一沉一浮地漂了过来……"

---

[1] Liddell, Henry George & Robert Scott (eds.) 1871. *A Lexicon abridged from Liddell and Scott's Greek-English Lexicon*: 454. Oxford: Clarendon.

这里需要注意的是，故事中提到"很久很久以前"，但并没有特别指定是什么时候的事情。而且故事中出现的人物也只提到老爷爷、老太太，并没有说明他们是什么地方的什么人物。民间故事就是常常模糊时间与地点。因此它的特点就是，不论哪里的人们听了都大概能理解，并能觉得有趣。

与之相比，传说就有些不同了，里面的人物如亚瑟王、齐格飞、弘法大师等等有明确的名字，并且承载传说场景的地点也是特别指定的；而且，弘法大师坐过的岩石和种过的树等，有的现在依然留存着。因此，传说常常强调其内容是历史真实发生过的事，所以当中会出现专有名词。

那么神话又有何特点呢？它往往以"很久以前的过去时代"为语境，并说明我们现在所生活世界的起源经过。如《旧约圣经》中写的天地、动植物以及人类是如何诞生的。

下面我将引用美国人威廉·巴斯科姆（William Bascom）的一张表（表1）来说明神话、传说以及民间故事间的差异，也可用来区别这三个概念在学术应用中的不同场合。

在这个表中，人们将"神话"作为有"事实"的故事信仰至今。对于生活在如今科学进步时代的我们来说，神话看上去仅仅只是想象出来的幻想故事，但可以说人类的祖先在各地发挥各种想象，一开始对子孙们口头传述的就是神话，并且研究神话的学问称作"神话学（mythology）"。然而我刚才列举的三个叙事文类也常常存在难以区分的情况，并且由于存在很多跨文类的共通题材，因此本书将讨论范围从单纯的神话扩大到传说与民间故事。

随着我对神话的研究不断深入，我越来越在意神话的文本以及围绕它的文脉。神话究竟是在什么样的情况下产生，之后又是如何被讲述、记录或者翻译后流传给今天的我们的呢？

表1　散文体口承文艺[1]的三种形态[2]

形态	信实性	时间	地点	态度	主要角色
神话	事实	遥远的过去	不同的世界：其他的或很早的	神圣的	非人类
传说	事实	不久的过去	今天的世界	世俗的或神圣的	人类
民间故事	虚构	任意时间	任意地点	世俗的	人类或非人类

比如日耳曼（北欧）神话在北欧被人们吟诵，但随着基督教的传播，它曾面临被当作异教而流失的危机，好不容易才被人们记录下来，在经历长期的休眠后被人们"再次发现"（详见第四章）。此外，在大洋洲和东南亚那些没有文字的社会里，当地通过口头流传的神话，大部分是被传教士、殖民地行政官员及探险家等人首次记录下来的（参见第七章及第十一章）。

这样的事例渐渐进入我的视野，这样一来，静态地描述"某某神话就是什么"，已无法令我满足。如果动态来看的话，这段悠长学术史呈现的是，一批拥有古希腊罗马时代《圣经》知识背景的知识分子，看到某一段新发现的其他民族的神话资料，他们从原文出发进行翻译并不断比较。神话的文本本身固然重要，然而如果不能把握神话的文脉，我想也就没法真正地理解神话。

1　此处采纳朝戈金依据英文原文的译法，见阿兰·邓迪斯编：《西方神话学读本》，朝戈金等译，桂林：广西师范大学出版社，2006年，第11页。——译者注

2　Bascom, William. 1984. The Forms of Folklore: Prose Narratives. *In*: Dundes, Alan（ed.）, *Sacred Narrative: Readings in the Theory of Myth*: 5-29. Berkeley: University of California Press.

本书将尝试站在某种意义上的欧洲知识分子精神史的立场，在特别重视与其他文化交流的同时，再次摸索神话学的发展历程。我将近代欧洲人接触过的异国文化按照从早到晚的时间顺序分为十二章进行论述。这样排序只是权宜之计，我想通过这种编排，请读者感受那些大大动摇了各个时代精神的外部刺激，以及神话在当中发挥的作用。

参考文献

【1】本书的总体参考文献

1. 大林太良／伊藤清司／吉田敦彦／松村一男（編）2012『世界神話事典』全2冊（角川ソフィア文庫）角川書店.

2. 大林太良 1966『神話学入門』（中公新書；96）中央公論社.

3. シュール，P=M/F・L・アトリー/J・セズネック/F・ハード/M・エリアーデ 1987『神話の系譜学』（叢書ヒストリー・オヴ・アイディアズ；13）野町啓／松村一男／高田勇／加藤光也／久米博（訳）平凡社.

4. de Vries, Jan. 1961. *Forschungsgeschichte der Mythologie*. Freiburg: Verlag Karl Alber.

【2】百科辞典和工具书

1. 篠田知和基／丸山顯德（編）2016『世界神話伝説大事典』勉誠出版.

2. 松村一男／平藤喜久子／山田仁史（編）2013『神の文化史事典』白水社.

3. ボンヌフォワ，イヴ（編）2001『世界神話大事典』金光仁三郎（主幹）大修館書店.

4. 稲田浩二ほか（編）1994『日本昔話事典』縮刷版，弘文堂.

5. Schmalzriedt, Egidius & Hans Wilhelm Haussig（Hrsg.）1965–. *Wörterbuch der Mythologie*. Stuttgart: Klett.（Abt. 1: Die alten

Kulturvölker, Bd . 1: *Götter und Mythen im vorderen Orient-*; Bd. 2: *Götter und Mythen im alten Europa-*, Bd. 4: *Götter und Mythen der kaukasischen und iranischen Völker-*, Bd. 5: *Götter und Mythen des indischen Subkontinents-*, Bd. 6: *Götter und Mythen Ostasiens-*, Bd. 7: *Götter und Mythen in Zentralasien und Nordeurasien*, 未完结）

6. Kurt（Hrsg.）1977-2015. *Enzyklopädie des Märchens*, 15 Bde. Berlin: Walter de Gruyter.

7. Lurker, Manfred. 1989. *Lexikon der Götter und Dämonen. Namen—Funktionen—Symbole / Attribute*, 2., erweiterte Aufl.（Kröners Taschenausgabe; Bd. 463）. Stuttgart: Alfred Kroner Verlag.

8. Thompson, Stith. 1955-58. *Motif-Index of Folk-Literature*, 6 Vols. Bloomington: Indiana University Press.

9. Aarne, Antti & Stith Thompson. 1961. *The Types of the Folktale: A Classification and Bibliography*. Translated and Enlarged by Stith Thompson.（FF Communications; No. 184 = Vol. 75）. Helsinki: Suomalainen Tiedeakatemia.

10. Uther, Hans-Jörg. 2004. *The Types of International Folktales: A Classification and Bibliography*, 3 Vols.（FF Communications; No. 284-286）. Helsinki: Suomalainen Tiedeakatemia.

【3】世界神话汇编

1. Gray, Louis Herbert & John Arnot MacCulloch（eds.）1916-32. *Mythology of All Races*, 13 Vols. Boston: Marshall Jones.（1: *Greek and Roman* by William Sherwood Fox, 1916; 2: *Eddic* by John Arnot MacCulloch, 1930; 3: *Celtic* by John Arnot MacCulloch, *Slavic* by Jan Máchai, 1918; 4: *Finno-Ugric*, *Siberian* by Uno Holmberg, 1927; 5: *Semitic* by Stephen Herbert Langdon, 1931; 6: *Indian* by A. Berriedale Keith, *Iranian* by Albert J. Carnoy, 1917; 7: *Armenian* by Mardiros H. Ananikian, *African* by Alice Werner, 1925; 8: *Chinese* by John C. Ferguson, *Japanese* by Masaharu Anesaki, 1928; 9: *Oceanic* by Roland B. Dixon, 1916; 10: *North American* by Hartley Burr Alexander, 1916; 11: *Latin-American* by Hartley Burr Alexander, 1920; 12: *Egyptian*, by

Max Müller, *Indo-Chinese* by James George Scott, 1918; 13: *Complete Index*, 1932).

2. みすず・ぶっくすの神話シリーズ, みすず書房, 1959–60. (13・14:ギラン/ピエール『ギリシア・ローマ神話』1・2, 1959; 28:ウルセル/モラン『インドの神話』1959; 29:リュケエ/ヴィオー/ギラン/ドラポルト『オリエントの神話』1959; 30:フォーコンネ/リュケ『新大陸の神話』1959; 33:トンヌラ/ロート/ギラン『ゲルマンの神話』1960; 35・36:袁珂『中国古代神話』上・下, 1960; 40:アレグザンスキー/ギラン『ロシアの神話』1960)

3. 小沢俊夫(編・訳) 1976『世界の民話』全37巻, ぎょうせい. (1ドイツ・スイス; 2南欧; 3北欧; 4–5東欧; 6イギリス; 7アフリカ; 8中近東; 9–10アジア; 11–12アメリカ大陸; 13地中海; 14 ロートリンゲン; 15アイルランド・ブルターニュ; 16アルバニア・クロアチア; 17カビール・西アフリカ; 18イスラエル; 19パンジャブ; 20コーカサス; 21モンゴル・シベリア; 22インドネシア・ベトナム; 23パプア・ニューギニア; 24エスキモー・北米インディアン・コルディリェーラインディアン; 25解説編; 26オランダ・ベルギー; 27ウクライナ; 28オーストリア; 29マヨルカ島; 30パキスタン; 31カリブ海; 32アイスランド; 33リトアニア; 34中央アフリカ; 35イエーメン; 36オーストラリア; 37シベリア東部)

4. 関敬吾ほか(監修)『アジアの民話』全12巻, 大日本絵画. (1ビルマ; 2済州島; 3–4北方民族; 5セイロン; 6ミクロネシア; 7フィリピン; 8インド; 9中国; 10パプア; 11ベトナム; 12パンチャタントラ)

5. 松村武雄ほか(編) 1979–81『世界神話伝説大系』改訂版, 全42巻, 名著普及会. (初版は1928年近代社刊)(1–2アフリカ; 3エジプト; 4ペルシア; 5バビロニア・アッシリア・パレスチナ; 6–7ヘブライ; 8–9日本; 10シベリア; 11中国; 12朝鮮; 13–14インド; 15インドネシア・ベトナム; 16メキシコ; 17ペルー・ブラジル; 18–20北アメリカ; 21オーストラリア・ポリネシア; 22 メラネシア・ミクロネシア; 23–24ドイツ; 25オーストリア; 26フランス; 27ベルギー; 28スペイン; 29–30北欧; 31フィンランド; 32 ロシア; 33ハンガリー; 34セルビア; 35–37ギリシア・ローマ; 38イングランド; 39スコットランド; 40–41アイルランド;

42 総索引）

　6.『世界の神話』全10巻，筑摩書房，1982-83.（1メソポタミア；2エジプト；3ギリシア・ローマ；4ヘブライ；5ペルシア；6インド；7中国；8北欧；9ケルト；10日本）

　7. 青土社の神話シリーズ，青土社，ca. 1988-97.（イオンズ『エジプト神話』1988；バーランド『アメリカ・インディアン神話』1990；イオンズ『インド神話』1990；ギラン『ギリシア神話』1991；マッカーナ『ケルト神話』1991；パリンダー『アフリカ神話』1991；ディヴィッドソン『北欧神話』1992；ゴールドスタイン『ユダヤの神話伝説』1992；ニコルソン『マヤ・アステカの神話』1992；オズボーン『ペルー・インカの神話』1992；シンプソン『ヨーロッパの神話伝説』1992；ギラン『ロシアの神話』新版1993；グレイ『オリエント神話』1993；ヒネルズ『ペルシア神話』1993；ポイニャント『オセアニア神話』1993；ペローン『ローマ神話』1994；袁珂『中国の神話伝説』1993；エヴリー『キリスト教の神話伝説』1994；金両基『韓国神話』1995；パーカー『アボリジニー神話』1996；吉田敦彦/古川のり子『日本の神話伝説』1996；アードス/オルティス『アメリカ先住民の神話伝説』1997）

　8. 青土社の民話シリーズ，青土社，1994-99.（グラッシー『アイルランドの民話』1994；アブラハム『アフリカの民話』1995；ブシュナク『アラブの民話』1995：ノーマン『エスキモーの民話』1995；プーラ『フランスの民話』1995；ラーマーヌジャン『インドの民話』1995；ヴァインライヒ『イディッシュの民話』1995；アブラハムズ『アフロ–アメリカンの民話』1996；ブレッチャー『スウェーデンの民話』1996；ハイド=チェンバース/ハイド=チェンバース『チベットの民話』1996；コロネル『フィリピンの民話』1997；サデー『ユダヤの民話』1997；アスビョルンセン/モー『ノルウェーの民話』1999；シャモワゾー『クレオールの民話』1999）

　9. 東方書店の神話・伝説シリーズ，東方書店，1991-96・（黄泪江『韓国の神話・伝説』1991；原山煌『モンゴルの神話・伝説』1995；荻原眞子 東北アジアの神話・伝説』1995；伊藤清司『中国の神話・伝説』1996）

　10. 丸善ブックスの神話シリーズ，丸善，1994-2004.（3バーン『ギリシアの神話』1994；6マッコール『メソポタミアの神話』1994；12ハート『エジプトの神話』1994；15ペイジ『北欧の神話』1994；44タウベ『アステカ・マヤの神話』1996；62グリーン『ケルトの神話』1997；71ガードナー『ローマの神話』1998；96カーティス『ペルシャの神話』2002；98アートン『インカの神話』2002；99ビレル『中国の神話』2003；101ワーナー『ロシアの神話』2004）

11. Jockel, Rudolf. 1953. *Götter und Dämonen. Mythen der Völker.* Wiesbaden: Fourier Verlag.

12. 大林太良（編）1976『世界の神話：万物の起源を読む』（NHKブックス；259）日本放送出版協会．

13. パノフ，ミシェルほか1985『無文字民族の神話』大林太良ほか（訳）白水社．

【4】与本章有关的其他参考文献

1. Liddell, Henry George & Robert Scott (eds.) 1871. *A Lexicon abridged from Liddell and Scott's Greek-English, Lexicon.* Oxford: Clarendon.（スタンダードなギリシャ語辞典の簡約版）

2. Bascom, William. 1984. The Forms of Folklore: Prose Narratives. *In*: Dundes, Alan (ed.), *Sacred Narrative: Readings in the Theory of Myth*: 5-29. Berkeley: University of California Press.（初出は1965年）

第一章
以《圣经》为前提
——犹太教/基督教世界

右图：诺亚方舟［根据屈尔里奥尼斯（Čiurlionis）作品《燔祭》所作］

1.1 《旧约圣经》的建构经过

在欧洲，自公元392年罗马将基督教当作国教以来，越来越多的人开始信教。它甚至已经渗透到曾是"异教徒"的日耳曼人和凯尔特人中间，直至成为中世纪及近代欧洲知识分子的精神支柱。

当时被当作圣典的是《旧约圣经》（希伯来语）和《新约圣经》。前者开头的5篇被统称为"摩西五经"（以下括号内是希伯来语与英语）：

1 创世记（「ベレーシート」בְּרֵאשִׁית，Genesis）

2 出埃及记（תומש，Exodus）

3 利未记（ארקיו，Leviticus）

4 民数记（רבדמב，Numbers）

5 申命记（םירבד，Deuteronomy）

特别是在《创世记》和《出埃及记》中编写有故事性很强的从创造世界开始的神话。

神话文本1　《旧约圣经》创世记的开头

起初神创造天地。地是空虚混沌，海面黑暗；神的灵运行在水面上。

神说："要有光。"就有了光。神看光是好的,就把光暗分开了。神称光为"昼",称暗为"夜"。有晚上,有早晨,这是头一日。

神说："诸水之间要有空气,将水分为上下。"神就造出空气,将空气以下的水、空气以上的水分开了。事就这样成了。神称空气为天。有晚上,有早晨,是第二日。

神说："天下的水要聚在一处,使旱地露出来。"事就这样成了。神称旱地为地,称水的聚处为海。神看着是好的。神说："地要发生青草和结种子的菜蔬,并结果子的树木,各从其类,果子都包着核。"事就这样成了。于是地发生了青草和结种子的菜蔬,各从其类;并结果子的树木,各从其类,果子都包着核。神看着是好的。有晚上,有早晨,是第三日。

神说："天上要有光体,可以分昼夜,作记号,定节令、日子、年岁,并要发光在天空,普照在地上。"事就这样成了。于是神造了两个大光,大的管昼,小的管夜,又造众星,就把这些光摆列在天空,普照在地上,管理昼夜,分别明暗。神看着是好的。有晚上,有早晨,是第四日。

神说："水要多多滋生有生命的物,要有雀鸟飞在地面以上、天空之中。"神就造出大鱼和水中各样有生命的动物,各从其类;又造出各样飞鸟,各从其类。神看着是好的。神就赐福给这一切,说："滋生繁多,充满海中的水,雀鸟也要多生在地上。"有晚上,有早晨,是第五日。

神说："地要生出活物来,各从其类;牲畜、昆虫、野兽,各从其类。"事就这样成了。于是神造出野兽,各从其类;牲畜,各从其类;地上一切昆虫,各从其类。神看着是好的。

神说："我们要照着我们的形象,按着我们的样式造人,使他们管理海里的鱼、空中的鸟、地上的牲畜和全地,并地上所爬的一切昆虫。"神就照着自己的形象造人,乃是照着他的形象造男造女。神就赐福给他们,又对他们说："要生养众多,遍满地面，治理这地；也要管理海里的鱼、空中的鸟，和地上各样行动的活物。"神说："看哪，我将遍地上一切结种子的菜蔬，和一切树上所结有核的果子，全赐给你们做食物。至于地上的走兽和空中的飞鸟，并各样爬在地上有生命的物，我将青草赐给它们作食物。"事就这样成了。神看着一切所造的都甚好。有晚上，有早晨，是第六日。天地万物都造齐了。到第七日，神造物的工已经完毕，就在第七日歇了他一切的工，安息了。神赐福给第七日，定为圣日，因为在这日神歇了他一切创造的工，就安息了。

资料来源：《创世记》1：1—2：3 [1]

接下来，亚当与夏娃即将登场。即人类的起源被再次描写。

神就这样花了六天创造了天地、大海、草木、太阳、月亮、星星、动物以及人类，并且在第七天安息，这成为现代社会中的一周七天制的起源。虽然这是非常有名的故事，但如果你仔细品读就会有很多发现。

比如"使大海为之抽动的巨大海怪"[2]是什么呢？在希伯来语中是tanniyn（复数形，其单数是tannin），原本指的是龙那样的神话般的存在。在这里则被认为是像鲸那样的大型海洋动物。[3] 在

---

[1] 月本昭男（訳）1997『創世記』（舊約聖書；I）：3-5.岩波書店.〔汉译文采用《圣经·新旧约全书（和合本）》（中英文电子圣经·神版），上海：中国基督教协会，https://www.ccctspm.org/bibleload。下文《圣经》译本皆引用这个汉译本，不再一一注明。——译者注〕

[2] 出自《圣经·创世记》。——译者注

[3] 日本基督教協議会文書事業部コンコーダンス委員会（編）1959『聖書語句大辞典』：486，索引61.教文館.

德语的《圣经》（路德译本）中，它被译为鲸（Walfisch）。

而"在地上爬的生物"在希伯来语里写作 remes 或者 seres，指昆虫或爬虫类（德语 Gewürm）。[1]

此外，有些问题自古就在神学界争论不休。即在创造人类的部分，为什么神使用了"我们"这样的复数形式。现代研究《旧约》的学说对此大致有以下三种说明：

> （1）在这个故事的背后有一种假设，即之前曾有多神教的神话，而这正是多神教留下的痕迹。然而人们并未发现这个假设的多神教神话的"原文"，因此这个假设并不成立。
>
> （2）这被视为一种特殊的语法现象，这里有两种理解方式，一种方式是为表现神的伟大而使用显赫的复数形（majestic plural），另一种方式是表达神对自己自言自语，即思索的复数形。
>
> （3）还可以解读为，神在天宫里，对着身旁的神（天使）说话。

以上说法究竟哪种正确，现在依然没有定论。[2]

在上述引用的故事篇章中还没有出现最初的人类亚当与夏娃的故事。接下来我们将继续讨论与此相关的传承。（2：4—3：24）。

相传，耶和华神用大地的尘土造出亚当的形状，再往他的鼻孔中吹入生命的气息，使他具有生命。这可能来自捏黏土制陶器的联想。之后耶和华神将亚当置于伊甸园，并在园中植入生命之树以及知晓善恶的树，接下来还为亚当创造出野生动物、鸟类以及

---

[1] 月本昭男（訳）1997『創世記』(旧約聖書; I): 4. 岩波書店; 旧約新約聖書大事典編集委員会（編）1989『旧約新約』: 897. 聖書大事典教文館.

[2] 山我哲雄 2013『一神教の起源：旧約聖書の「神」はどこから来たのか』（筑摩選書; 71）: 174-178. 筑摩書房.

家畜，之后还创造出最初的女性——夏娃。描写上述故事的文本如下（这里的人指的是亚当）：

> 耶和华神使他沉睡，他就睡了；于是取下他的一条肋骨，又把肉合起来。耶和华神就用那人身上所取的肋骨造成一个女人，领她到那人跟前。那人说："这是我骨中的骨，肉中的肉，可以称她为女人，因为她是从男人身上取出来的。"因此，人要离开父母与妻子连合，二人成为一体。当时夫妻二人赤身露体并不羞耻。（2：21—2：25）[1]

之后的"下文"就是著名的失乐园的故事。即最终蛇诱惑夏娃吃下被禁止的"知晓善恶之树"的果实，并诱惑亚当也同样吃下。于是突然之间，他们就对赤身裸体产生了羞耻之心。这触怒了耶和华神，他将亚当和夏娃二人驱逐至伊甸园的东方。

那么问题来了，为什么关于人类的起源会有两个不同的故事呢？这与《圣经》的汇编息息相关。《圣经》并非从一开始就作为一本书而存在。《旧约圣经》被认为是用希伯来语传达经过整理的、以四个系统[2]的传说为主体内容的文本。这些汇编前的文本都是在各自特定的圈子内长期传承下来的。[3]并且《创世记》的开篇是根据两个系统的资料编辑而成的。

首先，我们来看看第一篇神话所引用的基于"祭司资料"（P资料）的第一创造记，造物者在这里仅被称作"神"。与此相对，在亚当与夏娃登场的第二创造记中，造物者被称为"耶和华神"。

1　月本昭男（訳）1997『創世記』（旧約聖書；Ⅰ）：8. 岩波書店.
2　《旧约》原本是古希伯来文写成的犹太教经典，通称为《塔纳赫》，全书共四部分：律法书5卷（又称"摩西五经"），历史书11卷，智慧书5卷（其中的《雅歌》实为爱情长诗，先知书17卷（其中的《耶利米哀歌》是一部由5首哀歌构成的诗集）。——译者注
3　関根正雄（訳）1967『旧約聖書 創世記』（岩波文庫）：220. 岩波書店.

因此后者也被称为"耶和华资料"（J 资料）。19 世纪后半叶以来开展的研究认为，前者是公元前 5 世纪左右的祭司阶级记录下来的，后者则记录于前者 500 年前的古老时代（公元前 10 世纪左右）。只是《旧约圣经》的完成历史，特别是关于资料的问题，现在仍有很多未解之谜。[1]

早期文本记录的形态从最初在石头和黏土上雕刻，渐渐发展为在羊皮纸或牛皮纸上用墨水进行书写。据说在写"耶和华"之前，必须将笔擦拭并重新蘸墨后心怀敬畏地书写。[2]

《圣经》当然是由具体的人整理汇编出来的。具有今日形态的《旧约圣经》在公元前 2 世纪左右完成。然而，它在完成后并没能得以保持稳定。

1.2《旧约圣经》的翻译

首先在公元前 1 世纪时，在亚历山大城的犹太人社区，《旧约圣经》被从希伯来语原文翻译为当时地中海世界的通用语——希腊语，其过程持续了相当长一段时间。传说，有 72 位学者聚集到一起花了 72 天完成了翻译，因此这也被称为"七十人翻译《圣经》"。

然而，在之后的公元 395 年发生了东西罗马教会分裂。之后西边成了拉丁语的世界，东边成了希腊语的世界。于是《旧约圣经》又被尝试翻译为拉丁语。然而要完成这一工作，除了需要具

---

[1] 関根正雄（訳）1967『旧約聖書 創世記』（岩波文庫）：解説. 岩波書店；月本昭男（訳）1997『創世記』（旧約聖書；Ⅰ）：185. 岩波書店.
[2] 浜島敏 2003『聖書翻訳の歴史：英訳聖書を中心に』（四国学院研究叢書；3）：7, 19-20. 福岡：創言社.

有原文希伯来语的知识外，为了将译文与希腊语的"七十人翻译"版本进行比较对照，还需要希腊语的知识；具有这些知识的学者却十分有限。完成这项工作的是公元 4 世纪末的哲罗姆（Saint Hierom Jerome）。从那以后，拉丁语《圣经》称为 *Vulgata*（通俗拉丁文本圣经），其字面意思为：普通的，所有人都知道的。这当中就包含有《新约圣经》，在中世纪欧洲广为流传。虽说如此，能读懂的也只是知识分子，普通民众主要通过听取说教以及绘画内容来进行理解。

之后，在文艺复兴及宗教改革时期，这种用拉丁语诵读的《圣经》迎来了重大变化。特别是 1453 年，随着拜占庭帝国即东罗马帝国的灭亡，逐渐有识之士从君士坦丁堡迁出。懂希腊语的学者逃亡到西方的拉丁语世界，在那里成为家庭教师，并编写希腊语语法书。

以此为契机，在西方世界产生了回归原典的动向。之前诵读《圣经》都是用拉丁语，但这时有学者尝试用希伯来语诵读《旧约圣经》，用希腊语诵读《新约圣经》。完成这一举措的代表性人物就是德国的马丁·路德。路德于 1522 年和 1534 年分别将《新约圣经》和《旧约圣经》翻译为德语。这当然也得益于印刷术的发展。这样一来，人们得以亲自接触到神的语言及耶稣基督的语言。此外，近代标准德语的基础也就此打下。

《圣经》所经历的上述历程，是在 19 世纪之后《圣经》权威下降并成为学术研究对象后，一点一点地被发掘出来的。特别是 1878 年德国的尤里乌斯·威尔豪森（Julius Wellhausen）的著作《以色列史》成为这方面的巅峰之作。

然而研究的道路并非一帆风顺。1881 年，当罗伯逊·史密斯（Robertson Smiths）试图在英国发展威尔豪森的研究时，将《圣经》里的描述与"野蛮的"异教徒习俗（图腾崇拜以及献祭等）

进行比较后，受到了异端审问[1]，其在阿伯丁大学的教授职位也因此丧失。

虽说如此，对《圣经》的科学研究依旧在逐步推进。当时，希伯来语原典也存在各种各样的手抄本，有必要从中重新构建出值得信赖的文本。幸运的是，犹太教的拉比[2]们曾在中世纪（6—10世纪时期）推行过《旧约圣经》正文的标准化作业。这项工作被称为“Masoretic”（原意为“传承”），由此而成的文本称作“Masoretic”（正文）。

德国的旧约学者鲁道夫·基特尔（Rudolf Kittel）根据这些材料编写了*Biblia Hebraica*（《希伯来文圣经》，简称BHK），并于1906年和1929年分别出版第一版（图1）和第二版。

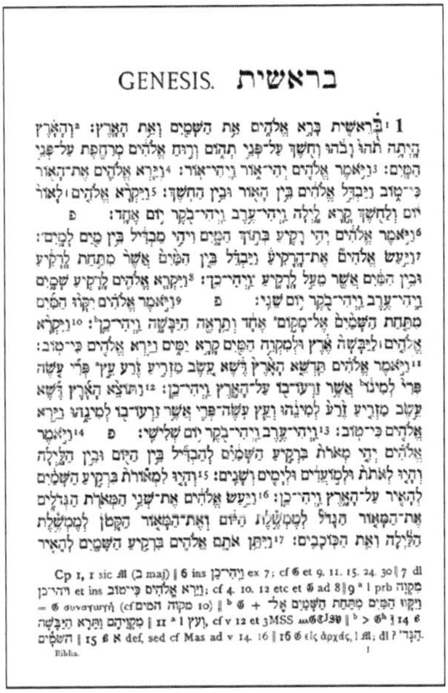
GENESIS. בראשית

图1 《旧约圣约》的开头（BHK）

第三版在基特尔死后问世，在编辑第三版时使用了写于1008年的列宁格勒手抄本，其准确度进一步提高。之后BHK被进一步修订，当今世界可信度最高的《旧约圣经》是*Biblia Hebraica Stuttgartensia*（《希伯来语圣经权威本》，简称BHS），

1 在教会中为追究、处罚异端分子而进行的审判。——译者注

2 犹太教中对智者这一类人的称谓，这类人精通律法、接受过正规犹太教育，常常也是主持仪式的神职人员，或者是担任犹太人社团领袖、在犹太经学院中传授教义者。——译者注

于1969年出版。日语版的《创世记》中，岩波文库版（关根正雄译）与岩波书店版（月本昭男译）分别依照的是BHK与BHS。此外《新约圣经》以埃伯哈德·那索尔（Eberhard Nestle）编写的版本为标准版。

1.3 诺亚的洪水

上述两份资料在诺亚的洪水传说部分，即亚当与夏娃的第十代子孙诺亚逃离大洪水这个十分著名的故事，似乎经历了非常复杂的组合以及编辑。

> **神话文本 2 诺亚的洪水**
>
> 在下列故事文本中，有下划线的部分是基于"祭司资料"，其他部分是基于"耶和华资料"的一部分。[1] 首先，耶和华神看到地上的人们的恶行日益蔓延，决定毁灭人类。但是同时，神内心决定只解救诺亚这个正直的人类。
>
> <u>世界在神面前败坏，地上满了强暴。神观看世界，见是败坏了；凡有血气的人，在地上都败坏了行为。神就对诺亚说："凡有血气的人，他的尽头已经来到我面前，因为地上满了他们的强暴，我要把他们和地一并毁灭。你要用歌斐木造一只方舟，分一间一间地造，里外抹上松香。方舟的造法乃是这样：要长三百肘，宽五十肘，高三十肘。方舟上边要留透光处，高</u>

---

[1] 根据 Habel, Norman C. 1988. The Two Flood Stories in Genesis. In: Dundes, Alan (ed.), *The Flood Myth*: 13–28. Berkeley: University of California Press.

一肘。方舟的门要开在旁边。方舟要分上、中、下三层。看哪，我要使洪水泛滥在地上，毁灭天下。凡地上有血肉、有气息的活物，无一不死。

"我却要与你立约。你同你的妻，与儿子、儿妇，都要进入方舟。凡有血肉的活物，每样两个，一公一母，你要带进方舟，好在你那里保全生命。飞鸟各从其类，牲畜各从其类，地上的昆虫各从其类，每样两个，要到你那里，好保全生命。你要拿各样食物积蓄起来，好作你和它们的食物。"

诺亚就这样行。凡神所吩咐的，他都照样行了。

耶和华对诺亚说："你和你的全家都要进入方舟，因为在这世代中，我见你在我面前是义人。凡洁净的畜类，你要带七公七母；不洁净的畜类，你要带一公一母；空中的飞鸟也要带一公一母，可以留种，活在全地上。因为再过七天，我要降雨在地上四十昼夜，把我所造的各种活物都从地上除灭。"诺亚就遵着耶和华所吩咐的行了。

当洪水泛滥在地上的时候，诺亚整六百岁。诺亚就同他的妻和儿子、儿妇，都进入方舟，躲避洪水。洁净的畜类和不洁净的畜类，飞鸟并地上一切的昆虫，都是一对一对地，有公有母，到诺亚那里进入方舟，正如神所吩咐诺亚的。过了那七天，洪水泛滥在地上。

当诺亚六百岁，二月十七日那一天，大渊的泉源都裂开了，天上的窗户也敞开了。四十昼夜降大雨在地上。

正当那日，诺亚和他三个儿子闪、含、雅弗，并诺亚的妻子和三个儿妇，都进入方舟。他们和百兽，各从其类；一切牲畜，各从其类；爬在地上的昆虫，各从其类；一切禽鸟，各从其类，都进入方舟。凡有血肉、有气息的活物，都一对一对地到诺亚那里，进入方舟。凡有血肉进入方舟的，都是有公有母，正如神所吩咐诺亚的。

耶和华就把他关在方舟里头。

洪水泛滥在地上四十天，水往上涨，把方舟从地上漂起。

水势浩大，在地上大大地往上涨，方舟在水面上漂来漂去。水势在地上极其浩大，天下的高山都淹没了。水势比山高过十五肘，山岭都淹没了。凡在地上有血肉的动物，就是飞鸟、牲畜、走兽和爬在地上的昆虫，以及所有的人都死了；凡在旱地上、鼻孔有气息的生灵都死了；凡地上各类的活物，连人带牲畜、昆虫，以及空中的飞鸟，都从地上除灭了，只留下诺亚和那些与他同在方舟里的。

水势浩大，在地上共一百五十天。
神记念诺亚和诺亚方舟里的一切走兽牲畜。神叫风吹地，水势渐落。渊源和天上的窗户都闭塞了，天上的大雨也止住了。水从地上渐退。过了一百五十天，水就渐消。
七月十七日，方舟停在亚拉腊山上。水又渐消，到十月初一日，山顶都现出来了。
过了四十天，诺亚开了方舟的窗户，放出一只乌鸦去。那乌鸦飞来飞去，直到地上的水都干了。他又放出一只鸽子去，要看看水从地上退了没有。但遍地都是水，鸽子找不着落脚之地，就回到方舟诺亚那里，诺亚伸手把鸽子接进方舟来。他又等了七天，再把鸽子从方舟放出去。到了晚上，鸽子回到他那里，嘴里叼着一个新拧下来的橄榄叶子，诺亚就知道地上的水退了。他又等了七天，放出鸽子去，鸽子就不再回来了。
（后略）

资料来源：《创世记》6：11—8：12[1]

在有关诺亚的洪水传说中，在剩下的部分里写道，天上出现了彩虹，作为神与诺亚订下契约的象征等内容。

1　月本昭男（訳）1997『創世記』(旧約聖書；Ⅰ)：20—25. 岩波書店.

就这样，在有关诺亚洪水的传承中反映出十分复杂的编辑过程，存在一定矛盾点。比如，进入方舟的动物的数字不一样。在"祭司资料"中说的是：从所有种类生物中选一公一母，一对一对地进入。与此相对，在"耶和华资料"中则说是：从洁净的动物中各取七公七母配对……从不洁净的动物中各取七公七母配对，空中的飞鸟也要带七公七母，是为了在大陆上保留住物种。

而且洪水持续的时间也不一样。在"耶和华资料"中是"大雨连续40昼夜降到地上"，与此相对，"祭司资料"中说的则是"在150天的时间里，水势一直持续增长"。

关于这个大洪水神话，虽说经历了编辑，仍然有很多学者认为应该将它当作一篇没有间断的神话来读。[1]并且，由于这个传说太过知名，以至于如在第六章中所论述的，它成为考古学神话的研究或民族学神话研究的前提。

总之，这个故事给人们带来十分强烈的印象，对于犹太教/基督教世界的人们来说，这已经成为常识的一部分。于是，成长于这种文化传统中的人们，在遇到其他不同文化时，就会带着与这些"常识"相比较的眼光来看待其他民族的神话。也即，比较的基准正是《旧约圣经》中的神话。

1.4 英雄神话的一种类型

在《旧约圣经》中所见之神话传承并不仅限于《创世记》，比如《出埃及记》中所描绘的摩西成长历程也非常具有戏剧性。

---

[1] Dundes, Alan (ed.) 1988. *The Flood Myth*: 15. Berkeley: University of California Press.

在《创世记》的末尾,身为诺亚子孙的亚伯拉罕,其曾孙约瑟由于得到父亲偏爱而遭兄长忌妒,被卖往埃及为奴,却在那里出人头地,官拜宰相。他与投奔而来的兄长们创建起一个以色列(希伯来)人的势力。在《出埃及记》的开头,埃及王感受到这种变化带来的危机,遂命人杀掉希伯来人的男孩。后来带领希伯来同胞们逃脱追杀、逃出埃及的正是摩西。

神话文本3 摩西的成长历程

有希伯来的两个收生婆,一名施弗拉,一名普阿。埃及王对她们说:"你们为希伯来妇人收生,看她们临盆的时候,若是男孩,就把他杀了;若是女孩,就留她存活。"但是收生婆敬畏神,不照埃及王的吩咐行,竟存留男孩的性命。埃及王召了收生婆来,说:"你们为什么做这事,存留男孩的性命呢?"收生婆对法老说:"因为希伯来妇人与埃及妇人不同,希伯来妇人本是健壮的(原文作"活泼的"),收生婆还没有到,她们已经生产了。"神厚待收生婆。以色列人多起来,极其强盛。收生婆因为敬畏神,神便叫她们成立家室。法老吩咐他的众民说:"以色列人所生的男孩,你们都要丢在河里;一切的女孩,你们要存留她的性命。"

有一个利未家的人,娶了一个利未女子为妻。那女人怀孕,生一个儿子,见他俊美,就藏了他三个月。后来不能再藏,就取了一个蒲草箱,抹上石漆和石油,将孩子放在里头,把箱子搁在河边的芦荻中。孩子的姐姐远远站着,要知道他究竟怎么样。

法老的女儿来到河边洗澡,她的使女们在河边行走。她看见箱子在芦荻中,就打发一个婢女拿来。她打开箱子,看见那孩子。孩子哭了,她就可怜他,说:"这是希伯来人的一个孩子。"孩子的姐姐对法老的女儿说:"我去在希伯来妇人中叫一个奶妈来,为你奶这孩子,可以不可以?"法老的女儿说:"可以。"童女就去叫了孩子的母亲来。法老的女儿对她说:"你把这孩子抱去,为我奶他,我必给你工价。"妇人就抱了孩子去奶他。孩子渐长,妇人把他带到法老的女儿那里,就做了她的儿子。她给孩子起名叫摩西,意思是"因我把他从水里拉出来"。

资料来源:《出埃及记》1:15—2:10[1]

这是英雄神话的一种类型。英雄尚为婴孩时即遭抛弃,装到盒子等容器中放到河里漂走,后历经苦难而归。这种题材多出现在描述阿卡德帝国（Akkad ian Empire）的萨尔贡一世（Sargon Ⅰ）[2]等诸多英雄的故事中。[3]

上述讨论的是英雄神话的传承,在《圣经》中,除英雄神话之外,还有之前讨论的创世神话、人类起源神话、洪水神话等在世界多地通行的主题和题材。不仅如此,《圣经》中所描绘的不仅有起源故事,在《新约圣经》末尾的《约翰默示录》中还有宇宙终结论的内容。

根据这部分的内容,复活之后又消失的耶稣,后来和圣人们一同再次降临,并在世间建立起弥赛亚王国并统治其一千余年。在这段期间,撒旦化身的龙被封印,只有那些被选中的人享受了

---

[1] 木幡藤子/山我哲雄（訳）2000『出エジプト記 レビ記』（旧約聖書;Ⅱ）:4-7. 岩波書店.

[2] 萨尔贡一世（前2371—前2316）,出身私生弃婴,少时随养父当园丁,后到基什王国为臣,在温马人入侵时乘机夺得政权,建立阿卡德帝国。后来他通过征战建立起两河流域首个统一大国,后世尊其为萨尔贡大帝。——译者注

[3] 山田仁史 2016「台湾原住民族における<文学モチーフ>と<物語の文法>」『Asia Japan Journal:アジア・日本研究センター紀要』11:31-48.

图 2 米开朗基罗《最后的审判》

近千年的无上幸福。然而，随着幸福时光迎来终点，撒旦开始再次活动，将多国国民集结到世界末日善恶决战的战场（harmagedon），但最终被耶稣击败。之后举行"最后的审判"，犯人们永远沉沦于火池中。另一方面，正义的人们在此时得以复活，永恒的天国得以确立。

1.5 仪礼与神话

不过，在这类神话当中，很多都是与礼仪配套传承下来的。即一方面神话为礼仪赋予意义，另一方面礼仪又使人们回忆起神话，给予人们再次体验的机会。有个例子可以说明这一点，比如《新约圣经》中描写的耶稣基督的受难传说，在演出这一幕的受难剧、受难曲等当中就得到彰显。

此外，在古犹太教中有一个重要的献祭礼仪。在诺亚的洪水传说中，诺亚在水退去之后进行整体焚烧的献祭（希腊语ὁλόκαυτέω），通过将献祭的兽类焚烧殆尽，使其产生的烟与气味传递至神的所在。该仪式有多种形式，其执行细则记录在《出埃及记》（25：1 之后）、《利未记》、《民数记》（10：10 为止）中，祭祀场的平面图复原如图 3。

而且本章中提到的犹太教/基督教中的神话和礼仪，一部分被伊斯兰教继承。然而不管怎么说，在近代开创神话学的多数欧洲学者，都在有意无意地将《圣经》的知识当作研究的前提，这是我需在此强调的一点。

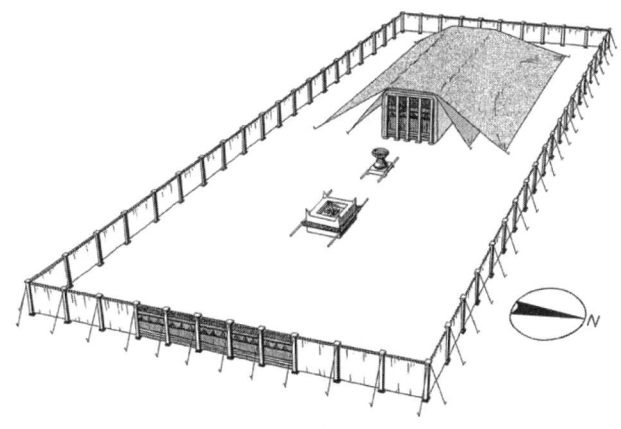

图 3　古代犹太的祭祀场

图片来源：木幡藤子 / 山我哲雄（訳）2000『出エジプト記 レビ記』
（旧約聖書；Ⅱ）岩波書店.

本章的参考文献

【1】总体参考文献・概论・词典类

1. ペリカン，J 2006『聖書は誰のものか?：聖書とその解釈の歴史』佐柳文男（訳）教文館.

2. 浜島敏 2003『聖書翻訳の歴史：英訳聖書を中心に』（四国学院研究叢書；3）福岡：創言社.

3. クレメンツ，R・E 1978『近代旧約聖書研究史：ヴェルハウゼンから現代まで』（《聖書の研究》シリーズ）村岡崇光（訳）教文館.

4. 市川裕 2009『ユダヤ教の歴史』（宗教の世界史；7）山川出版社.

5. 山我哲雄 2013『一神教の起源：旧約聖書の「神」はどこから来たのか』（筑摩選書；71）筑摩書房.

6. 大貫隆 / 名取四郎 / 宮本久雄 / 百瀬文晃（編）2002『岩波キリス

ト教辞典』岩波書店.

7. 日本基督教協議会文書事業部コンコーダンス委員会（編）1959『聖書語句大辞典』教文館.

8. 旧約新約聖書大事典編集委員会（編）1989『旧約新約聖書大事典』教文館.

9. Skolnik, Fred (ed.) 2007. *Encyclopaedia Judaica*, 2nd ed., 22 Vols. Detroit: Macmillan Reference.

【2】《圣经旧约》(摩西五经)的希伯来语版、日译本、注释书

1. Kittel, Rudolf (ed.) 1990. *Torah, Nevi'm u-Khetuvim. Biblia Hebraica Stuttgartensia*. Editio 4a. Stuttgart: Deutsche Bibelgesellschaft.（いわゆるBHS、初版は1969年）

2. 月本昭男（訳）1997『創世記』（旧約聖書；Ⅰ）岩波書店.

3. 月本昭男 1996『創世記注解』Ⅰ（リーフ・バイブル・コメンタリーシリーズ）日本基督教団・宣教委員会.

4. 関根正雄（訳）1967『旧約聖書 創世記』（岩波文庫）岩波書店.

5. 木幡藤子／山我哲雄（訳）2000『出エジプト記 レビ記』（旧約聖書；Ⅱ）岩波書店.

6. 山我哲雄／鈴木佳秀（訳）2001『民数記 申命記』（旧約聖書；Ⅲ）岩波書店.

【3】诺亚的洪水神话等研究

1. Habel, Norman C. 1988. The Two Flood Stories in Genesis. *In*: Dundes, Alan (ed.), *The Flood Myth*: 13–28. Berkeley: University of California Press.（初出は1971年）

2. Dundes, Alan (ed.) 1988. *The Flood Myth*. Berkeley: University of California Press.

第二章
古典时代的遗产
——希腊与罗马

右图：斯芬克斯与俄狄浦斯

2.1 何为希腊、罗马神话

首先，我们来谈谈希腊神话是如何成立的。一般认为，古代希腊神话是经历三个阶段后形成的。第一阶段是仅依靠口头传承的时代。我们可以从荷马的《伊利亚特》《奥德赛》和赫西俄德的《神谱》《工作与时日》等作品所记录的传说，来想象当时的样子。第二阶段是演绎传承为主、文字传承为辅的时代。符合这个时代的时间段是古典期，即雅典成为希腊中心（公元前5世纪至公元前4世纪）的近百年时间。接下来第三阶段是文字传承时代，由作者写给读者。在希腊化时代（公元前4世纪至公元前1世纪）之后，文字书写开始普及。[1]

这样来看，希腊神话也和世界其他神话一样，经历以下的发展变化：起初由口头传承，之后虽然进入文字记录的时代，但主要的传播方式仍是演剧，再后来文字记录的篇章成为传承的主要媒介。

如果要深究这些"篇章"以何种形态留存事件的话，那可以认为它们是"不成体系"的。比如在上一章提到的犹太教/基督教世界中，《圣经》特别是《旧约圣经》（希伯来语圣经）中的神话传说在某种程度上是经过汇编后才初成体系。另外说到日本

---

[1] 高橋宏幸 2006『ギリシア神話を学ぶ人のために』：197-240. 京都：世界思想社．

神话时，有人会将它称作"记纪神话"，因为日本神话基本是在《古事记》和《日本书纪》中得以体系化的（参见第八章）。

然而，谈及希腊神话时，那些在古代被高度体系化的原始文献，却尚未很好地汇总，很多作品以分散的形态留存世间。因此，今天我们读到的希腊神话，是由近现代学者从这些海量的、分散的资料中重构汇总而成的。

人们常常将希腊、罗马神话并称，如果不怕产生误解的话，可以说罗马神话就是将希腊神话中的众神姓名替换为拉丁文后的版本。[1] 从根本上讲，并不存在可称之为"罗马神话"的固有故事。但另一方面，事实上也存在如下这样的传说：罗慕路斯（Romulus）与勒慕斯（Remus）这对罗马建国英雄双胞兄弟，他们在被遗弃后由母狼养大，并创建了罗马，因此罗马这座城市得名于罗慕路斯（参见《神话文本4》）。

此外，罗马在从希腊"进口"众神之前也存在其独有的神祇，比如双面门神雅努斯（Janus）、森林之神西凡纳斯（Silvanus）、女灶神维斯塔（Vesta）等。然而在公元前5世纪时，罗马人借用希腊的众神，并用原有的罗马众神的名字为其起名（长音常常被忽略，ph有时发［p］有时发［f］的音）。比如希腊的宙斯（Zeus）对应罗马的朱庇特（Jupiter），其妻赫拉（Hera）对应朱诺（Juno），克洛诺斯（Cronus）对应萨图恩（Saturn），阿芙洛狄忒（Aphrodite）对应维纳斯（Venus），阿尔忒弥斯（Artemis）对应狄安娜（Diana），厄洛斯（Eros）对应丘比特（Cupid）。

而且，现在有很多神的名字都用英语来表述。有很多和希腊、

1　ガードナー，J. F. 1998『ローマの神話』（丸善ブックス；71）井上健／中尾真樹（訳）：8—18，117—132. 丸善.

罗马神话相关的书都以罗马的神名为基础展开论述,这一点需格外注意。[1]

神话文本4　罗马的建国传说

这个传说出现在多个文献中,其最基本的部分载于历史学家李维(Livius)所著《罗马史》(*Ab Urbe Condita Libri*)中。据该著作记载,在一个位于罗马近郊的叫作阿尔巴的城市,有一位名为普罗卡的国王。他有努米托尔(*Numitore*)和阿慕利乌斯(*Amulius*)两个儿子。原本努米托尔身为兄长理应成为王位继承人,但其弟阿慕利乌斯却驱逐他的兄长,并将其儿子杀害,还将其女儿蕾阿·西尔维娅(Rhea Silvia)选为女灶神维斯塔的女祭司(维斯塔贞尼),使其"保持终身纯洁的戒律,断绝拥有子嗣的念想"。因为女祭司的使命是确保火种不灭,因而肩负维持纯洁之身的义务。然而她却被人侵犯,生下罗慕路斯和勒慕斯这对双胞胎兄弟。上述内容在神话中是如下这样描写的。这与《神话文本3》的摩西一样,属于被水冲走后被救起这一类的英雄神话。

但依我看,如此伟大的城市的起源和仅次于神力的伟大统治的开端应归因命运。维斯塔贞尼被暴力占有,生下一对孪生子后,或由于她确信如此,或由于神作为过错的肇事者会光彩些,她声称马尔斯是这对不明苗裔的父亲。但不论是神还是人都未能保护她或孩子免遭王的残暴:他下令把女祭司捆起来投入监狱,将男孩儿扔进流水。

偶然地,出于神意,台伯河水溢上岸边;片片水滩,一方面使人无法从任何一片靠近平日的河流,另一方面使携带婴

---

[1] 諸川春樹(監修)1997『西洋絵画の主題物語Ⅱ 神話編』美術出版社.

儿的人指望,尽管水流缓慢,婴儿仍会被溺死。就这样,他们在最近的水泽处——现在那里有鲁末那里斯无花果树(据说,曾被称为"罗慕拉里斯")——似手履行了王的指令,抛弃了婴儿。

当时,这一地区有一些旷无人烟的地方。相传,当浅水将漂浮着盛弃儿的篮子停留在干地上后,一只来自周围山里口渴的母狼改变了路线,朝男孩儿的哭声走过来;它轻轻地将乳头垂向婴儿,结果,一个王室牧群的看护者——据说他的名字叫法乌斯图鲁斯——发现母狼正用舌头舔着男孩儿;他把他们带到棚子里,交给妻子拉兰提娅抚养。

有人认为,拉兰提娅由于将她的身体献于公众,在牧民中被称为"母狼";由此引出了一段奇妙的故事。

他们就是这样出生,这般被抚养的;他们一俟长大成人,就不仅在厩棚里,而且对牧群都未懈怠,同时还穿行森林进行狩猎。他们的身体和意志由此得以强健,后来,他们不仅能对付野兽,而且还袭击满载着劫获物的强盗,把夺来的东西分给牧人,与牧人共享甘苦;他们集聚的青年日益增多。

这样成长起来的罗慕路斯和勒慕斯之后得知自己是努米托尔的孙子,于是合作征讨阿慕利乌斯,然而他们二人之间也开始发生争吵。

阿尔巴国家这样移交给努米托尔后,罗慕路斯和勒慕斯被这样的欲望攫住:要在他们被抛弃、被抚养的那个地方建城。而阿尔巴和拉丁民众过剩;再加上牧人,这一切都容易使人预感到阿尔巴和拉维尼乌姆与即将建立的这座城相比要小。

后来,祖父的邪恶,对王位的觊觎干扰了这些计划;由此发生了从较温和开始的无耻争斗。

由于他们是孪生,论长幼不能加以区分,为让该地保护神通过观鸟兆选择谁给新城定名,谁统治已建立的城,罗慕路斯选定帕拉丁，勒慕斯选定阿芬丁，作为观鸟兆的界限。

据说征兆先降临勒慕斯，即六只秃鹫；当征兆被报知后，两倍于此数的秃鹫显示给罗慕路斯，于是他们两人均被他们自己的人拥为王。前些人以次序优先攫取王权，而后些人则凭借鸟的数目。然后他们聚在一起争执，并且由于愤怒的纷争导致杀戮。勒慕斯在混乱中被击中倒下。

更为普遍的传说是勒慕斯为嘲弄他兄弟而跳过了新城墙；因而他被愤怒的罗慕路斯杀死，他还加以言辞责骂："今后任何其他跳过我城墙的人亦如此！"

于是，罗慕路斯独揽了统治权；这个已建成的城就以其创建者的名字命名。

资料来源：李维《罗马史》第1卷第4章——第7章第3节，部分省略[1]

就这样，双胞兄弟即使最后动用飞鸟占卜（augurium）也无法分出胜负，最后硬将罗慕路斯认定为城市的创建人。另外，"由动物养育的孤儿"这类故事也在亚欧大陆各处广为流传。[2]

1　リーウィウス2007『ローマ建国史』上（岩波文庫）鈴木一州（訳）：21-26.岩波書店．〔汉译文采纳李维：《建城以来史前言·卷一》，穆启乐（F.-H. Mutschler）、张强、付永乐、王丽英译，上海：上海人民出版社，2005年，第31—37页。——译者注〕

2　松田治2007『ローマ建国伝説：ロムルスとレムスの物語』（講談社学術文庫；1818）講談社；グランダッジ，アレクサンドル2006『ローマの起源：神話と伝承，そして考古学』（文庫クセジュ；902）北野徹（訳）白水社．

2.2 乌拉诺斯、克洛诺斯的天地分离

希腊神话早先出现在什么样的书面作品中呢？在这里，我按照从古到今的顺序列举几个代表性的作品。首先是之前提到的赫西俄德的《神谱》与《工作与时日》（希腊文），接下来有中世纪之后广为流传的奥维德的《变形记》（拉丁文）。

还有阿波罗多洛斯（Apollodorus）所作的《文库》（*Bibliotheca*，希腊文）。这本书是公元1—2世纪的作品，托名为阿波罗多洛斯，原作者不详。[1] 此外，希吉努斯（Hyginus）的《希腊神话》（*Fabulae*，拉丁语）中包含许多著名的传奇故事。

在此我想以《文库》开头记载的乌拉诺斯（Uranos）与克洛诺斯的天地分离神话作为一个例子。本书实际作者虽然不详，但其创作初衷是记述古老神话传说，特别是记述了公元前5世纪之前的作家书写的神话，尽可能忠实地传承了古典时代的希腊神话，成为关于希腊神话传说的参考书。因此可以说，它在某种程度上是系统的。

神话文本 5　乌拉诺斯、克洛诺斯的天地分离

这是一个天空之神乌拉诺斯被他的妻子大地盖娅（Gaea）所憎恨，并被他的儿子克洛诺斯阉割，最终天地分离的神话。

天空——乌拉诺斯最初统治着整个世界，他娶了大地女神盖娅，之后生出被称为"百手巨人"的布里阿瑞俄

1　周作人又将 *Bibliotheca* 译为《书库》《书藏》，发表和出版时使用的标题为《希腊神话》。阿波罗多洛斯是生活在公元前2世纪的神话作家。——译者注

斯（Briareus）、古革斯（Gyges）和科托斯（Cottus）。他们巨大无比，力量无与伦比，各自有100只手臂和50个头。在生下这些巨人后，盖娅又为乌拉诺斯生下三个独眼巨人（Cyclopes），分别是阿格斯（Arges，霹雳）、施泰罗（Steropes，电）和布龙特斯（Brontes，雷），他们的各自的额头上有一只眼睛。然而乌拉诺斯却将他们捆绑起来打入地狱塔耳塔洛斯（Tartarus）。这是地狱中的一片阴暗的、远离大地的地方，它与大地的距离就如大地与天空的距离。之后乌拉诺斯和盖娅还生出了被称作提坦诸神（Titanes）的孩子，即欧申纳斯（Oceanus）、科俄斯（Coeus）、许珀里翁（Hyperion）、克利俄斯（Crius）、伊阿珀托斯（Iapetus），以及最小的弟弟克洛诺斯，以及被称作"女提坦"的女儿们，包括蒂锡斯（Tethys）、瑞亚（Rhea）、忒弥斯（Themis）、谟涅摩叙涅（Mnemosyne）、福柏（Phoebe）、狄俄涅（Dione）、忒亚（Theia）。

大地盖娅对孩子们被扔进地狱塔耳塔洛斯这件事耿耿于怀，教提泰坦诸神去攻击他们的父亲，并将金刚之斧交给克洛诺斯。于是十二提坦，除了欧申纳斯之外，都去攻击了他们的父亲，并且克洛诺斯还将其父的生殖器切下投入大海。从乌拉诺斯流淌的血滴中诞生出三位复仇女神（Erinyes），她们分别是阿勒克图（Alecto）、提希丰（Tisiphone）和墨纪拉（Megaera）。提坦诸神篡夺了父亲的统治权，将被打入塔耳塔洛斯的兄弟们带了回来，之后克洛诺斯被委予统治权。

然而，克洛诺斯却将他们捆绑起来幽禁于塔耳塔洛斯，并将同胞提坦中的瑞亚娶为妻子。大地盖娅与天空乌拉诺斯曾向克洛诺斯预言，他将被自己的孩子剥夺统治权。因此，克洛诺斯总是将自己的孩子吞入体内。他先是吞下最先出生的赫斯提亚（Hestia），接着是得墨忒耳（Demeter）与赫拉（Hera），之后又吞下普鲁托（Pluto）和波塞冬（Poseidon）。对此感到愤怒的妻子瑞亚在怀着宙斯（Zeus）时前往克里特岛（Crete），在迪克特昂洞穴（Diktaean Cave）生下宙斯，并拜托库勒斯部族（Curetes，一种特殊的精灵），以及梅里索斯（Melissus）的两个女儿（同时也是妖精）阿德剌斯忒亚（Adrasteia）和依迪（Ide）来抚养宙斯。她们用阿玛耳忒亚（Amalthea）的乳汁来养育宙斯，同时库勒斯人武装起来在洞穴中保护着婴儿，以枪击盾发出声响，避免宙斯的声音被克洛诺斯听到。瑞亚将石头装扮为包裹在襁褓中的婴儿，交给克洛诺斯吞下。

宙斯在成年后将欧申纳斯的女儿墨提斯（Metis）当作伙伴。墨提斯献计，设法让克洛诺斯吞下药物。吞下药的克洛诺斯先后将石头，以及之前吞下的孩子们都吐了出来。宙斯和兄弟们开始与克洛诺斯和提坦诸神交战。在经过十年的战斗后，大地盖娅向宙斯预言，如果能将被打入塔耳塔洛斯的众神纳为盟友的话或许就能获得胜利。于是宙斯杀死看守众神的坎珀（Campe），解除他们的束缚。独眼巨人们分别将雷电、帽子、三叉戟送给宙斯、普鲁托和波塞冬。众神们穿上这些装备，征服了提坦诸神，并将他们打入塔耳塔洛斯，并让百手巨人等神看守他们。但他们自己决定通过抽签的方式决定统治权，结果宙斯、波塞冬和普鲁托分别获得天空、海洋以及冥界的统治权。

资料来源：阿波罗多洛斯《希腊神话》第1卷第1章——第2章第1节[1]

天地分离的神话也在希腊以外的地方开始流传，详参第六章埃及部分以及第七章大洋洲部分。此外，还有一种不同的

1　アポロドーロス1978『ギリシア神話』（岩波文庫）高津春繁（訳）：29-30. 岩波書店.〔由于该段日译文与周作人译本（阿波罗多洛斯：《希腊神话》，周作人译，北京：中国对外翻译出版公司，1998年）差异较大，故未采纳周作人译本，而根据日文译出。周作人译文见本章附录。——译者注〕

> 说法是，给宙斯喂奶的阿玛耳忒亚是一只母山羊〔见卡里马科斯[1]的《颂歌》(*Hymns*)〕，由此推断，这里也有与之前提到的罗慕路斯与勒慕斯类似的观念。

在《文库》英译本中，弗雷泽（James George Frazer）做了非常详细的注释。据此译本，克洛诺斯将其父乌拉诺斯阉割的武器在希腊语中是"άδαμαντίην άρπην"，在英语中是"adamantine sickle"，日文译为"金刚之斧"。这个词是从希腊语的"άδαμας（难以征服）"，即"δαμάω（征服）"这个动词的否定形态而来。英语"adamant"，是传说中坚硬无比的石头乃至钢铁，常被人们当作钻石。并且，"άρπην"的原形"άρπη"在《希英词典》中被翻译为"sickle（镰刀）"，意为新月状的、单手使用的刀；还可译为 scimitar，该词源于希腊语，意为新月状的刀。因此，相比"斧头"，日文翻译为"镰刀"更为接近原意。

同样的故事出现在赫西俄德的《神谱》中。或者说，《文库》的作者很可能是根据《神谱》等资料来写书的，因此内容自然会有些混乱。比如在《神谱》中对乌拉诺斯被阉割的生殖器的去向是这样描述的：

> 而被利刃割掉的性器，被从陆地扔到汹涌的大海，它们被带到海上良久，在周围，白沫从阳具中喷出，一位少女从中诞生。她首先来到了基西拉岛，并由此抵达四面环海的塞浦路斯，端庄美丽的女神从那里动身，在她的纤纤玉足四周，绿草萌生。神人皆称其为"阿芙洛狄忒"（诞生于白沫中、"华冠的"基

---

[1] 卡里马科斯（Callimachus，约前305—约前240），古希腊学者、诗人。早年在亚历山大城郊讲学，后应托勒密二世邀请主持亚历山大城图书馆，他将当时所藏图书进行整理编目，系希腊文学研究的奠基人。——译者注

西瑞娅女神），因她从白沫中诞生，又因其路经基西拉岛，故被称为"基西瑞娅"；又因她在浪涛澎湃的塞浦路斯成长，也被称为"塞浦路吉娜"。还因她由性器而生，又被称为"爱阳具者"。[1]

换句话说，就是乌拉诺斯的阳具周围产生了白色泡沫，从那里诞生了阿芙洛狄忒（即维纳斯），这是波提切利的代表画作《维纳斯的诞生》的来源（图4）。

图4　波提切利《维纳斯的诞生》

---

[1] 参见『神統記』188-200，ヘシオドス2013『全作品』（西洋古典叢書；G78）中務哲郎（訳）：103-104. 京都：京都大学学術出版会.〔汉译文采纳赫西俄德：《神谱》，王绍辉译、张强校，上海：上海人民出版社，2010年，第27—29页。在该译本中，"基西拉岛（holy Cythera）"作"库塞拉圣殿"，"基西瑞娅（Cytherea）"作"库塞瑞娅"。现译法系本书译者改。——译者注〕

2.3 俄耳甫斯访问冥界及其典出依据

接下来让我们看看俄耳甫斯（Orpheus）的冥界访问奇谭，详情出自奥维德的《变形记》。

> **神话文本6　俄耳甫斯访问冥界**
>
> 俄耳甫斯是一位竖琴与诗歌大师，他的新婚妻子欧律狄刻（Eurydice）在草原上散步时被蛇咬伤脚踝而去世，为此悲叹不止的俄耳甫斯决定访问冥界。接下来出现的普洛塞尔皮娜（Proserpina）是冥神普鲁托的妻子。坦塔罗斯（Tantalus）是一位在冥界接受惩罚的人，他虽然被浸泡在冥界的河川中，但每次他口渴想要喝水时水就会退去。此外还有受罚的人：伊克西翁（Ixion）被缚在一个永远燃烧和转动的火焰车上；提堤俄斯（Tityos）在手脚被捆绑的状态下不断遭秃鹫（或蛇）啄食肝脏；丹尼亚斯（Danaus）的女儿们永远用有洞的瓮子不停舀水；西绪福斯（Sisyphus）推动巨大的岩石往上爬，巨石却在他每次即将到达终点时，又滚落下去。
>
> （俄耳甫斯）在阳世恸哭尽哀已毕，想到阴间去试试，于是就壮着胆子走进泰那洛斯的大门，下到地府。他走过成群的有形无体的死人的鬼魂，他见到了统治这些鬼魂和这片阴森的国土的冥王和他的王后珀耳塞福涅（即普洛塞尔皮娜）。他弹起竖琴，一面唱，一面说道。
>
> （歌谣省略）
>
> 他一面弹着竖琴，一面说了这番话，旁边那些无血无肉的鬼魂听了也都黯然泪下。坦塔罗斯也不追波逐浪了；伊克西翁也惊讶不已，连轮子都不转动了；秃鹰也不去啄提堤俄斯的肝脏了；柏洛斯的孙女们也不装水入瓮了；西绪福斯，连你也坐

在石头上不动了。据传说，复仇女神也被他的音乐感动，第一次脸上流下眼泪。统治下界的王和王后也不忍拒绝他的请求了。他们把欧律狄刻传来。她是新鬼，由于脚上受伤，走路还是一翘一翘的。俄耳甫斯接过妻子，要把她领回去，不过有个条件，就是不出阿维尔努斯山谷不准回头看她，否则就要收回原命。

他们沿着一条上坡小路走着，走过的地方一片死寂，毫无声响。路很陡，看不清楚，淹没在一片漆黑之中。走着走着，眼看快到人间的边界了，这时俄耳甫斯忽然怕欧律狄刻没有跟着他，很想看看她，就忍不住回头看了一下，立刻她就滑下黑暗的深渊中去了。他连忙伸出手，想把她揪住，想要拉住她的手，但是，倒霉的人，他扑了一个空。她虽然第二次又死去，但是她并没有埋怨丈夫，她埋怨什么呢？丈夫爱她啊！她最后只说了一声"再见"，她丈夫恐怕并没有听见，她便又落回原来出发的地方去了。

资料来源：奥维德《变形记》卷十[1]

听说俄耳甫斯第二次失去妻子之后就再没有关注过别的女人，因此他惹恼了色雷斯（Thracia）的女人，并被她们杀害（《变形记》十一卷1—66）。在别的故事中，俄耳甫斯的竖琴是被上天赐予的，故而后来成了竖琴座。并且，俄耳甫斯冥界访问的奇谭故事在全世界广为流传，比如在北美就有阿克·胡尔特克兰茨（Åke Hultkrantz）对其进行研究，此外日本神话中的伊邪那岐访问黄泉国的神话也很早就被拿来与之做比较研究。

---

1 Ovid. 1984. *Metamorphoses*, 2nd ed., 2 Vols. With an English Translation by Frank Justus Miller.（The Loeb Classical Library；42–43 / Ovid；3–4）：59–62. Cambridge：Harvard University Press.（汉译文采纳奥维德：《变形记》，杨周翰译，北京：人民文学出版社，2000年，第222—224页。——译者注）

另外，这个故事也有别的版本。比如在罗马诗人维吉尔的《农事诗》中，俄耳甫斯与欧律狄刻的离别是由于前者的"疯狂"造成的。

> 俄耳甫斯现在避开了所有的危险，回到来时的路上，他从冥王那里要回的欧律狄刻在他身后跟着他（因为这是冥后普洛塞尔皮娜定下的条件），他们渐渐接近地表的大气。然而就在那时，她深爱的俄耳甫斯突然陷入无差别的疯狂。如果亡灵懂得原谅的话，那真是应该被原谅的疯狂。俄耳甫斯停了下来，就在离重返光明只差一点点的地方时，他竟然忘我地、坚定地转过头去看向了爱妻欧律狄刻。就在那时，所有的努力都化作乌有，与冷酷的统治者的约定被打破，阿维尔努斯河谷传来三声轰响。欧律狄刻说道："俄耳甫斯，究竟是什么样的疯狂让不幸的我和你就此毁灭？这可怕的疯狂究竟是什么？看吧，残酷的命运正在将我再次召唤回去。我的双眼穿过长空，身心被笼罩在长眠之中。那么，永别了，我将被无尽的黑夜包围，一边无力地向你伸出双手一边被再次带回冥界。啊，或许我自此也就不再是你的妻子了吧。"她这样说完后就变成稀薄空气中的一缕烟，很快就消失不见，回到了冥界。（《农事诗》第4卷第485—500行）[1]

如上所见，希腊、罗马神话以片段的形式散落在各种各样的作品中，那么如何才能追溯到它们的出处呢？这里介绍几本书作为线索。比如，生于匈牙利的古典学者凯仁伊（Karl Kerenyi）的《希腊的神话》（*Die Mythologie der Griechen*）中有关于其出

---

[1] ウェルギリウス2004『牧歌／農耕詩』（西洋古典叢書；L13）小川正廣（訳）: 205-206. 京都：京都大学学術出版会.

处的详细注解。此外,日本西洋古典学者吴茂一的著作《希腊神话》中记录了主要的原典出处。此外还有一些简要的辞典如松原国师的《西洋古典学事典》、特里普(Edward Tripp)的手册等比较好。

另外,关于希腊神话的概要,有诸川春树监修的《西洋绘画的主题故事》,通过本书可以很好地了解人们为何喜欢将古典神话作为西洋绘画题材的历史。此外,美国作家托马斯·布尔芬奇(Thomas Bulfinch)的《希腊罗马神话》(*The Age of Fable, or Stories of Cods and Heroes*)也是一本自1855年初版出版以来长期备受好评的著作。

2.4 中世纪以来对神话的解释与传承

那么,这些希腊、罗马神话是如何被解释和继承下来的呢?首先我想介绍大林太良所著《神话学入门》的一个内容。此书的第一章题为《神话研究的进程》,探讨的是神话的研究史,在开头写道:"神话的研究乃伴随着神话的没落而开始。"

也就是说,当人们还单纯地相信神话,对其抱有虔诚的信仰时,把神话当作研究对象这样的态度是不会出现的。然而在这之后,情况往往会发生如下变化:人们的信仰开始动摇,怀疑的眼光开始出现,神话的真伪受到质疑;也就在此时,人们开始第一次客观地看待神话。当然,将这句话中的"神话"换成"宗教",在一定程度上也能说得通。在此稍稍提一点后文的内容,在19世纪的欧洲,基督教的绝对权威遭遇衰退,其根基开始动摇。随着宗教的"没落",世上第一次出现将基督教相对化,以宗教为研究对象的学问,即宗教学。

总之，像这样对神话的怀疑，或曰神话学的产生，在公元前五六世纪时就已经开始。稍稍思考一下就能发现，希腊、罗马神话中存在各种各样的问题。神话中原本就有一些不道德的故事，并且争强好胜、奸猾的神也多次出现在神话中。对此该如何进行解释呢？身为知识分子的基督教徒们据说为此耗费了相当大的功夫。

在这当中最有力的是"寓意学说"以及"神话历史论"，它们自古以来就一直存在。"寓意学说"将希腊神话中的众神解释为"在指代别的东西"。比如尼克斯（Nyx）女神指代夜晚；并且在尼克斯的孩子中，有莫罗斯（Moros）指代"命运"，克尔（Ker）指代"破坏"，塔纳托斯（Thanatos）指代"死亡"，修普诺斯（Hypnus）指代"睡眠"，奥涅伊洛斯（Oneiros）指代"梦"，摩墨斯（Momus）指代"谴责"，俄匊斯（Oizys）指代"烦恼"，赫斯帕里得斯（Hesperides）指代"夜晚的群星"，涅墨西斯（Nemesis）指代"复仇"，阿帕忒（Apate）指代"欺骗"，菲罗忒斯（Philotes）指代"情欲"，革剌斯（Geras）指代"老龄"，厄里斯（Eris）指代"纷争"等等（参见赫西俄德的《神谱》211—225）。"一到晚上就能看到繁星""我们将沉睡""看到梦境""死亡""在夜间冒险""夜晚的宴席容易产生纠纷、争论以及烦恼""夜复一夜中人日渐老去，最终离世""刚开始被黑暗掩盖的罪行不久后就将大白于青天白日"，我认为这些比喻性的表现就是寓意。被认为是近代神话学鼻祖的麦克斯·缪勒（Max Müller）也表述过这样的想法，[1] 同样的见解从古代就存在。

1　ミュラー，フリードリヒ・マックス2014『比較宗教学の誕生：宗教・神話・仏教』（宗教学名著選；2）松村一男／下田正弘（監修）山田仁史／久保田浩／日野慧運（訳）：68–69. 国書刊行会.（1856年に出された記念碑的な論文「比較神話学」などの邦訳を含む）

"神话历史论"英文作"Euhemerism",源自古希腊神话作家欧赫美尔(Euhemerus)之名。[1]他在所著的《神圣史》(*Hiera Anagrapre*)中并没有科学地论述众神的起源,而是尝试写小说。其中有一个在公元前4世纪时被人们所喜爱的乌托邦式的故事,其内容为:他在南方某处有个叫潘凯亚(Panchaia)[2]的岛上发现一个金柱,这根金柱上有金字写就的宙斯神的一生及其父克洛诺斯、祖父乌拉诺斯的事迹,这是一个虚构故事。根据欧赫美尔的观点,这个故事想要展示的是有关神的事迹的记录。也即,神原本是人,在其死后被神格化而成为神,因此神做出一些人类有的举动也并不奇怪。

　　这种神话历史论的解释,得到了基督教护教学者们的赞赏,也就是说,这种解释方法有助于证明异教的神原本是多么不堪。

　　此外,在文艺复兴后的16—17世纪,多次有人提出希腊的众神是《圣经》中人物原型这样的说法。[3]

　　那么,到中世纪时,希腊神话是以何种形式被继承下来的呢?如前一章所述,在以拉丁语为通用语的西欧,希腊语的知识并没有得到传承。因此,拉丁语的书籍,比如奥维德的《变形记》,以及将希腊神话像百科全书那样汇总而成的合集,这些资料得以广为流传。其中尤其被广泛使用的"百科全书"有6世纪西班牙塞维利亚的依西多禄[4]的《词源》(*Etymologiae*)。

---

　　1 "神话历史论"因此又称为"欧赫美尔主义"。——译者注

　　2 古希腊神话中的岛屿,汉译名据杨周翰译《变形记》卷十。——译者注

　　3 大林太良1966『神話学入門』(中公新書;96):9.中央公論社.(とくに第Ⅰ章「神話研究の歩み」); de Vries, Jan. 1961. *Forschungsgeschichte der Mythologie*:70. Freiburg:Verlag Karl Alber.

　　4 塞维利亚的依西多禄(Isidoro de Sevilla),即圣依西多禄(560—636),西班牙6世纪末至7世纪初的教会圣人、神学家。——译者注

比如，在《词源》第8章第11节的《异教的众神》中有"众神原本也是人"这种神话历史论和寓意论观点。当然，这里"异教"指的是从基督教的视角看到的希腊和罗马的宗教。在这里举一个例子，该书就前文提及的萨图恩（即克洛斯诺斯）将凯路斯（Caelus，即乌拉诺斯）阉割导致维纳斯的诞生之事，是这样叙述的：萨图恩将其父天空（凯路斯）的阳具切下，阳具掉落海中而创造出维纳斯，之所以会有这样的想象，是因为如果水不从天上落到地上就什么也创造不出来。[1]这体现的寓意就是从天而降的雨水等。

以这种形式传播的神话起初是以手抄本、之后以印刷的形式流传开来，特别是其中带有插图的神话故事集深受大众喜爱。比如，性描写较多的小说《十日谈》（1348—1353作）的作者薄伽丘的作品《异教诸神谱系》（*De genealogiis deorum gentilium*）就被广泛阅读。

另一方面，人们能够接触原典则是文艺复兴之后的事了。据德国古典学者奥托·格鲁佩（Otto Gruppe）的观点，随着阿波罗多洛斯的著作《文库》于1555年出版，16世纪后希腊语的作品开始不断被印刷出版，人们对神话的认识也终于超过了薄伽丘的《异教诸神谱系》之范围。然而如果要对其进行真正深入的研究，则要等到19世纪的缪勒以及布尔芬奇的时代。

---

[1] Barney, Stephen, W. J. Lewis, J. A. Beach & Oliver Berghof. 2010. The Etymologies *of Isidore of Seville*. Paperback ed.（corrected）: 188. Cambridge: Cambridge University Press.

2.5 两大传统的后续

关于希腊语、拉丁语的古典文献，这里要提到一部重要丛书《洛布古典丛书》(*The Loeb Classical Library*)。发行该书的目的在于，通过用英文与原文对译，使普通人也能读懂。该书于1911年由詹姆斯·洛布（James Loeb）构思策划，现在由哈佛大学出版社继续修订及出版。洛布生于美国，之后就读于哈佛大学，毕业后继承父业成了银行家，但这似乎并不符合他的心愿，导致他陷入严重的抑郁状态。洛布之后移居德国，他对古典学的兴趣再次被点燃，于是想到发行一套普通人也能阅读的古典系列丛书。从那时到现在已经快过去一个世纪，洛布为我们提供了一座西洋古典的巨大宝库。

关于发行这套丛书的目的，洛布自己是这样描述的："中世纪以来，也许人文科学遭到前所未有的轻视，人心也逐渐史无前例地变得现实和物质。在这样的时代，无论你多么雄辩，多么有说服力，对于我们最伟大的遗产，我们不应只停留在对它的保护和拥有上，必须想办法使这些珍宝能够触达所有喜欢优质作品的人。我们必须找到方法，以期能够将这些至宝送到所有喜欢优质作品的人那里。"这句话在今天也许依然适用，人文科学的存在意义想来也就蕴含其中。我想再附带说一句，读《洛布古典丛书》可以较为轻松地了解原文，比较方便，但也要注意跟进之后不断新出版的学术性修订本。

总之，神话学在欧美产生了上一章提及的《圣经》，以及本章所言的古典希腊和拉丁语作品这两大传统。它们存在于美术、教会音乐、但丁的《神曲》所代表的文学作品等等之中。

并且这样的情况一直持续到近现代也没有发生变化，现在依然存在以它们为基础构成的学术及文化。比如，1969年着陆月球表面的宇宙飞船被命名为"阿波罗号"。另外，还有一个希望大家注意的分子人类学学说，它将约20万年前生存在非洲的某位女性当作现存所有人类的祖先，她被命名为"线粒体夏娃"（Mitochondrial Eve）。

附录：周作人译《希腊神话》（对照本章《神话文本5》）

乌拉诺斯是第一个管领全宇宙的人。他与伽亚结了婚，最初生了那些被称为百只手的，即是布里阿瑞俄斯、古厄斯、科托斯，他们在身材和力量上面没有人能相比得过，各有一百只手和五十个头。

在这之后，伽亚给他生了那些库克罗普斯，即是阿耳革斯、斯特洛珀斯、布戎忒斯，他们各有一只眼睛在他们的前额上。但是乌拉诺斯把他们都捆缚了，扔到塔耳塔洛斯里去。那是在冥土的一个幽暗的地方，其与地面相去的距离正与地面之与天上相去一样。

他又因了伽亚生了那些被称为提坦涅斯的儿子，即是俄刻阿诺斯、科俄斯、许珀里翁、克勒俄斯，和那顶幼小的克洛诺斯，又有那些被叫作提坦涅斯的女儿，即是忒提斯、瑞亚、忒弥斯、谟涅摩绪涅、福柏、狄俄涅、忒亚。

但是伽亚因了她的那些被扔到塔耳塔洛斯里去的儿子们的苦难很是悲愤，便劝那提坦们去攻击他们的父亲，她给了克洛诺斯把不屈金刚石的镰刀。于是除俄刻阿诺斯外他们都起来攻击他，克洛诺斯劈下了他父亲的男根，把它扔下海里去。从那流出的血的点滴生了那些厄里倪厄斯（报复神女），即是阿勒克托、提西福涅、墨伽拉。既然夺下了（乌拉诺斯的）政权，他们把那些被扔在塔耳塔洛斯里的兄弟们放了上来，又将政权交付了克洛诺斯。

但是他还将他们捆缚了，关在塔耳塔洛斯里。他娶了他的姊妹瑞亚，因为伽亚与乌拉诺斯都预示给他过，说将被自己的儿子所夺去政权，他便把生下的儿女都吞吃了。他吞吃了他的头生的女儿赫斯提亚，随后是得墨忒耳与赫拉，她们之后是普路同与波塞冬。瑞亚因此生了气，在怀孕宙斯的时候，她走到克瑞忒岛去，在狄克忒的山洞内产生了宙斯。她把他交给枯瑞忒斯，以及墨利修斯的女儿们，阿德剌斯忒亚和伊达两个神女去抚养。于是神女们用了阿玛尔忒亚的奶来喂养这小孩，那武装的枯瑞忒斯们守护山洞内的婴孩，用他们的枪撞那盾牌，使得克洛诺斯听不见小孩的叫声。瑞亚却把一块石头包了襁褓，给克洛诺斯去吞吃，好像是新生的小孩似的。

在宙斯长大了的时候，他得到俄刻阿诺斯的女儿墨提斯做帮手，她给克洛诺斯一服药吃，因此他被逼得吐出来，最初是那块石头，随后是他所吞吃的那些儿女，宙斯联合他们便去同克洛诺斯和提坦们开战。他们打仗打了十年，伽亚预言宙斯会得胜利，假如他能得那些被扔到塔耳塔洛斯里去的人做帮手。他于是杀了他们的女禁子坎珀，解除了他们的捆缚。库克罗普斯们将雷电和霹雳给了宙斯，又给普路同一顶盔，波塞冬一柄三尖叉。他们这样地武装了，打胜了提坦们，把他们关闭在塔耳塔洛斯里，命令那百只手们充当看守。他们自己却来刮分政权，于是宙斯得到了天上的主权，波塞冬得到了海的，普路同得到了冥土的主权。

参考文献

【1】本章的总体参考文献

1. 大林太良 1966『神話学入門』（中公新書；96）中央公論社.（とくに第Ⅰ章「神話研究の歩み」）

2. シュール，P=M/F・L・アトリー/J・セズネック/F・ハード/M・エリアーデ 1987『神話の系譜学』（叢書 ヒストリー・オヴ・アイディアズ；13）野町啓/松村一男/高田勇/加藤光也/久米博（訳）平凡社.（とくにセズネック「中世・ルネサンスにおける神話」）

3. de Vries, Jan. 1961. *Forschungsgeschichte der Mythologie*. Freiburg: Verlag Karl Alber.（とくにⅠ–Ⅳ章）

4. 松本仁助/岡道男/中務哲郎（編）1991『ギリシア文学を学ぶ人のために』京都：世界思想社.

5. 松本仁助/岡道男/中務哲郎（編）1992『ラテン文学を学ぶ人のために』京都：世界思想社.

6. ミュラー，フリードリヒ・マックス 2014『比較宗教学の誕生：宗教・神話・仏教』（宗教学名著選；2）松村一男/下田正弘（監修）山田仁史/久保田浩/日野慧運（訳）国書刊行会.（1856年に出された記念碑的な論文「比較神話学」などの邦訳を含む）

【2】希腊罗马神话的简介、概述、辞典类书籍

1. ケレーニイ，カール 1985『ギリシアの神話』全2冊（中公文庫）植田兼義（訳）中央公論社.

2. Kerényi, Karl. 1960–66. *Die Mythologie der Griechen*, 2 Bde.（dtv；30030–31）．München: Deutscher Taschenbuch Verlag.（上記の原書）

3. 高橋宏幸 2006『ギリシア神話を学ぶ人のために』京都：世界思想社.

4. 呉茂一 2007『ギリシア神話』改版，上下（新潮文庫）新潮社.（初出は1969年）

5. ブルフィンチ，トマス 2011『完訳 ギリシア・ローマ神話』改訂版6版（角川文庫）大久保博（訳）角川書店.（1855年に原書初版が出て

以来，親しまれている好著）

6. カーク，G.S 1980『ギリシア神話の本質』(叢書・ウニベルシタス) 辻村誠三 / 松田治 / 吉田敦彦（訳）法政大学出版局.

7. 高津春繁 1960『ギリシア・ローマ神話辞典』岩波書店.

8. 松原國師 2010『西洋古典学事典』京都：京都大学学術出版会.

9. Tripp, Edward. 2007. *The Meridian Handbook of Classical Mythology.* New York：Penguin.（初出は1970年）

10. Tripp, Edward. 2001. *Reclams Lexikon der antiken Mythologie*, 7. Aufl. Stuttgart：Philipp Reclam jun.（上記のドイツ語訳、初出は1974年）

11. Gantz, Timothy. 1993. *Early Greek Myth：A Guide to Literary and Artistic Sources.* Baltimore：Johns Hopkins University Press.

12. Dowden, Ken & Niall Livingstone (eds.) 2014. *A Companion to Greek Mythology.* (Blackwell Companion to the Ancient World). Hoboken, NJ：Wiley Blackwell.

13. Ogden, Daniel (ed.) 2010. *A Companion to Greek Religion.* (Blackwell Companion to the Ancient World). Hoboken, NJ：Wiley Blackwell.

14. Rüpke, Jörg (ed.) 2011. *A Companion to Roman Religion.* (Blackwell Companion to the Ancient World). Hoboken, NJ：Wiley Blackwell.

15. Hornblower, Simon & Antony Spawforth (eds.) 2012. *The Oxford Classical Dictionary*, 4th ed. Oxford：Oxford University Press.（1949年の初版以来改訂を重ねている、スタンダードな古典学辞典。略称OCD）

16. Cancik, Hubert & Helmuth Schneider et al. (eds.) 2002-14. *Brill's New Pauly：Encyclopaedia of the Ancient World*, 28 Vols. Leiden：Brill.（A・パウリが1839年から52年にかけて出した初版を、G・ヴィッソヴァが1890年から死後の1980年にかけて出した改訂版、略称Pauly-Wissowaの英訳版。最も信頼される古典学大事典）

17. Ackermann, Hans Christoph & Jean-Robert Gisler (eds.) 1981-2009. *Lexicon iconographicum mythologiae classicae*, 10 Vols. Zürich：Artemis.（古典神話の図像表現を網羅的に集成した大カタログ。略称LIMC）

18. Liddell, Henry George & Robert Scott (eds.) 1996. *A Greek-English Lexicon*. Rev. and augm. by Henry Stuart Jones. 9th ed. with new supplement. Oxford: Clarendon Press.（1843年の初版以来、改訂を重ねているスタンダードなギリシャ語辞典。編纂者3人のイニシャルから、LSJと略称される）

19. Glare, P. G. W. (ed.) 2012. *Oxford Latin Dictionary*, 2nd ed. Oxford: Oxford University Press.（1933年に編纂開始、1968年から82年にかけ分冊の形で刊行・完結し、現在の第2版が、スタンダードなラテン語辞典と目されている。略称OLD）

【3】罗马神话的简介、概述及日译本等

1. ガードナー, J. F. 1998『ローマの神話』（丸善ブックス；71）井上健 / 中尾真樹（訳）丸善.

2. 松田治2007『ローマ建国伝説：ロムルスとレムスの物語』（講談社学術文庫；1818）講談社.（初出は1980年）

3. グランダッジ、アレクサンドル2006『ローマの起源：神話と伝承、そして考古学』（文庫クセジュ；902）北野徹（訳）白水社.

4. リーウィウス2007『ローマ建国史』上（岩波文庫）鈴木一州（訳）岩波書店.

【4】希腊神话的翻译以及原典（限主要部分）

1. ホメロス1992『イリアス』上下（岩波文庫）松平千秋（訳）岩波書店.

2. ホメロス1994『オデュッセイア』上下（岩波文庫）松平千秋（訳）岩波書店.

3. ヘシオドス2013『全作品』（西洋古典叢書；G78）中務哲郎（訳）京都：京都大学学術出版会.

4. Hesiod. 1966. *Theogony*. Edited with Prolegomena and Commentary by M. L. West. Oxford: Clarendon Press.

5. オウィディウス1981-84『変身物語』上下（岩波文庫）中村善也（訳）岩波書店.

6. Ovid. 1984. *Metamorphoses*, 2nd ed., 2 Vols. With an English

Translation by Frank Justus Miller.（The Loeb Classical Library；42-43 / Ovid；3-4）. Cambridge：Harvard University Press.

7. アポロドーロス1978『ギリシア神話』（岩波文庫）高津春繁（訳）岩波書店.

8. Apollodorus. 1921. *The Library*，2 Vols. With an English Translation by James George Frazer.（The Loeb Classical Library；121-122）. London：W. Heinemann.

9. ヒュギーヌス2005『ギリシャ神話集』（講談社学術文庫；1695）松田治 / 青山照男（訳）講談社.

10. ウェルギリウス2004『牧歌 / 農耕詩』（西洋古典叢書；L13）小川正廣（訳）京都：京都大学学術出版会.

【5】古典时期神话资料的传承过程

1. レイノルズ，L.D /N.G.ウィルソン1996『古典の継承者たち：ギリシア・ラテン語テクストの伝承にみる文化史』西村賀子 / 吉村純夫（訳）国文社.

2. グラフトン，アンソニー 2015『テクストの擁護者たち：近代ヨーロッパにおける人文学の誕生』(bibliotheca hermetica叢書)ヒロ・ヒライ(監訳・解題) 福西亮輔（訳）勁草書房.

3. セズネック，ジャン1977『神々は死なず：ルネサンス芸術における異教神』高田勇（訳）美術出版社.

4. ウィント，エドガー1986『ルネサンスの異教秘儀』田中英道 / 藤田博 / 加藤雅之（訳）晶文社.

5. 伊藤博明1996『神々の再生：ルネサンスの神秘思想』東京書籍.

6. カルターリ2012『西欧古代神話図像大鑑：全訳『古人たちの神々の姿について』』大橋喜之（訳）八坂書房.

7. カルターリ2014『西欧古代神話図像大鑑 続篇：東洋・新世界篇 / 本文補註 / 図版一覧』L.ピニヨリア(増補) 大橋喜之（訳）八坂書房.

8. Gruppe，Otto. 1921. *Geschichte der klassischen Mythologie und Religionsgeschichte während des Mittelalters im Abendland und während der Neuzeit*.（Ausführliches Lexikon der griechischen und römischen Mythologie；Supplement）. Leipzig：B. G. Teubner.

9. Barney, Stephen, W. J. Lewis, J. A. Beach & Oliver Berghof. 2010. *The* Etymologies *of Isidore of Seville.* Paperback ed.（corrected）. Cambridge：Cambridge University Press.

10. セビリャのイシドルス1993「語源」兼利琢也（訳），上智大学中世思想研究所（編訳・監修）『後期ラテン教父』（中世思想原典集成；5）：505-565. 平凡社 .（上記のほんの一部の抄訳）

【6】两大传统得到继承的事例

1. 諸川春樹（監修）1997a『西洋絵画の主題物語Ⅰ 聖書編』美術出版社 .

2. 諸川春樹（監修）1997b『西洋絵画の主題物語Ⅱ 神話編』美術出版社 .

3. 楠見千鶴子1993『オペラとギリシア神話』（音楽選書）音楽之友社 .

4. 新井明/新倉俊一/丹羽隆子（編）1991『ギリシア神話と英米文化』大修館書店 .

5. ホール，ジェイムズ1988『西洋美術解読事典：絵画・彫刻における主題と象徴』高階秀爾（監修）高橋達史/高橋裕子/太田泰人/西野嘉章/沼辺信一/諸川春樹/浦上雅司/越川倫明（訳）河出書房新社 .

6. Hunger, Herbert. 1988. *Lexikon der griechischen und römischen Mythologie.* 8., erweiterte Aufl. Wien：Hollinek.

7. Walther, Lutz（Hrsg.）2004. *Antike Mythen und ihre Rezeption. Ein Lexikon*, 2. Aufl. Leipzig：Reclam.

第三章
与新世界的相遇
——南美北美大陆

右图：巴西图皮南巴人（根据汉斯·斯塔登著作中的插画绘制）

也许有的读者觉得，将南美北美大陆接在《圣经》和希腊神话之后，会有些奇怪。然而，这正是本书的重点之一，即回溯往昔时代去审视当年进入欧洲知识分子视野中的、作为异域文化的那个神话世界。也就是说，欧洲人从15世纪后半叶开始进入大航海时代，以1492年哥伦布"发现"美洲大陆为象征，新大陆成为一个目的地。在那里，以耶稣基督教会成员为主的欧洲移民，向当地的本土美洲人传教。

为了进行传教，他们必须要理解当地人们的语言。于是，传教士们开始学习当地语言，并在学习过程中有机会听到并了解当地的神话等等。他们将与此有关的记录传回欧洲，并进行各式各样的解读。这是第一阶段，一直持续到约18世纪上半叶。

之后进入18世纪下半叶的第二阶段（美利坚合众国于1776年独立）。在这一阶段，人们开始对美洲大陆的风俗、神话和宗教做科学的、正式的调查研究。这方面的情况将在第九章《与新大陆的重逢》中展开论述。

本章首先想要探讨的是，大航海时代到来之前的欧洲人是如何看待欧洲以外的世界的。

3.1 将视线投向欧洲以外的世界

在中世纪的欧洲，一种可以称作"怪物世界观"的异质性世界观很有市场。其原型是活跃于公元1世纪的普林尼（Plinius）[1]的《博物志》。

与此相类的世界观在此之后也不断重复出现。举个例子，如上一章介绍的6世纪圣依西多禄的《词源》。该书当时被视为最具权威的世界地志典籍，在欧洲一直被使用至文艺复兴。

1356年，约翰·曼德维尔（John Mandeville）的游记问世，他是法国的贵族，这本书也非常受欢迎。[2]现存的250本抄本（是马可·波罗游记抄本的3倍以上）中有73本德语和荷兰语，37本法语，50本拉丁语，40本英语，其余为西班牙语、意大利语、瑞典语、捷克语、爱尔兰语等版本。

这本书有几个地方值得关注，它依旧继承了古代普林尼的怪物世界观。特别是在苏门答腊岛上有食人族（这一点马可·波罗也提到），以及在印度洋部分列举出的几个奇特怪物，比如尼科巴群岛（Nicobar Islands）的岛民无论男女都长了一张狗脸，被称作Cynocephaly；安达曼群岛（Andaman Islands）生活着拥有巨人般体格的人种，他们只有一只眼睛，位于额头正中央。（如图5）

---

[1] 盖厄斯·普林尼·塞昆德斯（Gaius Plinius Secundus，23—79），古罗马科学家、作家，历史上又称为"老普林尼"（拉丁文：Plinius Maior），有《博物志》（*Naturalis Historia*）一书传世。——译者注

[2] 《曼德维尔游记》（*The Travels of Sir John Mandeville*）的作者尚无定论。现有的研究普遍认为，该书化用《马可·波罗游记》等书的亚洲记述，虚构描述了作者在中国、印度和东南亚几十年的旅程。该书在当时的欧洲影响深远。——译者注

尼科巴群岛，"这个岛上的居民不论男女都长着一张狗脸，他们被称作Cynocephaly"。

安达曼群岛，"这里的一个人种其身体像巨人般高大。……只有一只眼睛，位于额头正中央"。

图5　约翰·曼德维尔游记中的插图〔ミルトン，ジャイルズ2000『コロンブスをペテンにかけた男：騎士ジョン・マンデヴィルの謎』岸本完司（訳）中央公論新社．〕

在这些信息中，以前就报告过发现"食人族"。然而，进入16世纪后，不断传出关于美洲大陆"食人族"的报告。顺便说一下，"吃人"这个词在英语中的写法"cannibalism"，就是源于哥伦布发现生活在加勒比海的原住民的习俗。[1] 表示"食人族"的"cannibal"原本是西班牙语"caribal"的音变，与表示狂欢节的"carnival"没有任何关系。

3.2 关于"食人族"的记录：神话的记录

诸如关于生活在巴西的图皮南巴人（Tupinambá）的吃人习俗，以16世纪中期访问当地的德国水手汉斯·斯塔登（Hans

---

[1]　ラウス，アーヴィング2004『タイノ人：コロンブスが出会ったカリブの民』（叢書・ウニベルシタス；809）杉野目康子（訳）：34. 法政大学出版局．（原著は1992年刊）

Staden）的记录较为有名。他于1554年遭遇船只失事，被图皮南巴人抓住并同他们一起生活了9个多月。在这期间，他饶有兴致地进行观察，并于返回欧洲后的1557年出版了《美洲新世界的野蛮赤身凶猛的食人族国度的真实故事和记述》（*Wahrhaftig Historia und Beschreibung einer Landschaft der wilden, nacketen, grimmigen Menschenfresser-Leuten in der Neuen Welt America gelegen*）并随附多幅木版画。其第29章的标题为"在什么样仪式中他们会将敌人杀死并吃掉？是如何杀以及如何处理的？"。

当时，还有不少类似的记述不断发表出来。特别是方济各会修道士安德烈·泰韦基于其1555—1556年在巴西生活的经历而写成的《南极法兰西奇闻》[1]，该书的第40章题为"这些野蛮人是如何将在战争中捕获的敌人杀死并吃掉的"。此外加尔文教派的牧师让·德·莱瑞（Jean de Léry）的《巴西游记》（*History of a Voyage to the Land of Brazil*）也是基于其同时期（1556—1558年）前往巴西的经历而写成的，该书第15章题为"关于美洲人如何对待战俘以及将其杀死吃掉时举行的仪式"。后来的人类学家罗达·梅特勒（Rhoda Métraux）和克洛德·列维-斯特劳斯（Claude Lévi-Strauss）高度评价泰韦以及莱瑞的记录，将它们当作初期的一类民族志。

还有一个有名的法国故事。蒙田从一位曾在巴西生活10到12年的熟人那里，听到了有关图皮南巴人会吃人的见闻后，吐露出他文化相对主义的或者"高贵的野蛮人"的思想：

---

1 《南极法兰西奇闻》（*Les Singularitez de la France antarctique*，1557）的作者安德烈·泰韦（André Thevet，1516—1590），系法国探险家、地理学家和作家，其著作中的"南极法兰西"是殖民时代法国在南太平洋海域殖民地的统称。——译者注

我们看到这种行为实在骇人听闻，我认为这不应该，但我还真心认为不应该的是我们在评论人家的错误时，对自己的错误熟视无睹。我认为吃活人比吃死人更加野蛮，把一个还有知觉的身体在责罚与拷问中千刀万剐，一片片烧烤，让狗和公猪咬他啃他（这个我们不但在书本中读到，还亲眼看到，记忆犹新；惨剧没有发生在宿敌中间，却发生在邻居与同胞之间，更可恶的是打着虔诚与宗教的旗号来行凶），这比人死了以后再烤再吃更野蛮。

....

因此，即使我们可以从理性的角度来评判他们的野蛮，但就野蛮程度而言，我们似乎并不比他们好到哪儿去。他们的战争高尚慷慨，也可同样得到对这个人类通病[1]的溢美之辞。他们之间的战争，唯一起因是比谁更勇敢。他们不会为了征服新土地而打仗，因为他们享受着这天赐的富饶，不用辛苦劳作就可提供一切生活必需品，物质那么充足根本无须去扩展边界。他们也知道幸福所在，大自然给他们多少，也正是他们希望得到的多少。超过需要的也是多余的。[2]

这是一篇被多次引用的文章，从知识分子的视角反映出当时欧洲的混乱状态以及对新大陆的憧憬和恐惧，真是饶有趣味。

接下来让我们回到斯塔登的著作，里面除了记录吃人的习俗

1　此处的"人类通病"系马振骋译《蒙田随笔全集》的译文，日文译文为"人間の病氣"，意为"人性方面的疾病"。这里可能指代的是"野蛮"。——译者注

2　モンテーニュ1965-67『エセー』全6卷（岩波文庫）原二郎（訳）：404-406. 岩波書店.（汉译文参照米歇尔·德·蒙田：《蒙田随笔全集·第一卷》，马振骋译，上海：上海书店出版社，2009年，第191—192页。——译者注）

外还记录"土人的宗教",也就是图皮南巴人的宗教。据这部分内容可知,图皮南巴人喜欢音乐,在举行仪式时会使用一种叫作"塔姆马拉卡"的乐器(词语源自沙槌 maracas),此外人们相信被称作"拜吉"的巫医将神装入"塔姆马拉卡"就可以据此取得战争的胜利。

与上述内容一同记录的还有一则比较短小的神话。

> **神话文本 7　斯塔登所记录的巴西图皮南巴人的洪水神话**
>
> 　　他们完全没有意识到关于真实的神创造天和地,认为天地自古以来就一直存在。此外,他们对世界的起源也一无所知。
> 　　之后他们说起,某个时间发了大水,他们的祖先都被淹没,但当中有几个人坐上小船逃生,另外还有几个人逃到高大的树木中。我想这无疑指的就是大洪水。
>
> 资料来源:《真实的历史和描述了位于美洲新大陆的野生、裸体、凶猛食人者的景观》[1]
>
> 　　这虽然只是简单的描述,但这也是一种洪水神话。"大洪水"的原词是 Sündflut,指的是《旧约圣经》中的诺亚洪水。

此外,北美也有神话被记录,到 17 世纪和 18 世纪出现了比较详细的记录。特别是从现在的加拿大发现的耶稣会传教士呈现的记述,其中有很有趣的资料。

---

[1] Staden, Hans. 1557. *Wahrhaftige Historia und Beschreibung einer Landschaft der wilden, nackten, grimmigen Menschenfresser, in der Neuen Welt Amerika gelegen.* Cap. XXIII. Marburg.(ポルトガル語からの重訳は『蛮界抑留記:原始ブラジル漂流記録』西原亨訳,帝国書院,1961 年)

比如，在保罗·勒·朱恩（Paul Le Jeune）1633年的报告中，包含有关潜水者（earth-diver），即潜入水中捞起泥土进而创造大地的"潜水捞泥神话"的最老记录。[1]

神话文本8　勒·朱恩所记录的阿尔冈昆人（Algonquins）神话及对神的观念

他们说一个叫梅苏（Messou）的人恢复了在水中失落的世界。对他们来说，这虽然与童话故事相混杂，但还是能从中发现大洪水传说的影子。之所以这样说，是因为按照他们的说法，世界是以这样的方式消失的。

有一天梅苏没有与狗，而是与大山猫一同打猎，并警告大山猫（梅苏称它们为兄弟），说附近有个湖很危险。这一天，梅苏在追逐一只驼鹿（élan），大山猫们追着它一直追到湖里，当它们到达湖中央时瞬间就沉了下去（abîmés）。梅苏来到大山猫们下沉的地方，开始到处找他的兄弟们。据一只鸟所说，梅苏发现湖底的动物或者是怪物抓住了它们。为了救出他的兄弟，梅苏跳到水里，很快湖水就开始泛滥，水量急剧增加，淹没了所有土地。

梅苏惊呆了，他不再去想大山猫们，而是把注意力集中到将世界恢复原状上。他派出迁徙鸦去寻找土块，打算用这些碎片去创造另一个世界。由于大水淹没了一切，迁徙鸦一无所获。他又让水獭潜入水中，但由于水很深，水獭够不到地面。最后麝鼠跑下来，带来了土块。梅苏靠着这块土块让一切恢复原状。要说他将一切恢复原状的过程就说来话长了。为了

---

[1] Clements, William M. 1996. "Not so stupid as they may have been painted": The Jesuits and Native Canadian Verbal Art. In: Clements, *Native American Verbal Art: Texts and Contexts*: 62. Tucson, Arizona: The University of Arizona Press.（初出は1994年）

向抓住他的兄弟们（大山猫们）的怪物们报仇，他变身成上千种动物去偷袭怪物。最终，这位杰出的修复者与一只小家鼠（souris musquee）结婚生子，它们的孩子又接续在世间繁衍下去。

通过这些故事，我想读者会明白野蛮人对神怀有什么样的观念。

资料来源：《这一年在新西兰发生的事情》[1]

此处被翻译为"大洪水"的词，其原词是"deluge"，即指《旧约圣经》中的洪水。

综上，听到洪水的故事，欧洲人首先会想到的是《旧约圣经》中诺亚的洪水神话，我们对当地居民是否抱有与基督教类似的神祇观念十分感兴趣。

3.3 解释新大陆神话

在这些人当中，有一位被称为近代民族学的先驱者，他就是法国人、耶稣会传教士约瑟夫-弗朗索瓦·拉菲托（Joseph-François Lafitau）。他在易洛魁人（Iroquois，原本居住在纽约州，多数在美国独立战争期间迁徙到加拿大）群体中生活了5年。他一边传教一边观察他们的习俗，并写下《美洲野蛮人诸习俗与古代习俗的比较》（*Mœurs des sauvages américains comparées aux*

---

[1] Le Jeune, Paul. 1634. *Relation de ce qui s'est passé en La Nouvelle France en l'année 1633*: 77–79. Paris: Sebastian Cramoisy.（上記シリーズの第5巻に収録されている）

mœurs des premiers temps）（1724）这部民族志。

本书甚至被称为"18世纪的《金枝》",在当时广为流传。[1] 此前不为人们所知的印第安人生活,一下就变得一目了然。书中对比如政治组织、婚姻与教育、男性与女性的工作、战争、疾病与治疗、死亡与丧葬制度等条目都有详细的描述,当中也包括易洛魁人的神话。

神话文本 9　拉菲托所记录的易洛魁神话

易洛魁人关于世界的起源是这样描述的。刚开始有六个男人（秘鲁与巴西印第安人神话也是同样的数字),没人知道他们从哪里来。当时还没有大地,他们在空中随风飘动。他们想到,由于没有女人,他们种族恐将会绝种。最终他们得知,天上有一个女子,于是他们在商量后决定让称作Hogouaho（意为"狼"）的男子去往天上。虽然这或许是不可能完成的任务,但天上的鸟儿们一只接一只连在一起,成为一把椅子,支撑着Hogouaho的身体,把他带上天。

到了天上后,男子在一棵树下等待那名女子来树附近召取泉水。待那名女子到来之后,他向她搭话,许诺要给她吃熊的油脂。这名女子不仅好奇心很强,并且喜欢与人交谈,还喜欢接受礼物,于是她接受了他的邀请。天神看到这一幕而发怒,将她驱逐并从天上抛下去。

女子被从天上抛下的过程中,有一只乌龟将她接到自己背上。并且,水獭和鱼类用它们从水底挖到的黏土建起一座小岛,该岛的面积不断扩大,逐渐变为今天我们所看到的大地。

这名女子生下的两个孩子开始相互战斗,然而一方的武器

1　Feldman, Burton & Robert D. Richardson. 1972. *The Rise of Modern Mythology 1680-1860*: 42. Bloomington: Indiana University Press.

是用于攻击的武器，另一方的武器却没有杀伤力，因此后者很快就被杀死。

这名女子成为其余所有人类的祖先，在经过几代人后分裂为易洛魁人与休伦人（Huron）中的狼、熊、龟三个家族。这三个姓氏至今仍在传承。

这个神话的"无稽"或许会让人们轻慢和不以为意，但并不能说它像希腊人的神话那样愚蠢。希腊人虽然如此优雅，但他们同样也发明出了如下这样的神话：为了盗火而升天的普罗米修斯的故事；以及遵照神谕将石头扔到背后，石头变成人类男子丢卡利翁（Deucalion）和女子皮拉（Pyrrha）的故事。

然而，我相信我们还是能从这个神话的无稽之中看出部分的真实，比如，天上的女子、知善与知恶之树、败给诱惑等等。此外这里还能看到将我们最初的父亲从乐园逐出的神之怒。最后则是哥哥该隐（Cain）杀害弟弟亚伯（Abel）。

此外，这个神话的基础也存在于古代人们的神话中。易洛魁神话中被从天庭赶出来的女子与荷马说到的阿忒（Até）非常类似。阿忒是朱庇特的女儿，曾经是女神。然而她对众神和人类净做出忌讳的坏事，最终朱庇特抓住她的头发从天空扔下，并让她永远不要再回来。

资料来源：《美国野蛮人的道德与早期道德的比较》[1]

文末出现的阿忒是荷马口中的宙斯（拉丁名为朱庇特）的女儿，是一个丧失了众神与人类的道德判断的、发疯的女神。

如上所述，拉菲托将易洛魁神话与希腊罗马神话及《旧约圣经》的神话进行了比较研究。我想大家应该都知道后者对欧洲知

1　Lafitau, Joseph-François. 1983. *Mœurs des sauvages américains comparées aux mœurs des premiers temps*. Paris：François Maspero. pp. 58-60.

识分子来说是进行比较的原点。此外，还有一个有意思的地方在于，他表达了以下观点：由于他是法教士，故笃信《旧约圣经》就是真实的故事源泉，这些故事堕入民间后才成了希腊神话以及美洲原住民神话。

换言之，对于耶稣会的传教士们而言，印第安神话不外乎是一种堕落的信仰的表现。另外，印第安人担心被白人轻视，并没有主动说起他们的神话。因此，关于神话并没有多少详细的描述留存下来。[1]

此外，在拉菲托的古典民族志出版的1724年，还有一本对于神话学史十分重要的小册子出版了（事实上还发现了前推十年的1714年版本）[2]，这就是法国哲学家丰特奈尔（Bernard Le Bovier de Fontenelle）所著《关于神话的起源》（*De l'origine des fables*，执笔于1690年代）。这本书也将美洲原住民神话与希腊神话进行了比较：

> 如有必要，我可以展示出美洲人的神话与希腊神话是如何惊人般的相似。美洲人会将生前作恶的人的灵魂送到肮脏的湖里，而这也与希腊人在人死后将同类人送往斯堤克斯冥河（Styx）以及阿刻戎冥河（Acheron）如出一辙。美洲人相信之所以下雨是因为云中的少女与弟弟玩耍时将水罐打碎所致，这是否与将水从水罐中舀出的宁芙们（Nymph）存在异曲同工之妙？根据秘鲁那边的说法，太阳之子印加·曼科·卡帕克（Inca Manco Huayna Capac）十分能言善辩，他将在森林深处像野兽

1　Clements, William M. 1996. "Not so stupid as they may have been painted": The Jesuits and Native Canadian Verbal Art. In: Clements, *Native American Verbal Art: Texts and Contexts*: 62. Tucson, Arizona: The University of Arizona Press.（初出は1994年）

2　赤木昭三 1993『フランス近代の反宗教思想』: 79. 岩波書店.

般生活的居民们带了出来,并成功使他们按照理性的法(loix raisonnables)来生活。俄耳甫斯对希腊人也做过同样的事,而他也是太阳之子。

上述相似点显示出,希腊人在某一段时期也是与美洲人类似的野蛮人,并且两个民族是以同样的方式从野蛮状态得到进步,他们虽然相距甚远,但却怀有相同的想象,即拥有卓越能力的人是太阳之子。希腊人是充满理性的,但当他们作为一个民族被西班牙人发现时,似乎并不比作为年轻民族的美洲野蛮人的思考更为理性,因此有理由相信,假以时日,美洲人也可以像希腊人那样进行同等程度的理性思考。[1]

上述引文中的太阳之子印加·曼科·卡帕克被认为是印加帝国的初代皇帝。丰特奈尔引用的"美洲人"神话,也是自二手资料所获知的新大陆神话,并被他拿来与希腊神话进行比较。其中特别引人注目的是,他对神话理性而客观的理解。他进一步认为,美洲人只要再往前取得进步,是能够达到希腊人的水平的。这不仅成为比较研究的先驱,甚至成为启蒙思想的开端。

综上所述,随着拉菲托的民族志等相关信息渐渐传入欧洲,人们也从这个时候开始将其与希腊罗马神话、《旧约圣经》故事进行比较。在这个时代里,人们开始尝试理性地解释神话,并且新大陆神话也作为解释材料而流转存留下来,这一进程直到18世纪中叶才告一段落。

---

1 de Fontenelle, Bernard Le Bouier. 1932. *De l'origine des fables*. Édition critique, par J. -R. Carré.(Textes et traductions pour servir à l'histoire de la pensée moderne): 30-32. Paris: Librairie Félix Alcan.

3.4 美洲大陆的神话——根据之后的研究

美洲大陆的神话从 16 世纪开始渐渐为人们所了解，接下来谈谈四个世纪以来，我们对美洲大陆神话所了解程度的概述。

在欧洲人到来之前，北美大陆生活的居民被称作"爱斯基摩人（或称为因纽特人）"和"印第安人"。他们的传统居住地可大致分为东部和西南部的农耕地带、西北海岸的渔业捕捞区，以及剩下的狩猎和作物采集地带。并且在更加细分的几个文化领域里，每个都发展出特征明显的神话以及神格。

比如在狩猎民众间会常常看到"动物之主"的观念。"动物之主"统治着成为猎物的动物们，并将它们送到人类那里。比如在北极地区的因纽特人中，流传着身为海兽之主的塞德娜（Sedna），同时也是一位"不想结婚的女孩"的神话。赛德娜总是拒绝她的那些求婚者，却在某一时刻被化身为叉尾海燕的年轻人带走，并作为他的妻子一起生活。之后，赛德娜被前来寻找她的父亲带回，然而父女二人在返回途中遭遇暴风雨，父亲决定牺牲女儿将她扔进海里。赛德娜紧抓着船沿的手指被父亲切掉，并变身为海豹。从那之后，赛德娜便成为海兽之主生活在海底。

在进行狩猎和采集的民众中，尤其广为流传的是以恶作剧精灵为主角的神话，在不同区域，特定的动物会被认为是恶作剧精灵。在阿拉斯加以及西北海岸地带是迁徙鸦和水貂，在苔原地区是丛林狼，在大平原等地区是兔子或野兔，它们在当地都被认为是淘气包。然而，它们也具有如"整顿宇宙""大洪水后的世界"以及"盗火送给人类"这样的成为文化英雄的一面。它们也经常转换秩序，彰显它们的性情。比如奥吉布瓦人（Ojibwa）讲一个称作 Manabozho 的野兔与弟弟 Chibiabos 发生战斗，最终后者消失了。它们俩有时被认为是双胞兄弟，而以双胞英雄为主题的神话在北美南美神话中反复出现。

此外,西南部的农耕民族以及南加利福尼亚的多个民族那里传来了有关"天父地母"的观念。根据祖尼人(Zuni)的创世神话,大地母亲从原初的汪洋大海中跳出,与成为天空的父亲发生碰撞,之后又从天父那里离开。另外,根据亚利桑那州霍皮人(Hopi)的说法,太阳被称作天空的心脏,地母则拥有发芽的种子、老妪、蜘蛛女、玉米少女、成长女神等各种各样的名称。

同样在农耕民族之间广为流传的,还有玉米之母这样的谷物母亲的观念。在希阿族的神话中,他们的始祖母是乌托斯托,同时她也是谷物之母。在人们刚从地下出来之后,在地上能作为食物的只有草和种子。于是她将自己心脏的一部分埋到田野里,之后玉米就从那里生长出来。她对人们说:"这是我的心脏。对人们来说,相当于是从我的胸膛流淌出的乳汁。"

与这些神以及神话般的人物不同的是,在北美原住民中广为流传的泛灵论观念,即世间存在着森罗万象般的各种灵魂。这些灵魂、精灵乃至于超自然的力量在因纽特语中称作 Inua,在易洛魁语中称作 Orenda,在苏人(Sioux)的苏语中称作 Wakonda。最有名的是阿尔冈昆人语言中的自然神 Manitou,它是一种内在于风、雷、鸟、兽、植物、岩石、日月中的神秘力量。北部多个阿尔昆部族将"大精灵"称作 Gitche Manitou,并认为它是所有自然神之首,是无法被看到的、不死的万善之源。

另一方面,南美的原住民对狩猎以及游耕农业更为关心。在亚马孙地区以及南部的火地岛等多个区域,人们都采集到仍在流传着的、在人类历史中形式较为古老的神话传说。我们将在第九章将其中的一部分和中美洲、南美安第斯地区文明社会中的神话一起介绍。

本章的参考文献（中美洲和安第斯高级文化在第九章）

【1】总体参考文献

1. Feldman, Burton. 1973. *Myth in the Eighteenth and Early Nineteenth Centuries. In*: Wiener, Philip P. (ed.), *Dictionary of the History of Ideas: Studies of Selected Pivotal Ideas*, Vol. 3: 300-307. New York: Charles Scribner's Sons. (邦訳はフェルドマン、バートン「神話：18，19世紀初期における」ウィーナー，フィリップ・P編『西洋思想大事典』3：33-40，平凡社，1990)

2. Feldman, Burton & Robert D. Richardson. 1972. *The Rise of Modern Mythology 1680-1860*, Bloomington: Indiana University Press.

3. de Vries, Jan. 1961. *Forschungsgeschichte der Mythologie*, Freiburg: Verlag Karl Alb e r. (とくに第V章)

4. Blanckaert, Claude (éd.) 1985. *Naissance de Vethnologie?: Anthropologie et missions en Amérique XVIe-XVIIIe siècle*. Paris: Les Éditions du Cerf.

【2】中世纪欧洲对不同文化的认识

1. Hodgen, Margaret T. 1971. *Early Anthropology in the Sixteenth and Seventeenth Centuries*. Philadelphia: University of Pennsylvania Press. (初出は1964年)

2. 増田義郎 1989『新世界のユートピア：スペイン・ルネサンスの明暗』(中公文庫) 中央公論社. (初出は1971年)

3. Mason, Peter. 1990. *Deconstructing America: Representations of the Other*. London: Routledge.

4. Hamelius, P. 1919-23. *Mandeville's Travels*, 2 Vols. (Early English Text Library; 153-154). London: Oxford University Press.

5. 福井秀加/和田章（監訳）1997『マンデヴィルの旅』英宝社. (上記Hamelius版の完訳)

6. ミルトン，ジャイルズ 2000『コロンブスをペテンにかけた男：騎士ジョン・マンデヴィルの謎』岸本完司（訳）中央公論新社.

7. Tzanaki, Rosemary. 2003. *Mandeville's Medieval Audiences*.

Aldershot: Ashgate.

【3】新大陆的吃人习俗

1. Staden, Hans. 1557. *Wahrhaftige Historia und Beschreibung einer Landschaft der wilden, nackten, grimmigen Menschenfresser, in der Neuen Welt Amerika gelegen.* M arburg.（ポルトガル語からの重訳は『蛮界抑留記：原始ブラジル漂流記録』西原亨訳，帝国書院，1961年）

2. Thevet, André. 1557. *Les Singularitez de la France Antarctique, autrement nommée Amérique, & de plusieurs Terres & Isles decouvertes de notre temps.* Paris.（邦訳はテヴェ，アンドレ『南極フランス異聞』山本顕一訳・注，『フランスとアメリカ大陸』第1冊，大航海時代叢書，第2期19巻：157-501，岩波書店，1982年）

3. de Léry, Jean. 1578. *Histoire d'un voyage faict en la terre du Brésil, autrement dite Amérique.* Genève.（邦訳はド・レリー，ジャン『ブラジル旅行記』二宮敬訳・注，『フランスとアメリカ大陸』第2冊，大航海時代叢書，第2期2巻：3-365，岩波書店，1987年）

4. モンテーニュ1965-67『エセー』全6巻（岩波文庫）原二郎（訳）岩波書店.

5. 山田仁史2017『いかもの喰い：犬・土・人の食と信仰』亜紀書房.（第四章「カニバリズムを追う」）

6. ラウス，アーヴィング2004『タイノ人：コロンブスが出会ったカリブの民』（叢書・ウニベルシタス；809）杉野目康子（訳）法政大学出版局.（原著は1992年刊）

【4】耶稣会传教士的活动

1. バンガード，ウィリアム2004『イエズス会の歴史』上智大学中世思想研究所（監修）原書房.

2. 高橋裕史2006『イエズス会の世界戦略』（講談社選書メチェ；372）講談社.

3. Prieto, Andrés I. 2011. *Missionary Scientists: Jesuit Science in Spanish South America, 1570-1810.* Nashville: Vanderbilt University Press.

4. Thwaites, Reuben Gold（ed.）1896-1901. *The Jesuit Relations and*

Allied Documents, 73 Vols. Cleveland: The Burrows Brothers.（ニューフランスにおけるイエズス会宣教師たちの報告書を集大成した全73巻のシリーズで，原語に英訳を付す）

5. Le Jeune, Paul. 1634. *Relation de ce qui s'est passé en La Nouvelle France en l'année 1633*. Paris: Sebastian Cramoisy.（上記シリーズの第5巻に収録されている）

【5】"文化人类学的始祖"拉菲托的经典民族志及其背景

1. Lafitau, Joseph-François. 1724. *Mœurs des sauvages américains comparées aux mœurs des premiers temps*, 2 tomes. Paris: Saugrain.

2. Lafitau, Joseph-François. 1983. *Mœurs des sauvages américains comparées aux mœurs des premiers temps*, 2 tomes. Introduction, choix des textes et notes par Edna Hindie Lemay.（La Découverte；61-62）. Paris: François Maspero.

3. Clements, William M. 1996. "Not so stupid as they may have been painted": The Jesuits and Native Canadian Verbal Art. *In* Clements, *Native American Verbal Art: Texts and Contexts*: 53-72, 210-212. Tucson, Arizona: The University of Arizona Press.（初出は1994年）

4. Motsch, Andreas. 2001. *Lafitau l'émergence du discours ethnographique*. Sillery, Québec: Septentrion.

5. Harvey, David Allen. 2008. Living Antiquity: Lafitau's *Moeurs des sauvages amériquains* and the Religious Roots of the Enlightenment Science of Man. *Proceedings of the Western Society for French History*, 36: 7592.

【6】丰特奈尔和他的《关于神话的起源》

1. de Fontenelle, Bernard le Bouier. 1932. *De l'origine des fables*. Édition critique, par J. -R. Carré.（Textes et traductions pour servir à l'histoire de la pensée moderne）. Paris: Librairie Félix Alcan.（初版は1724年。英訳は【1】Feldman & Richardson 1972: 10-18）

2. de Fontenelle, Bernard le Bouier. 1991. Über den Ursprung der Mythen. *In*: Fontenelle, *Philosophische Neuigkeiten für Leute von Welt und für Gelehrte. Ausgewählte Schriften*, 2. Aufl.（Reclams Universal-

Bibliothek）: 228-242. Leipzig: Reclam.（上記の独訳）

3. 赤木昭三 1993『フランス近代の反宗教思想』岩波書店.

4. 山口信夫 2007「フォントネル」小林道夫（編）『デカルト革命: 17世紀』（哲学の歴史; 第5巻）: 653-674, 710-712. 中央公論新社.

【7】关于北美洲的文化与神话的主要文献

1. Sturtevant, William C. (ed.) 1978-. *Handbook of North American Indians*, 15 Vols. Washington, D. C.: Smithsonian Institution.（北米先住民の文化・社会に関する包括的・網羅的なシリーズ。未完結）

2. Lindig, Wolfgang. 1994. *Nordamerika. Von der Beringstraße bis zum Isthmus von Tehuantepec*, 6. Aufi.（Die Indianer. Kulturen und Geschichte; Bd. 1. München: Deutscher Taschenbuch Verlag.（北米先住民文化概説）

3. Gill, Sam D. & Irene F. Sullivan. 1992. *Dictionary of Native American Mythology*. Santa Barbara: ABC-CLIO.（北米先住民の神話辞典。書誌が充実している）

4. Bierhorst, John. 2002. *The Mythology of North America*. Oxford: Oxford University Press.（北米先住民神話の概説書。バランスがよく取れている）

5. Alexander, Hartley Burr. 1916. *North American.*（The Mythology of All Races; Vol. 10）. Boston: Marshall Jones.（北米先住民の神話を文化領域ごとに概説。古いがよくまとまっている）

6. 荻原眞子 2012「北アメリカの神話」大林太良/伊藤清司/吉田敦彦/松村一男（編）『世界神話事典 世界の神々の誕生』（角川ソフィア文庫）: 179-188, 227. 角川学芸出版.

7. プティエ, M/Ph・モナン 1985「北アメリカの神話」パノフ, ミシェル/大林太良ほか『無文字民族の神話』大林太良/宇野公一郎（訳）: 153-168. 白水社.

8. ダングリュール, ベルナール・サラダン/ビイエレット・デジー 2001「北アメリカの神話・宗教」ボンヌフォワ, イヴ（編）『世界神話大事典』金光仁三郎（主幹）: 1238-1258. 大修館書店.

9. Hultkrantz, åke. 1962. Die Religion der amerikanischen Arktis. *In*: Paulson, Ivar, Äke Hultkrantz & Karl Jettmar, *Die Religionen*

Nordeurasiens und der amerikanischen Arktis. (Die Religionen der Menschheit; Bd. 3): 357-415. Stuttgart: W. Kohlhammer Verlag.

10. Müller, Werner. 1961. Die Religionen der Indianervölker Nordamerikas. *In*: Krickeberg, Walter, Hermann Trimborn, Werner Müller & Otto Zerries, *Die Religionen des alten Amerika.* (Die Religionen der Menschheit; Bd. 7): 171-267. Stuttgart: W. Kohlhammer Verlag.

【8】关于南美洲的文化与神话的主要文献

1. Steward, Julian H. (ed.) 1940-47. *Handbook of South American Indians*, 7 Vols. Washington, DC: Smithsonian Institution. (南米先住民の文化・社会に関する包括的・網羅的なシリーズ)

2. Münzel, Mark. 1992. *Mittel-und Südamerika. Von Yucatan bis Feuerland*, 5. Aufl. (Die Indianer. Kulturen und Geschichte; Bd. 2). München: Deutscher Taschenbuch Verlag. (中南米先住民文化概説)

3. Bierhorst, John. 1988. *The Mythology of South America.* New York: Quill. (南米先住民神話の概説書。バランスがよく取れている)

4. 友枝啓泰 2012「南アメリカの神話」大林太良/伊藤清司/吉田敦彦/松村一男 (編)『世界神話事典 世界の神々の誕生』(角川ソフィア文庫): 199-209, 227-228. 角川学芸出版.

5. メトロー, A 1985「南アメリカの神話」パノフ, ミシェル/大林太良ほか(・『無文字民族の神話』大林太良/宇 野公一郎 (訳): 205-228. 白水社.

6. クラストル, ピエール2001「南アメリカの神話・宗教」ボンヌフォワ, イヴ(編)『世界神話大事典』金光仁三 郎住幹): 1288—1305. 大修館書店.

7. Zerries, Otto. 1961. Die Religionen der Naturvölker Südamerikas und Westindiens. *In*: Krickeberg, Walter, Hermann Trimborn, Werner Müller & Otto Zerries, *Die Religionen des alten Amerika.* (Die Religionen der Menschheit; Bd. 7): 269-384. Stuttgart: W. Kohlhammer Verlag.

第四章
《埃达》与《薏相》的冲击
——日耳曼人与凯尔特人

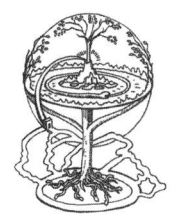
右图：世界之树（基于保罗·亨利·马利著作的插画）

4.1 日耳曼人与凯尔特人

日耳曼语与凯尔特语原本只是语言概念，它们都属于印欧语系。

其中日耳曼语族分为东日耳曼语、北日耳曼语及西日耳曼语。东日耳曼语中的哥特语现在已停止使用。而北日耳曼语包含了北欧的多种语言，包括冰岛语、挪威语、瑞典语、丹麦语。与此相对，西日耳曼语包含了英语、弗里西亚语、荷兰语、德语。（图6）

而在凯尔特语族中，现今仍在使用的语言有布列塔尼语和盖尔语。并且布列塔尼语还可细分为威尔士语、康沃尔语、布列塔尼语。盖尔语方面又可细分为爱尔兰语、马恩语（马恩岛）、阿尔巴语（又称苏格兰盖尔语）（图7）。[1]

"凯尔特"常常被划分为"大陆凯尔特"和"海岛凯尔特"，前者指的是欧洲大陆上业已消失的凯尔特人，现存的凯尔特语世界仅限于大不列颠群岛。如今，凯尔特语族语言给人一种即便在欧洲也被置于边缘之地的感觉，但凯尔特人（常常也被称为"高卢人"）曾广泛生活在欧洲多地（图8）。特别是奥地利的哈尔斯塔特（Hallstatt）文化及瑞士的拉坦诺（La Tène）文化（公元前

1　原聖 2016『ケルトの水脈』（興亡の世界史 講談社学術文庫；2389）講談社.（初出は2007年）

图 6　日耳曼语族分布图

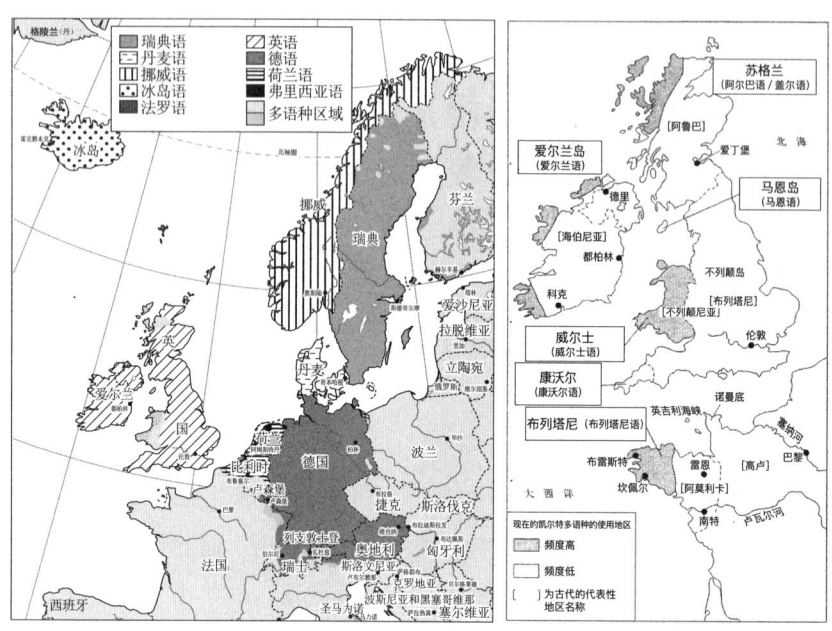

图 7　凯尔特语族分布图

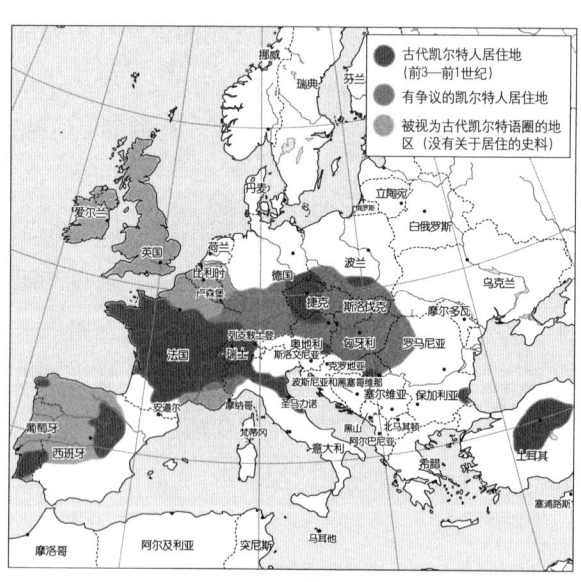

图 8　古代凯尔特人的居住地

5世纪到纪元前后）为代表的，根据遗迹来命名的凯尔特文化在某种程度上得以复原。因此，欧洲人对凯尔特人有这样一种认识，认为他们是被驱赶的原住民。这与日本人对"绳文人"产生的心理有异曲同工之处。下文将在上述说明的基础上阐述凯尔特人的神话。

4.2 日耳曼（北欧）神话形成的概况

在文明较为发达的罗马人看来，日耳曼人是一群北方的野蛮人，关于他们的样子在公元1世纪罗马历史学家塔西佗（Tacitus）的著作《日耳曼尼亚志》（*Germania*）中有各式各样的记载。比如关于啤酒，他的描述是："他们喝的饮料有一种是由大麦或者小麦酿造的、类似于葡萄酒但品味低下的液体。"他还描述道："他们并不热衷于烹饪，不需要使用调味料就可填饱肚子。但他们对干渴（饮酒）却没有节制。"从这些描述中可以看出作者在称赞他们的朴素时也带着几分讥讽。[1] 此外，他还提供了关于日耳曼人的众神及信仰的重要资料。

然而，日耳曼人也渐渐地接受了"文明"以及基督教，大约从6至11世纪，基督教逐渐渗透至日耳曼世界。

在这样的过程中，日耳曼人原本的神话受到基督教神职人员的敌视，有的已失传，有的受基督教影响而发生变化。然而，他们的神话在冰岛这个地方却并没有轻易失传，相对得以保存得更久。冰岛原本是无人岛，是由后期渐渐移居至岛上的人们于929年建国，并在1000年将基督教作为国教引进。

1　泉井久之助（訳）1979『タキトゥス ゲルマーニア』改版（岩波文庫）：108. 岩波書店

自此之后，在这里流传着的日耳曼神话也开始面临被改变而失传的危险，于是当时的诗人兼政治家的斯诺里·斯图鲁松（Snorri Sturluson）努力将这些神话记录下来，并写了一本名为《斯诺里的埃达》（*Snorri's Edda*）的神话解读书。

还有一份资料与之齐名，被称为《古埃达》（*The Elder Edda*）。这是根据1643年基督教的司教在小仓库中发现的古羊皮纸手抄本写成的。[1]《古埃达》的成书年代不详。一般认为它完成于800年至1100年间，当时，由于基督教传教不断推进，当地人掀起了重新审视自身文化的热潮。[2]除了上述两种《埃达》之外，传承北欧神话的文本还有称作"萨迦"（Saga）的集子，它传承了大量英雄与王族等的历史性传说。

《埃达》中的日耳曼（北欧）神话是由古冰岛语记录的。其中的《古埃达》是由韵文书写的，因此又被称为《埃达之诗》或者《埃达歌谣》等等。在其开篇的《女占卜者的预言》（*Völuspá*）中，有对巫女〔*Völva*，意为"持杖人"，源于vǫlr（手杖）一词〕贯通过去、现在及未来的想象，也包含了对巫女的想象，还包括宇宙与人类的起源、众神的生活状态、之后大地面临毁灭即"众神的黄昏"（Götterdämmerung）以及后来新世界再生的内容。

在这些日耳曼神话中，出现了成为英语中一周各天名称词源的众神，包括星期二（Tuesday，源自勇敢的男神Týr）、星期三（Wednesday，源自主Odin的古英文名Wōden）、星期四（Thursday，源自雷神Thor）、星期五（Friday，源自掌管丰收的美丽女神Freyja），还包括洛基（Loki）以及巴德尔（Baldr）等富有个性的众神。

1　山室静 1992「サガとエッダの世界：アイスランドの歴史と文化」（現代教養文庫）：115–123. 社会思想社.
2　谷口幸男（訳）1973『エッダ：古代北欧歌謡集』：283. 新潮社.

神话文本10 从"女占卜者的预言"说起：
开头部分与世界的完结和再生

开篇，巫女作为讲述人要求听众保持肃静。"神圣的种族"就是众神，海姆达尔（Heimdallr）是人类的祖先之神，因此人类是"海姆达尔的子孙"。另外，主神奥丁有各种各样的别名，以下将其称为"战士之父"。另外，加姆（Garmr）是守卫地狱的入口格尼巴（Gnipahellir）的看门狗的名称。

> 诸位神祇，无论长幼尊卑，
> 守护神海姆达尔的后裔！
> 阵亡英灵之父奥丁啊，
> 你要我讲给大家听听，
> 远古往昔的传闻逸事，
> 如今从头细说个分明。
> （中略）
> 恶犬加姆喧喧狂声吠，
> 在格尼柏山洞前蹦跳。
> 粗大的铁链将被挣断，
> 歹徒可脱身逃之夭夭。
> 我聪明睿智未卜先知，
> 还能看到久远的未来。
> 须知战无不胜亦枉然，
> 众神祇岂能逃脱劫难。
>
> 兄弟阋墙哪顾手足情谊，
> 咬牙切齿非把对方杀掉。
> 兄妹乱伦悖逆天理纲常，
> 生下孩子遭人痛骂唾弃。
> 偷情通奸世上习以为常，

藏污纳垢人间充满淫荡。
如今年代战斧利剑逞雄,
刀锋把盾牌一劈成两爿。
以往岁月暴风恶狼横行,
那是早在世界毁灭以前。
岂有人肯高抬贵手,
轻饶对方一条性命。

悲壮的命运就这样开始了。宣告世界毁灭的号角已吹响,支撑着宇宙的世界之树(Yggdrasill)在这样的情况下悲怆地耸立着,它似乎已摆好架势,准备迎接那团将自己吞噬的火焰。之后太阳黯淡下来,大地被海水淹没,星星的身影从天空中消失,烟雾狂喷,火焰高高窜起,火舌似有燃舔天空的气势。就这样,世界在经历了一次毁灭后,常青的大地再次浮现。还有一句神秘的话:

于是那位神灵生了气,
他是全知全能的权威。
他乾坤独断至高无上,
世间都听从他的意旨。
他自天而降整肃纲纪,
把怙恶不悛的众神祇,
送交最后审判去发落。

资料来源:《古埃达·巫女的预言》第1节,第44—45节,第65节[1]

---

[1] 尾崎和彦1994『北欧神話·宇宙論の基礎構造:『巫女の予言』の秘文を解く』(明治大学人文科学研究所叢書):28—29,85—90,124.白凰社.(汉译本采纳佚名:《埃达》,石琴娥、斯文译,南京:译林出版社,2000年,第1页,第17—18页,第65—66页。——译者注)

这最后的"那位神灵""强者""统治所有的人"据说暗指耶稣基督。[1]

《埃达》中有很多令人印象深刻的场面，其中一个就是奥丁之子、英俊的布拉吉（Bragi）之死。这样的内容构成两个《埃达》，长期以来它们都以手抄本的形式存在，直到18世纪之后才开始在欧洲广为流传。

神话文本11　托尔与山羊的插曲

《埃达》中的众神可划分为阿萨神族（Æsir）与华纳神族（Vanir）。这个故事是属于前者的雷神托尔与诡计之神洛基在农民家借宿时发生的小插曲。

托尔让山羊来拉车，并与一位称作洛基的阿萨神一同乘坐。晚上，他们来到一户农家借宿。当夜托尔就将两头山羊都抓来杀掉，并将它们剥皮后拿到锅边，待饭菜做好后和同伴一起来到餐桌旁，并邀请农夫及其妻子一同用餐。农夫有一儿一女，名字叫作希亚费（Þjálfi）与萝丝克芙（Röskva）。

之后托尔把羊皮在火边铺开，告诉农夫和他的家人把他们吃剩的骨头扔到羊皮上。农夫的儿子希亚费用刀劈开了山羊的大腿骨，撬出了骨髓。托尔当晚住在那里。

第二天早上天还没亮，托尔就起来了，穿上衣服，拿起手中的妙尔尼尔（Mjölnir，即雷神之锤）来净化山羊皮。山羊马上就站了起来，但其中一条后腿瘸了。托尔注意到了这一点，说："农夫或者他的家人没有保管羊骨头，大腿骨已经骨

---

[1]　尾崎和彦 1994『北欧神話・宇宙論の基礎構造：『巫女の予言』の秘文を解く』（明治大学人文科学研究所叢書）：124-126. 白凰社.

折了。"

　　在这个问题上无需赘述。你可以想象,当看到托尔把眉毛压到眼睛上方时,农夫他们一家该有多么害怕。仅仅是看到他的眼睛,他那可怕的目光就几乎让他们晕倒。托尔指关节变得越白,说明他越紧地握住锤子的手柄。农夫在这种情况下总会这样做,他和家人们一起哭喊着,只求他留下他们的命,他们愿意用自己拥有的任何东西来换。当托尔看到他们如此恐惧时,他的怒火消退了,他从他们那里带走了他们的孩子希亚费与萝丝克芙以示和好。两个孩子成了托尔的仆人,之后就一直追随着他。

　　资料来源:《斯诺里的埃达》中的《受欺惑的古鲁菲》,第44节[1]

　　在上述故事中,山羊的骨头没有得到妥善保管,导致它的一条腿瘸了。这可以解释为在"狩猎民众"中流传的"从骨头重生"的观念留下的痕迹。除此之外,据《古埃达》中的《奥丁的箴言》第139—142节记载,奥丁曾露天被挂在树上整整9夜,并为长枪所伤,之后他习得魔法之歌,从而获得智慧。这被解读为萨满神启仪式（*initiation*）中的幻像。[2]

1　谷口幸男（訳）1973『エッダ:古代北欧歌謡集』:260-261. 新潮社.（『古エッダ』および『スノリのエッダ』のうち「ギユルヴィたぶらかし」の邦訳を収める）

2　山田仁史 2015『首狩の宗教民族学』:44-45. 筑摩书房;Buchholz, Peter, *Schamanistische Ziigeindera ltislandischen Uberlieferung*, *Dissertation Munster*, 1968.

4.3 再次发现的冲击

在欧洲世界"再次发现"日耳曼神话的是一位叫作保罗·亨利·马利（Paul Henri Mallet）的学者。[1]他是瑞士人，在1752年仅22岁就被任命为丹麦哥本哈根大学的"文学（belles-lettres）"教授，之后受丹麦政府之命开始研究北欧历史。他将他的研究成果命名为《凯尔特人特别是斯堪的纳维亚人的神话与文学资料》（*Monumens de la mythologie et de la poésie des Celtes, et particulièrement des anciens Scandinaves*），并用法语出版。《埃达》的内容在这本书中得以整理、展示。此外，当时"凯尔特"这个概括性的词语包括盖尔语民族、日耳曼民族以及斯堪的纳维亚的人群。[2]

这本书出版后立即被翻译为欧洲的多种语言，具体地说，出版当年就有丹麦语版，1765年出现德语版，1770年出现英语版，它们都受到热烈的欢迎。比如本书第二章提到的布尔芬奇的《希腊罗马神话》（1855）曾引用这本书，马修·阿诺德（Matthew Arnold）的诗歌《巴德尔（光之神）之死》（1855）也是受这本书启发而写成的。

这些被视作针对法国启蒙思想的反抗行为，是德意志浪漫主

---

1 de Vries, Jan. 1961. *Forschungsgeschichte der Mythologie*, Freiburg: Verlag Karl Alber. （とくにⅥ章）. pp.99-100. Feldman, Burton & Robert D. Richardson. 1972. *The Rise of Modern Mythology 1680-1860*, Bloomington: Indiana University Press. pp.199-209.

2 Feldman, Burton & Robert D. Richardson. 1972. *The Rise of Modern Mythology 1680-1860*, Bloomington: Indiana University Press. pp.200-201; de Vries, Jan. 1961. *Forschungsgeschichte der Mythologie*, Freiburg: Verlag Karl Alber. p.99; de Vries, Jan. 1956-1957. *Altgermanische Religionsgeschichte*, 2 Bde., 2., völlig neu bearbeitete Aufl. （Grundriß der germanischen Philologie; 12）. Berlin: Walter de Gruyter. p.51.

义开始萌发的前兆。我在上一章的第3节末尾提到，启蒙思想的神话观认为，人们应根据"逻各斯"（logos，理性）去批判古人的"秘索思"（mythos，神话），希腊人与美洲大陆原住民并没有不同。对《埃达》的研究及其翻译传播则是对此进行的纠偏。其中反映的观点是：神话已碰触到人类感情的根源深处，其丰富的想象力才是值得高度评价的地方。

并且重要的是，此前希腊神话一直被视为欧洲人的心灵故乡，但除此之外，人们重新发现了那些来自英国人、德国人所属的日耳曼语言世界的神话。日耳曼神话与希腊神话同等重要，甚至在某些场合中，日耳曼神话更为显要。

在凯尔特世界中，有一部著作的地位相当于《埃达》之于日耳曼世界，它就是《莪相》（Ossian）。它给18世纪的欧洲带来巨大冲击，是一部宣告浪漫主义到来前兆的书。[1]

1762年，苏格兰一位当时并不出名的青年詹姆斯·麦克弗森（James Macpherson）发表了《芬戈尔：六卷古代叙事诗》（*Fingal, an Ancient Epic Poem in Six Books*）。之后，第二年即1763年，他又发表了《特默拉：八卷古代叙事诗》（*Temora: An Ancient Epic Poem in Eight Books*）这部续篇。之后他于1773年重新审订，改题为《莪相》并出版，这一名称成为该著作现今通用的名称。

《莪相》的内容以公元3世纪左右的苏格兰为舞台，莪相是西部高地莫文（Morvern）的国王芬戈尔之子。诗人莪相向自己的儿子奥斯卡（Oscar）的未婚妻马尔维娜（Malvina）讲述国王以及王族的故事，马尔维娜将其记下，之后由麦克弗森将其翻译成

---

[1] 高橋哲雄 2004『スコットランド　歴史を歩く』（岩波新書；895）：91-126. 岩波書店；野口英嗣 2006「『オシアンの詩』」木村正俊／中尾正史『スコットランド文化事典』；786-787. 原書房.

英文。

高桥哲雄[1]先生曾这样评价《莪相》：

> 本书采取马尔维娜回忆录的形式，记录下这样的内容：那些勇猛而高尚的战士在与罗马及斯堪的纳维亚等其他民族的战争中接连倒下，最后仅存的王子莪相也由于高龄而失明，之后向其子奥斯卡的未婚妻、竖琴名家马尔维娜讲述了个中故事。（在故事中）有雄伟的大自然，有崇拜戎装男儿的高洁女孩，有在黑暗世界里漂泊的亡灵，最值得称赞的是它用那简洁而暗暗绷紧的语调进行的讲述。那里无疑存在着浪漫主义的精神。并且，书中出现的人物也与荷马叙事诗中出现的人物形成鲜明对比，后者常常体现出残忍暴虐，而前者即使对待敌人也十分宽容则显得高贵，让人们觉得古代凯尔特人的心性也就是这样的。[2]

据高桥哲雄先生说，在作为当时欧洲文化中心的法国，那些受古典主义文化熏陶的知识分子们也很快被《莪相》迷住了。像斯塔尔夫人（Madame de Staël）和夏多布里昂（Chateaubriand），他们的心被那些古代人——卢梭所描绘的"高贵的野蛮人"充满新鲜、原始之感动的世界深深吸引。"莪相热"很快扩散开来，人们也开始流行起给孩子起名为"奥斯卡""马尔维娜"等。

瑞典的奥斯卡一世就是其中的一位，给他起名的是其教父拿破仑（Napoléon）。他即使在战场上仍带着意大利语版的《莪相》，他十分钟情《莪相》，还命令画家为自己的马尔梅森（Malmaison）书斋创作《在天堂迎接拿破仑将领们的莪相》，并

1　高桥哲雄（1931—　　），日本研究英国经济社会史的学者。——译者注
2　高橋哲雄2004『スコットランド　歴史を歩く』（岩波新書；895）: 96. 岩波書店.

命令绘画界的大家安格尔（Ingres）创作大作《莪相之梦》。

在德国，人们对《莪相》的热情比在法国还高，席勒、赫尔德、诺瓦利斯、克莱斯特等作家纷纷对《莪相》大加赞赏，歌德也是其中一位。

然而《莪相》在英国的反响与在欧洲大陆有很大不同。虽然两方在对诗歌的广泛赞扬方面并无差异，但事实上迟至1805年《莪相》才备受关注。当时爱丁堡的出版商乔治·查默斯（George Chalmers）表示，除《圣经》与莎士比亚之外，没有比《莪相》卖得更好的书了。

另一方面，也有人从一开始就怀疑《莪相》是否为捏造出来的，他们提出要展示盖尔语原典。但麦克弗森并没有展示出来，而这也加深了怀疑者们的疑心。

那《莪相》是否全都是捏造出来的呢？之后的调查发现，《莪相》的本源神话确实存在于苏格兰，麦克弗森从中进行取舍后将其进行自由翻译，同时人们还发现了其他共同译者。[1]

据野口英嗣说："时至今日仍未发现能够直接与《莪相》产生联系的传承资料，因此针对它是否是捏造的问题，纷争依然在持续，然而随着人们对凯尔特文化的关注度不断提高，盖尔文化中传承下来的民间传说以及用盖尔语写成的原始资料也因此被收集起来。现在对人们对'麦克弗森捏造论'基本持否定的态度。"[2]

---

1 高橋哲雄2004『スコットランド 歴史を歩く』（岩波新書；895）：107-108. 岩波書店；野口英嗣2006『オシアンの詩』木村正俊/中尾正史『スコットランド文化事典』：786-787. 原書房.

2 野口英嗣2006「『オシアンの詩』」木村正俊/中尾正史『スコットランド文化事典』：207. 原書房.

4.4 从民俗学的繁荣到现代

从18世纪后半叶至19世纪初,北欧神话、凯尔特神话主要在德意志浪漫主义中被人们再次发现,在时代精神层面上得到再评价并被人们接受。当时,以《埃达》和《萨迦》为代表的日耳曼神话和《莪相》等凯尔特神话传统形成了两股热潮,使得民俗学在欧洲各国开始形成。之所以这么说,是因为从19世纪开始,人们的国家意识、民族意识变得更加高涨,格林兄弟等人也在这一时期登上历史舞台,人们将神话定位为他们的意识核心。

这类神话,特别是在《莪相》中看到的神话,与其说是像《埃达》那样讲述宇宙与人类起源的故事,不如说是作为我们这个共同体乃至近代民族国家认同的核心叙事。

关于这类神话的框架,工藤庸子在其著作《欧洲文明批判绪论》中的《寻找各自的荷马》一章中做出以下准确判断:对于那些没有自己的"荷马"的欧洲各地居民而言,莪相叙事诗是他们应当羡慕的。另外,当拿破仑攻入德国等地时(从18世纪末到19世纪初),为了促进"国民"的自我意识,需要的并不是王国盛衰的故事,而是建国的神话。神话就好像是出生证明,复述神话成为歌颂祖先的行为。沉默的民众由于比较原始朴素,因此他们身上应该留有像"活化石"那样的伟大祖先的精神。根据这个前提,去认可那些埋在被视为缺少文化的土地里的文化古层的运动在19世纪得以继承,这项运动不仅涉及文学,还涉及语言学、考古学、民族学、地理学等知识探究的各个方面。[1]

这里说的"民族学"不如称为"民俗学"更合适,总之,对

---

1 工藤庸子2003『ヨーロッパ文明批判序説:植民地・共和国・オリエンタリズム』:150–151. 東京大学出版会.

国民以及民族认同的探究就在这样的氛围中开始了。

此外，还有一件事值得注意，那就是18世纪在欧洲开始发展的工业革命。我们可以回忆起詹姆斯·瓦特改良蒸汽机是在1769年，再往后半个世纪，到1825年，英国开通了全世界第一条铁路。随着铁路陆续铺设至各国的乡村，借此流入都市的人口不断增加，这导致村落里流传的故事传说和节日等面临后继无人的困境。于是有很多想要将这些古俗留存下来的人们开始进行采集活动。[1] 说起来，在都市人中间渐渐高涨的对田园牧歌世界的向往也就是从这时开始的。

在这样的时代，在思想家赫尔德热情讴歌民族精神的德国，出现了在民俗学早期历史上具有里程碑意义的工作，而承担这项工作的正是雅各布·格林（Jacob Grimm）和威廉·格林（Wilhelm Grimm）兄弟。（参见后文所附表2）

根据工藤庸子的观点，1757年完整手抄本的《尼伯龙根之歌》（*Das Nibelungenlied*）在德国出版，发挥了荷马的作用。[2] 对此有人表示赞同，也有人表示反对。格林兄弟就属于后者，其理由是，《尼伯龙根之歌》中满是以血洗血那样的恐怖杀戮场景，还有如克里姆希尔特（Kriemhild）那样充满复仇执念的女性的出现，使它不适合成为民族的神话与叙事诗。

于是格林兄弟开始进行民间故事的采写记录。同时，他们两人用德语介绍《埃达》，编辑出版塔西佗的《日耳曼尼亚志》。此

1　Monaghan, Patricia. 2004. *The Encyclopedia of Celtic Mythology and Folklore*: xi New York: Facts On File; Williamson, George S. 2004. *The Longing for Myth in Germany: Religion and Aesthetic Culture from Romanticism to Nietzsche*: 107 Chicago: The University of Chicago Press.

2　工藤庸子 2003『ヨーロッパ文明批判序説：植民地・共和国・オリエンタリズム』: 150. 東京大学出版会.

外,特别重要的还有雅各布于1835年出版的《德意志神话学》(*Deutsche Mythologie*),该书正如其标题所示,是一部将德意志民族的神话进行重组的著作,其第3版(1854年)的序言如下:

> 基督教并不是民族宗教,它来自外部,却试图驱逐那些自古以来就在当地受到崇拜的本土众神,而这些本土众神以及人们对其礼拜的行为,与当地民族的传承、制度、习俗等都深深地联系在一起。他们的名字起自(本地)民族语言,自古以来就是神圣的存在,国王与君主纷纷将自己的血统与出身归依于这些神明。森林、山岳、湖泊都在人们身边,因此人们对它们怀有鲜活的神圣观念。然而,这些民族还是放弃了所有这一切,这使得那些曾经被称赞的诚实与忠义之士,在传播新信仰的传教者口中成了犯下罪过的人,遭到迫害。那些神圣教义的起源及其所在的场合已永远地流向远方,只剩下由此派生的、无力的教义尚委身于故乡。[1]

就这样,雅各布·格林在《德意志神话学》中描绘出了作为德意志人原本信仰的、自古以来的神话和信仰世界。德意志民族将《埃达》中出现的奥丁作为最高地位的神进行供奉,同时他们还喜爱和欣赏森林、山岳、湖泊等大自然的产物,是一个感性丰富的民族。此外值得注意的是,《德意志神话学》是经历了《儿童与家庭故事集》(*Kinder-und Hausmarchen*,1812—1815年初版)与《德意志传说集》(*Deutsche Sagen*,1816—1818年初版)这两个准备阶段之后写成的。

1　Kippenberg, Hans G. 1997. *Die Entdeckung der Religionsgeschichte. Religionswissenschaft und Moderne*: 122—123. München: C. H. Beck.(邦訳はキッペンベルク『宗教史の発見:宗教学と近代』月本昭男/渡辺学/久保田浩訳,岩波書店,2005:128)

格林兄弟产生的影响遍及欧洲各地，凯尔特世界也不例外。只是如后文所附表2所示，凯尔特的文化复兴运动似乎比格林他们还要早。1805年，由革命派创立的法国最早的民俗学会凯尔特学会（Celt Academy）成立，之后虽然他们进行过调查，然而它的命运却与拿破仑同步，在1814年就基本停止了活动。有意思的是，他们主张要重编凯尔特神话，收集凯尔特的遗产，复原羲相的文本，[1]并且雅各布·格林在1805年之后曾多次在巴黎停留，与凯尔特学会进行接触。德国也曾经尝试摸索设立这样的学会，但似乎并不顺利。

虽然这样的传统在法国没能持续下去，但受格林《儿童与家庭故事集》的启发，托马斯·克罗夫顿·克罗克（Thomas Crofton Croker）于1825年在爱尔兰、约翰·弗朗西斯·坎贝尔于1860—1862年在苏格兰进行了民间故事的采集及出版。

接下来，简单谈谈在此之后的凯尔特研究。1865年，第一届史前人类学、考古学国际会议在瑞士的纳沙泰尔（Neuchâtel）召开，会上人们就古代凯尔特的遗迹进行了讨论。随着考古学的发掘，人们开始探求那些仅靠文献资料无法了解的过去的具体情况。同时，从19世纪70年代到80年代，英国、德国、法国都以语言学及文学为中心开设凯尔特学的讲座，人们对古代文献的解读和出版得以发展。

这样看来，可以说民俗学以及由此而采集的神话、民间故事，也有与民族主义联系在一起的一面。民俗学最初是以理清如日耳曼及凯尔特等民族的起源，以拥有成为民族认同之核心的荷马为

1　藏持不三也1998「フランスの民俗学：その成立を巡って」福田アジオ/小松和彦（編）『民俗学の方法』（講座 日本の民俗学；1）：216；原聖2003『〈民族起源〉の精神史：ブルターニュとフランス近代』（世界歴史選書）：138–139. 岩波書店.

目的而发展起来的学问,并且它与民族主义导致的各种结果都产生了联系。

比如在德国,瓦格纳创作的《尼伯龙根的指环》等曲目深受希特勒等人的喜爱,甚至被运用到纳粹集会的礼仪性演出里。

而说到凯尔特,既有始于20世纪80年代的世界性凯尔特热潮(恩雅的音乐及BBC的电视节目),也有《阿斯泰利克斯(历险记)》(Astérix,或称《高卢英雄传》)风靡法国及欧洲各地的人气漫画,在后者中有矮小的阿斯泰利克斯和高大的奥贝利克斯(Obélix)两个高卢人在一起行动。

而在这些热潮的另一面,却是"凯尔特学"这门学问本身由于太过冷门在欧洲多个大学出现关停潮。引领着维也纳凯尔特学的博学家比尔哈恩(Birkhahn)对这样的风潮表示强烈愤慨:(凯尔特学)被这些只对其神秘感(esoterik)感兴趣,而对其学术性背景缺乏了解的人们给糟蹋了。[1]

4.5 凯尔特神话的原典和解释

那么凯尔特神话的原典译介的现状又如何呢?

首先,凯尔特神话、宗教方面的资料可以分为三种[2]:(1)与古希腊罗马世界同时期的著述家的记述,比如恺撒的《高卢战记》等;(2)由爱尔兰、威尔士后裔用他们的本地语言进行的记录(以下将详细讨论);(3)考古学方面的资料。

1　Birkhan, Helmut (Hrsg.) 2005. *Bausteine zum Studium der Keltologie*: 18–19, 480–481. Wien: Edition Praesens.

2　グリーン,M・J 1997『ケルトの神話』(丸善ブックス;62)市川裕見子(訳)丸善: 4.

上述（2）中，威尔士的凯尔特神话资料被统称为《马比诺吉昂》（*Mabinogion*），这是一本故事汇编。该书大约从11世纪后半叶起由修道士开始汇总，现存的手抄本是14世纪至15世纪间完成的，之后于1849年首次被夏洛特·格斯特夫人（Lady Charlotte Guest）翻译为英语，之后由误解产生的书名开始广为流传。[1]

另一方面，爱尔兰的凯尔特神话资料于6世纪首次被用文字记录下来，但是现有的手稿大多成稿于12世纪之后，可以将它们大致分为三种。[2]

第一种是神话群（mythological cycle），它以神话般的方式描绘爱尔兰的历史，尤其是各个民族间的攻防历史。各种各样的神明出现在这些作品中，其中最重要的要数描绘女神达努（Danu）的后裔达努神族（Tuatha Dé Danann）与原住民族之间两次战争的《莫以图拉之战》（*Cath Maige Tuired*）。第一次战争是与费伯格人（Fir Bolg，意为"背负袋子的人"），第二次战争是与弗莫尔人（Fomoire，深海巨人族）。光与太阳之神鲁格（Lugh）等神祇在两场战争中发挥了重大作用。鲁格是能发光的神、太阳神，他在恺撒眼中被看作是罗马的墨丘利（Mercury）。

第二种是阿斯特传说群（Ulster Cycle），它讲述的是阿斯特及其周边的居民，特别是鲁格之子英雄库丘林（Cú Chulainn）的事迹，其中最重要的故事是《库利牛袭／夺牛长征记》（*Táin Bó*

1　中野節子（訳）2000『マビノギオン：中世ウェールズ幻想物語集』：439–442. JULA出版局.（《马比诺吉昂》是一部包含11篇威尔士故事的合集，该合集的首位英文全译本译者夏洛特·格斯特夫人将其中4篇比较典型的神话文本中出现的威尔士语词mabinogi误以为是统领所有11篇故事的名称，实际上"马比诺吉昂"只是这4篇神话的总题。mabinogi的意义学界有争议，通常认为指神话中的神界少年。——译者注）

2　グリーン，M·J 1997『ケルトの神話』（丸善ブックス；62）市川裕見子（訳）丸善：7.

Cúailnge）。故事是这样的：女王梅芙（Medb）及其丈夫——来自康诺特（Connaught）地区的艾利（Ailill），都对自己拥有的东西感到沾沾自喜，而梅芙为了超过丈夫，企图尽全力将阿斯特地区的库利（Cooley）的棕色公牛拿到手。

最后是第三种——芬尼亚传奇群（Fenian Cycle），讲的是以3世纪初的南爱尔兰为背景的芬恩骑士团团长芬恩·麦克·库尔（Finn Mac Cumhaill/MacCool）的故事。它也被称作"莪相故事群"，由于其中的人物与苏格兰的《莪相》中的人物有重叠：芬恩，其实就是芬戈尔，他的儿子欧辛（Oisín）就是莪相，外甥奥斯卡就是莪相之子奥斯卡。

在本章进入尾声时，我想强调一下现状，那就是日耳曼神话的日语翻译很多，但凯尔特神话的可靠日语翻译不足，特别是对爱尔兰语原典进行日语翻译的基本上没有。希望有更多人对这一领域抱有兴趣。

神话文本 12　长生不老国度的欧辛

费安娜（Fiana）骑士团的团长芬恩的儿子欧辛，被美丽的金发女子妮奥芙（Niamh）带到提尔纳诺（Tír na nÓg）（不老国度、青春国度），两人在那里举办婚礼，生活了三百年。然而这三百年的时间对欧辛来说仿佛只是三年，不久他就产生思乡之情，想要回到艾琳（爱尔兰），但被妮奥芙这样警告道：

欧辛，记住我说的话。一旦你的脚踩到地面，那么你将永远无法回到我所在的这个美丽国度。

我再一次毫无保留地告诉你，身着铠甲闪耀着金光的欧辛，你一旦从白马上下来，就再也无法来到这"青春之国"。

我第三次告诉你。你一旦下马就会变成一个衰老、失明、无法动弹、不开心、无法蹦跶的老头。

但即便如此，回到艾琳（爱尔兰）的欧辛还是不慎从马鞍下滑落，双脚踩在了地面上。接下来的场面让我们用欧辛自己的话来描述吧。

我的双脚一接触到草地，白马就被吓得跑得不知所踪。并且令人可悲的是，我的身体一下变得虚弱。

我的眼睛看不见东西，姿态和容颜都得瘦弱衰颓，气力全无，成了一个无力的、不知所措的、无名衰老的老人。

资料来源：《青春国度的欧辛故事诗》[1]

这个故事有多个版本，人们多以欧鲁尼（O'Looney）依据迈克尔·康姆（Michael Comyn）写于1749年的爱尔兰语版本，与英语一同对照显示的版本为准，目前尚无日语译本。[2]

爱尔兰诗人、剧作家叶芝（Yeats）根据欧鲁尼版本的故事，于1889年出版了叙事诗《莪相流浪记》。[3] 同时这个故事也常常被拿来与浦岛太郎的故事进行比较。[4]

1　松村賢一 1997『ケルトの古歌『ブランの航海』序説』（中央大学学術図書；44）：97–98，100–101．八王子：中央大学出版部．
2　松村賢一 1997『ケルトの古歌『ブランの航海』序説』（中央大学学術図書；44）：83–111．八王子：中央大学出版部．
3　鈴木弘（訳）1982『W・B・イェイツ全詩集』：225–245．北星堂書店．
4　渡邉浩司 2009「浦島伝説の日本語版とフランス語版の比較：中世フランスの短詩『ガンガモール』と8世紀の浦島譚」吉村耕治（編）『現代の東西文化交流の行方 第Ⅰ巻 文化的葛藤を緩和する双方向思考』：41–79，大阪：大阪教育図書；大林太良 2000「浦島伝説の源流」うらしまフォーラム実行委員会『記録 うらしまシンポ 2000：この伝説の青い海を 21 世紀へ』：7–20，京都府伊根町：うらしまフォーラム実行委員会．

相关年表

表2　在欧洲各国发掘的神话、传说、老故事的关联年表

注：● 为日耳曼相关的　▲ 为凯尔特相关的　■ 为其他　G 为格林兄弟　JG 为哥哥雅各布　WG 为弟弟威廉　黑体部分为特别重要的事件

公历	事件
● 1756	再次发现北欧（日耳曼）神话《埃达》
● 1757	《尼伯龙根之歌》的完整抄本出版
▲ 1762—1763	苏格兰（凯尔特）古典史诗《莪相》的再次发现（的英文译本出版）
▲ 1805	设立法国最初的民俗学会凯尔特学会（Academic Celtique），将51项问卷调查的结果发表于1807—1812年发行的年报中，之后于1814年基本停止活动
（● 1805之后）	JG多次在巴黎停留，期间与凯尔特学会进行接触
● 1812—1815	G《儿童与家庭故事集》的初版发行（1829年翻译为英文）
● 1815	G的《古埃达歌谣》（lieder der Alten Edda）出版
● 1816	JG翻译的塔西佗的《日耳曼尼亚志》出版
● 1816—1818	G的《德意志传说集》出版
▲ 1825	克罗克的《爱尔兰南部的精灵传说与传统》（The Fairy Legends and Traditions of South of Ireland）第一卷出版

（续表）

公历	事件
● 1835	JG《德意志神话学》出版（1844年第2版，1854年第3版，1875—1878年第4版）
■ 1835	芬兰的国民叙事诗《卡勒瓦拉》（*Kalevala*）出版，伦洛特（Lönnrot）编著〔瑞典语译本（1841）、法语译本（1845）、德语译本（1852）〕
▲ 1839	布列塔尼（Bretagne）的民谣集《布列塔尼歌谣》（*Barzaz-Breiz*）出版
● 1841—1844	阿比约恩森（Asbjørnsen）著的《挪威的民间故事》出版〔英语译本（1859）〕
● 1842	巴伐利亚国王路德维希一世（Ludwig Ⅰ）建设瓦尔哈拉神殿（Walhalla）（遵循日耳曼神话的德国英雄祭坛建造）
▲ 1849	威尔士自古传承的《马比诺吉昂》由格斯特夫人翻译成英语译本出版
● 1853	诗人海涅（Heine）的《流亡中的诸神》（*Die Götter im Exil*）出版
● 1853—1874	瓦格纳创作《尼伯龙根的指环》四部曲
▲ 1860—1862	坎贝尔出版苏格兰民间故事集《西部高地的民间故事》（*Popular Tales of the West Highlands*）
▲ 1865	第一届史前人类学与考古学国际会议在瑞士的纳沙泰尔召开，就拉坦诺从1846年到1858年发掘古代凯尔特遗迹Hallstatt展开讨论
▲ 1870—1880年代	英国、德国、法国等国设置以语言学、文学为中心的凯尔特学讲座，对古文献进行解读，并将其出版

本章的参考文献

【1】本章的总体参考文献

1. Feldman, Burton. 1973. Myth in the Eighteenth and Early Nineteenth Centuries. *In*: Wiener, Philip P. (ed.), *Dictionary of the History of Ideas: Studies of Selected Pivotal Ideas*, Vol. 3: 300-307. New York: Charles Scribner's Sons.（邦訳はフェルドマン，バートン「神話：18, 19世紀初期における」ウィーナー，フィリップ. P編『西洋思想大事典』3: 33-40, 平凡社, 1990）

2. Feldman, Burton & Robert D. Richardson. 1972. *The Rise of Modern Mythology 1680-1860*, Bloomington: Indiana University Press.

3. de Vries, Jan. 1961. *Forschungsgeschichte der Mythologie*, Freiburg: Verlag Karl Alber.（とくにⅥ章）

4. de Vries, Jan. 1956-57. *Altgermanische Religionsgeschichte*, 2 Bde., 2., völlig neu bearbeitete Aufl.（Grundriß der germanischen Philologie; 12）. Berlin: Walter de Gruyter.（とくにBd. 1: S. 50-56）

5. Thiesse, Anne-Marie. 2001. *La création des identités nationales. Europe XVIIIe-XXe siècle.*（Collection《Points Histoire》）. Paris: Éditions du Seuil.（1999年初版。邦訳はティエス，アンヌ=マリ『国民アイデンティティの創造：十八〜十九世紀のヨーロッパ』斎藤かぐみ訳，工藤庸子解説，勁草書房，2013）

6. 工藤庸子 2003『ヨーロッパ文明批判序説：植民地・共和国・オリエンタリズム』東京大学出版会.（とくにpp. 148-152「それぞれのホメロスを求めて」）

7. Williamson, George S. 2004. *The Longing for Myth in Germany: Religion and Aesthetic Culture from Romanticism to Nietzsche.* Chicago: The University of Chicago Press.（とくにChap. 2）

8. Cocchiara, Giuseppe. 1981. *The History of Folklore in Europe.*（Translations in Folklore Studies）. Philadelphia: Institute for the Study of Human Issues.（原著は1952年刊）

9. Dorson, Richard M. 1968. *History of British Folklore*, 3 Vols. London: Routledge & Kegan Paul.

10. 風間喜代三 1993『印欧語の故郷を探る』(岩波新書；269) 岩波書店.

11. Kippenberg, Hans G. 1997. *Die Entdeckung der Religionsgeschichte. Religionswissenschaft und Moderne.* München：C. H. Beck.(邦訳はキッペンベルク『宗教史の発見：宗教学と近代』月本昭男／渡辺学／久保田浩訳, 岩波書店, 2005)

12. ウィルソン, ウィリアA・A 1996『ヘルダー, 民俗学, ロマン主義的ナショナリズム』岩竹美加子(編訳)『民俗学の政治性：アメリカ民俗学一〇〇年目の省察から』：157-186. 未来社.(1973年初出)

13. リューティ, マックス1997『メルヘンへの誘い』(叢書・ウニベルシタス；573) 高木昌史(訳)法政大学出版局.

【2】北欧(日耳曼)神話概述・原始資料・翻译・辞典等

1. 山室静1992「サガとエッダの世界：アイスランドの歴史と文化」(現代教養文庫)社会思想社.

2. 山室静1969『北欧文学の世界』東海大学出版会.(pp. 139-158「北欧民話について」)

3. 谷口幸男1976『エッダとサガ：北欧古典への案内』(新潮選書)新潮社.

4. 菅原邦城1984『北欧神話』東京書籍.

5. パウルソン, ヘルマン1995『オージンのいる風景：オージン教とエッダ』大塚光子／西田郁子／水野知昭／菅原邦城(訳)東海大学出版会.

6. オルリック, アクセル2003『北欧神話の世界：神々の死と復活』尾崎和彦(訳)青土社.

7. グレンベック, ヴィルヘルム2009『北欧神話と伝説』(講談社学術文庫；1963) 山室静(訳)講談社.(原書は1927年初出)

8. 『ユリイカ』第39巻第12号, 特集「北欧神話の世界」, 青土社, 2007年10月号.

9. コラム, パードリック2001『北欧神話』新版(岩波少年文庫；550) 尾崎義(訳)岩波書店.(北欧神話の印象的エピソードを要領よくまとめている)

10. 谷口幸男（訳）1973『エッダ：古代北欧歌謡集』新潮社.（『古エッダ』および『スノリのエッダ』のうち「ギュルヴィたぶらかし」の邦訳を収める）

11. 谷口幸男（訳）1979『アイスランドサガ』新潮社.

12. 松谷健二（訳）1986『エッダ／グレティルのサガ』（ちくま文庫中世文学集；Ⅲ）筑摩書房.

13. 尾崎和彦1994『北欧神話・宇宙論の基礎構造：『巫女の予言』の秘文を解く』（明治大学人文科学研究所叢書）白鳳社.

14. 下宮忠雄／金子貞雄2006『古アイスランド語入門：序説・文法・テキスト・訳注・語彙』大学書林.（「巫女の予言」訳注を収める）

15. ノルダル，シーグルズル1993『巫女の予言エッダ詩校訂本』菅原邦城（訳）東海大学出版会.

16. 水野知昭2002「『巫女の予言』抄訳と略註」篠田知和基（編）『神話・象徴・文学』Ⅱ：27-54. 名古屋：楽浪書院.

17. 谷口幸男1983「スノリ『エッダ』「詩語法」訳注」『広島大学文学部紀要』43：1-121.

18. 谷口幸男2002-03「スノッリ・ストウルルソン『エッダ』「序文」と「ハッタタル（韻律一覧）」訳注」『大阪学院大学 国際学論集』13（1）：203-230,（2）125-154, 14（1）：99-130.

19. Neckel, Gustav. 1983. *Edda. Die Lieder des Codex Regius, nebst verwandten Denkmälern*. I. Text, 5. verbesserte Aufl. von Hans Kuhn.（Germanische Bibliothek：Reihe 4，Texte）. Heidelberg：Carl Winter.（『古エッダ』の底本）

20. Kuhn, Hans. 1968. *Edda. Die Lieder des Codex Regius, nebst verwandten Denkmälern*. II. Kurzes Wörterbuch, von Hans Kuhn. 3. umgearbeitete Aufl. des Kommentierenden Glossars.（Germanische Bibiliothek：Reihe 4，Texte）. Heidelberg：Carl Winter.

21. Krause, Arnulf（Hrsg.）2004. *Die Götter- und Heldenlieder der Älteren Edda*.（Reihe Reclam）. Stuttgart：Philipp Reclam jun.（『古エッダ』のドイツ語訳）

22. Sijmons, B. & Hugo Gering. 1927-31. *Kommentar zu den Liedern der Edda*, 2 Bde.（Germanische Handbibliothek；7. Die Lieder der Edda；3.

Bd.）Halle：Buchhandlung des Waisenhauses.（『古エッダ』の注釈書）

23. 泉井久之助（訳）1979『タキトゥス ゲルマーニア』改版（岩波文庫）岩波書店．

24. Hoops, Johannes（Hrsg.）1973. *Reallexikon der germanischen Altertumskunde*, 2. Aufl., 37 Bde. Berlin：W. de Gruyter.（全37巻のゲルマン古代学大事典）

25. Beck, Heinrich, Herbert Jankuhn & Reinhard Wenskus（Hrsg.）1986-. *Ergänzungsbände zum Reallexikon der germanischen Altertumskunde*, 92 Bde. Berlin：De Gruyter.（上記大事典の補遺、既刊92巻）

26. Simek, Rudolf. 2006. *Lexikon der germanischen Mythologie*, 3. Aufl.（Kröners Taschenausgabe；Bd. 368）. Stuttgart：Alfred Kröner Verlag.（ゲルマン神話辞典。参考文献など充実）

27. Simek, Rudolf & Hermann Pálsson. 2007. *Lexikon der altnordischen Literatur. Die mittelalterliche Literatur Norwegens und Islands*, 2. Aufl.（Kröners Taschenausgabe；Bd. 490）. Stuttgart：Alfred Kröner Verlag．（北欧古文献の辞典）

【3】重新发现北欧（日耳曼）神话

1. Mallet, Paul Henri. 1756. *Monumens de la mythologie et de la poésie des Celtes, et particulièrement des anciens Scandinaves*. Copenhagen.

【4】凯尔特世界及其神话和民俗学

1. Birkhan, Helmut（Hrsg.）2005. *Bausteine zum Studium der Keltologie*. Wien：Edition Praesens.（ケルト学の概説書）

2. Koch, John T.（ed.）2006. *Celtic Culture：A Historical Encyclopedia*, 5 Vols. Santa Barbara, Calif.：ABC-CLIO.

3. Karl, Raimund & David Stifter（eds.）2007. *The Celtic World*, 4 Vols.（Critical Concepts in Historical Studies）. London：Routledge.

4. 原聖 2003『〈民族起源〉の精神史：ブルターニュとフランス近代』（世界歴史選書）岩波書店．

5. 原聖 2016『ケルトの水脈』（興亡の世界史 講談社学術文庫；

2389）講談社.（初出は2007年）

6. グリーン，M・J 1997『ケルトの神話』（丸善ブックス；62）市川裕見子（訳）丸善.

7. 井村君江 1990『ケルトの神話：女神と英雄と妖精と』（ちくま文庫）筑摩書房.

8. Maier, Bernhard. 1994. *Lexikon der keltischen Religion und Kultur.* Stuttgart: Kröner.（邦訳はマイヤー，ベルンハルト『ケルト事典』鶴岡真弓監修，平島直一郎訳，大阪：創元社，2001）

9. Maier, Bernhard. 1997. *Dictionary of Celtic Religion and Culture.* Translated by Cyril Edwards. Woodbridge, Suffolk: The Boydell Press.（上記の英訳）

10. MacKillop, James. 1998. *A Dictionary of Celtic Mythology.* Oxford: Oxford University Press.（マイヤーのものと並び，信頼できるケルト神話辞典）

11. 松村賢一 1997『ケルトの古歌『ブランの航海』序説』（中央大学学術図書；44）八王子：中央大学出版部.

12. O, Looney, Bryan. 1859. Tir na nÔg: The Land of Youth. *Transactions of the Ossianic Society*, 4: 227-280.

13. 岩瀬ひさみ 2008「『常若の国のオシーン』とスコットランドの伝承」日本カレドニア学会創立50周年記念論文集編集委員会（編）『スコットランドの歴史と文化』: 389-412. 明石書店.

14. 鈴木弘（訳）1982『W・B・イェイツ全詩集』北星堂書店.

15. de Vries, Jan. 1961. Keltische Religion. Stuttgart: Kohlhammer.

16. 中野節子（訳）2000『マビノギオン：中世ウェールズ幻想物語集』JULA出版局.

17. Monaghan, Patricia. 2004. *The Encyclopedia of Celtic Mythology and Folklore.* New York: Facts On File.

18. 長野晃子 1989「フランスの口承文芸研究」『口承文芸研究』12: 88-97.

19. 蔵持不三也 1998「フランスの民俗学：その成立を巡って」福田アジオ／小松和彦（編）『民俗学の方法』（講座 日本の民俗学；1）: 213-224. 雄山閣.

20. 福井憲彦 2005「フランス民俗学の成立」福井『ヨーロッパ近代の社会史：工業化と国民形成』：103-152. 岩波書店.（初出は1986—87年）

【5】为进一步深入研究爱尔兰神话所需的文献

1. Gray, Elizabeth A. 1983. *Cath Maige Tuired: The Second Battle of Moytura.* (Irish Texts Society = Cumann na Scribheann Gaedhilge; Vol. 52). London: Irish Texts Society.（『マグ・トゥレドの戦い』の定評ある英訳）

2. Kinsella, Thomas. 2002. *The Táin: From the Irish Epic Táin Bó Cuailnge.* Oxford: Oxford Paperbacks.（初出は1969年。『クアルンゲの牛捕り』の定評ある英訳）

3. カーソン，キアラン 2011『トーイン：クアルンゲの牛捕り』栩木伸明（訳）東京創元社.（英訳からの重訳）

4. Gantz, Jeffrey. 2000・*Early Irish Myths and Sagas.* (Penguin Classics). London: Longman.（初出は1981年。アルスター伝説群の英訳として定評がある）

5. ディロン，マイルズ 1987『古代アイルランド文学』青木義明（訳）横浜：オセアニア出版社.

6. 八住利雄（編）1981『アイルランドの神話伝説』全2冊，改訂版（世界神話伝説大系；40-41）名著普及会.

【6】《莪相》及其真伪之争

1. 中村徳三郎（訳）1971『オシアン：ケルト民族の古歌』（岩波文庫）岩波書店.

2. Macpherson, James. 1762. *Fingal, an Ancient Epic Poem in Six Books.* London.

3. Macpherson, James. 1763. *Temora, an Ancient Epic Poems in Eight Books.* London.

4. *The Poems of Ossian*, 2 Vols. Translated by James Macpherson. London: Strahan, 1773.

5. 高橋哲雄 2004『スコットランド 歴史を歩く』（岩波新書；895）

岩波書店.（第4章「オシアン事件」）

　6. 野口英嗣2006「『オシアンの詩』」木村正俊/中尾正史『スコットランド文化事典』: 786-787. 原書房.

　7. 日本カレドニア学会創立50周年記念論文集編集委員会編2008『スコットランドの歴史と文化』明石書店.（野口英嗣「ジェイムズ・マクファーソンの西部・島嶼地方への旅行:「『オシアンの詩』本文成立過程の分析」[pp. 205-221]，三原穂『オシアン詩群』に対するジョンソンの反発とパーシーの共鳴」[pp. 223-247] 他を含む）

【7】格林兄弟及其著作产生的影响

　1. 高木昌史/高木万里子（編訳）2008『グリム兄弟メルヘン論集』（叢書・ウニベルシタス891）法政大学出版局.

　2. ザイツ，ガブリエーレ1999『グリム兄弟：生涯・作品・時代』高木昌史/高木万里子（訳）青土社.

　3. Brüder Grimm. 2001. *Kinderund Hausmärchen*, 3 Bde. Stuttgart: Philipp Reclam jun.（レクラム版初出は1980）

　4. Bolte, Johannes & Georg Polîvka. 1992-94. *Anmerkungen zu den Kinder- und Hausmärchen der Brüder Grimm*, 4. Bde.（Jacob Grimm und Wilhelm Grimm Werke; Bd. 2-5/6）. Hildesheim: Olms-Weidmann.（『子供と家庭の童話集』への注釈書。1913-32年版の復刻）

　5. 金田鬼一（訳）1979『完訳グリム童話集』改版全5冊（岩波文庫）岩波書店.

　6. Bruder Grımm. 1965. *Deutsche Sagen*. Vollständige Ausgabe.（Dünndruck-Bibliothek der Weltliteratur）. München: Winkler-Verlag.

　7. グリム1987-90『ドイツ伝説集』上下，桜沢正勝/鍛冶哲郎（訳）京都：人文書院.

　8. Grimm, Jakob. 1968. *Deutsche Mythologie*, 3 Bde. Graz: Akademische Druck- und Verlagsanstalt.（『ドイツ神話学』第4版[1875-78年]の復刻版）

　9.『ユリイカ：詩と批評』第31巻第5号〈特集：グリム童話〉，青土社，1999.（ヤーコブ・グリム「『ドイツ神話学』より『死神』」木村豊訳，pp. 99-111を含む）

10. 小澤俊夫 1992『グリム童話の誕生：聞くメルヒエンから読むメルヒエンへ』(朝日選書；455) 朝日新聞社.

11. クローカー，トマス・C (編) グリム兄弟 (解説・注) 2001『グリムが案内するケルトの妖精たちの世界』上下，藤川芳朗 (訳) 草思社.

12. アスビョルンセン／ヨーレン・モー 1999『ノルウェーの民話』米原まり子 (訳) 青土社.

第五章
从比较语言学到宗教学、神话学
——波斯与印度

右图：哈奴曼神（基于泰国玉佛寺的壁画）

5.1 "连续的冲击与连续的解读"

本章的阐述是与上一章并列的，是发生于18世纪后半叶至19世纪前半叶的另一种时代状况，也即，继人们重新发现《埃达》（1756）与《莪相》（1762）后兴起的对波斯（伊朗的旧称）和印度文献的翻译热潮。欧洲人把目光投向亚洲，特别是他们开始面向"东方"世界。

从后文所附的年表（表3）上可以看到，从1771年起的30年中，印度和波斯的古代文献、中世纪文献被陆续翻译成欧洲语言。关于这一点，基彭伯格（Kippenberger）这样写道：

> 自1770年以来，旧世界（欧洲）比以往任何时候都深切感受到有一种完全独立于自己，并且其中一部分甚至早于自己出现的神秘古代文明的存在。这使得以犹太教/基督教的《圣经》及希腊罗马古典为根基的西方世界丧失其无比的地位，开始拥有竞争对手。
>
> ……
>
> 可以说，这是由于欧洲人开始对长久以来被七个封印（《约翰启示录》）锁闭的异文化留下的文书遗产进行解读及展示的

结果，而这又引起不断的冲击以及解读。[1]

如上一章提到的，到 18 世纪下半叶，人们的思想从法国启蒙运动转换到德国浪漫主义，对此产生重大刺激的根源有两个，一个是对日耳曼–凯尔特人世界的重新发现，另一个是对本章讨论的波斯–印度世界的"发现"。

这类"发现"始于 1771 年法国人杜伯龙（Anquetil-Duperron）对《〈亚吠陀〉经解合刊 / 古波斯语阿维斯陀经》进行的翻译和出版。这是古波斯琐罗亚斯德教的经典及其注释。

首先，描述古波斯神话的文献可根据所使用的语言和写作时间分为以下三类：

（1）《阿维斯陀经》（*Avesta*）：古波斯语碑文；公元前 12 世纪至公元前 4 世纪；其中包含对众神的赞歌，但没有故事性的神话。

（2）《创世记》（*Bundahishn*）：中世纪波斯语；公元 3—10 世纪；其意为"最初的创造"。这是出于 10 世纪极度衰败的波斯，琐罗亚斯德教士创造的古波斯神话概要，被认为是再现了至少在萨珊王朝（226—651）期间流传下来的古波斯神话，有可能是在犹太教、基督教和摩尼教的影响下完成的。

（3）《列王纪》（*Šāhnāmah*）等近代波斯语文献：11—18 世纪。《列王纪》是穆斯林诗人于 11 世纪用近代波斯语写

---

[1] Kippenberg, Hans G. 1997. *Die Entdeckung der Religionsgeschichte. Religionswissenschaft und Moderne.* München: C. H. Beck.（邦訳はキッペンベルク『宗教史の発見：宗教学と近代』月本昭男 / 渡辺学 / 久保田浩訳，岩波書店，2005 年。第 2 章「未知の文化の解読」，第 3 章「諸言語が語るヨーロッパ初期宗教史」）

成的。[1]

在这些文献当中,《创世记》传承着古代波斯的起源和创造神话,根据它被传承的地区可将它分为波斯系抄本群和印度系抄本群。由于后者的数量只有前者的一半左右,因此它们又分别被称为《大创世记》和《小创世记》。

杜伯龙将其中的《小创世记》翻译为法语,之后还出现了英译本,最近还出现了《大创世记》的日译本(只是当中有多处标为"?"的意思不明之处)。原典是中世纪的波斯语。

神话文本13 《创世记》中的原牛和原人

首先,第1A章是一个关于在光明国度(gētīgīhā界)里创造万物的章节。所谓光明国度就是物质界、可见世界、现世界。与此相对的是黑暗国度(Mēnōg界),这里是灵界、不可见的世界。一开始出场的安格拉·迈纽〔Angra Mainyu,别名阿赫里曼(Ahriman)〕是一种恶灵,另一方面,霍尔莫兹德〔Hormozd,别名阿胡拉·马兹达(Ahurā Mazdā)〕是"觉知的灵气"[2],甚至是"贤明的君主"[3],也就是善灵。这种善恶二元论、善恶之战,正是波斯神话的特征。

霍尔莫兹德趁着敌人安格拉·迈纽失去能力时,创造出天、水、大地、草木、家畜、义士,其具体描述如下:

---

1 青木健2010「ゾロアスター教における「水」と「火」:神話学と古代イラン研究」篠田知和基(編)『水と火の神話:「水中の火」』: 128. 名古屋:楽瑯書院.

2 奥西峻介2009「光と闇の闘争:『原初創造』第一章」篠田知和基(編)『神話・象徴・言語』D: 261–262. 名古屋:楽瑯書院.

3 ヒネルズ,ジョン1993『ペルシア神話』井本英一/奥西峻介(訳): 94. 青土社.

霍尔莫兹德首先创造了天空。天壁由坚硬无比的雄铁造成，它明亮、澄碧、高远、辽阔，如同水晶般闪闪发光，状若一枚巨大的鸡卵，其实质就是男性的睾丸。天的两端与无限的光明相连，万物都是在天里创造的。天就像一座拥有战斗所需的所有工具的坚固堡垒，或者说它是装下万物的房子。[1]

也就是说，天空被想象成拥有铛铛作响的硬质材料制成的外壳，其内部却是一片空洞。[2]

在那之后，水和大地也被创造出来。

接着，霍尔莫兹德创造了"牛"——大地上第一头动物。它站在大地中央（厄尔布尔士山脉[3]）的维赫黛提河边，身高三奈[4]，雪白晶莹，像月亮一样闪着银光。此外，水和草木也被创造出来以养活这头牛，因为它们决定了牛在混合中的力量和成长力。[5]

这头牛就是被称作原牛的 Urrind，[6]并且原人凯尤玛尔斯（Gayōmart）也被创造了出来。

1　汉译文参唐孟生主编：《东方神话传说·第1卷》，北京大学出版社，1999年，第258页。

2　カーティス，ヴェスタ・サーコーシュ2002『ペルシャの神話』（丸善ブックス；96）：26. 丸善.

3　又称艾兰-韦格，英文是"Eranvej"，意为"home of the Aryans"，即"雅利安人家"。——译者注

4　"三奈"在日文原文中为"平均的な葦3本の長さ"，意为"3根芦苇的平均长度"（芦苇一般高1至3米，此处可取平均值2米，即牛身高6米）。——译者注

5　汉译文参考唐孟生主编：《东方神话传说·第1卷》，第258—259页。

6　Colpe, Carsten. 1986. Altiranische und zoroastrische Mythologie. *In*: Haussig, Hans Wilhelm（Hrsg.）, *Götter und Mythen der kaukasischen und iranischen Völker*. 422–423. Stuttgart: Klett-Cotta.

最后，霍尔莫兹德创造了凯尤玛尔斯——大地上第一个人。他高四奈、宽四奈，[1] 全身像太阳一样金光闪闪，站立在大地中央的维赫黛提河边。凯尤玛尔斯在河的左边，牛在河的右边，它们之间的距离就是它们各自离河的距离，也是它们自身的身长。[2]

关于这个原牛和原人，在安格拉·迈纽和一个叫提婆（Deva）的邪神共同与光明进行对决时有提到。[3]

……接着安格拉·迈纽钻进大地，一直向上来到了地面。然后，他便像一只苍蝇一样四处乱飞乱叮，先是袭击草木，接下来是牛和凯尤玛尔斯，然后还袭击了火。

他又把贪婪、匮乏、危险、痛苦、疾病、欲望和懒惰投向人间，不祥的阴影立刻笼罩在牛与凯尤玛尔斯的头上。在死亡尚未袭入牛的躯体之前，霍尔莫兹德让牛服下了一种能带来安宁的大麻，并把大麻的汁液涂在牛的眼睑上，以此减轻死亡带给它的痛苦。终于，死神的手扼住了牛的生命，它的奶水干涸了，它的身躯迅速消瘦、枯槁，随即死去。[4]

在第13章中，"Den"也被称作"启示"[5] 或"宗教、教义、自我、逻各斯Logos，相当于语言、神明本身"[6]。此外马约拉

---

1 根据上文对牛身的解释，此处可理解为高8米，宽8米。——译者注
2 汉译文参唐孟生主编：《东方神话传说·第1卷》，第259页。
3 奥西峻介 2009「光と闇の闘争：『原初創造』第一章」篠田知和基（編）『神話・象徴・言語』D: 262. 名古屋：楽瑯書院．
4 汉译文参魏庆征编：《古代伊朗神话》，北岳文艺出版社、山西人民出版社，1999年，第138页。
5 野田恵剛 2009-11「ブンダヒシュン」『貿易風：中部大学国際関係学部論集』I: 153.（大ブンダヒシュンTD2を基にした訳）
6 奥西峻介 2009「光と闇の闘争：『原初創造』第一章」篠田知和基（編）『神話・象徴・言語』D: 262. 名古屋：楽瑯書院．

纳（Majorana）也被称作马郁兰（marjoram）（甜马郁兰Sweet Marjoram），是一种草本植物。阿克曼（Akōman）是Aka Manah在古文中写法，表示一种邪恶的思想以及一位邪神。阿维斯陀古（Abestāg）是阿维斯陀（Avesta）在中世纪的写法。太阴界是月球的世界。哈萨尔和帕拉桑（3.5哩至4哩）都是距离单位。

启示有所晓谕；当始初之牛亡故，在脑浆飞溅之处，有五十五种谷物繁生，十二种药用植物繁生。据说，每一被造者、每一物体，皆生于骨髓，其寄寓之所为骨髓。豆类生于角，韭葱生于鼻，葡萄生于其血液——葡萄可制酒，葡萄酒则呈血红色，由肺生芸香类植物，由肝脏生百里香属植物，以消除恶臭。其他种种，如《阿维斯陀经》所示。

在《创世记》中创造的一种粮食被改造为马的形状，然后被分成三种运到阿朗河。这种谷物，有人说是大米，有人说是吸收水分的小麦。

牛之精种送至月界；它在此间彻底净化，多种动物便由此而生。最先出世者为两牛，一雄一雌；嗣后，每一物种均有一对雌雄来至大地，置身于厄尔布尔士山脉，相隔一定距离（一里格）[1]即可分辨；正如前所述，由于始初之牛的神异，它两度被造，一次作为牛，一次作为多种动物。[2]

就这样，各种作物、植物和牲畜从原牛身上诞生，另一方面，在后面的第14章中，原人也用以下方式生出各种各

---

[1] 里格（league），古代长度单位，1里格为3英里，约合4.8千米。——译者注
[2] 韩译文参考魏庆征编：《古代伊朗神话》，第151—152页。

样的物种。此外，弗拉什卡德（Frashkard）意味着世界的重生，奈里奥桑（Neryosang）是一种精灵或天使，而米夫里（Mahrē）和米夫里亚妮（Mahrānē）据说是最初的人类玛希维（Mashye）和玛希约（Mashyane）在植物状态下的名称。

> 凯尤玛尔斯得病并跌倒在左侧，头颅化为铅，血液化为锡，脑浆化为银，双腿化为铁，骨骸化为铜，脂肪化为水晶，双臂化为钢，而最可贵的生命则化为黄金。直到今天，世人也还常常用生命来换取黄金。
>
> 死亡从左侧进入凯尤玛尔斯的身体。万物均被死亡袭击，直到弗拉什卡德。
>
> 凯尤玛尔斯的精液滴落在地上，日月用光华哺育了它。其中的三分之二由奈里奥桑保管，三分之一由大地女神斯潘多尔玛兹保管。四十年以后，它化生成一株有一支主干和十五片叶子的大黄。慢慢地，大黄的双茎幻化为两个人的形状，他们就是米夫里和米夫里亚妮。他们的身体紧贴在一起，四肢互相交缠。[1]
>
> 资料来源：《创世记》[2]

最后，这两个人都化作人的姿态，他们的子孙就是人类，尤其是波斯民族。[3]换句话说，原人凯尤玛尔斯身上生出各种金属，他也成为人类的祖先。原牛和原人分别靠近月亮和太阳，人们认为他们是配对出现的。

1　汉译文参唐孟生主编：《东方神话传说·第1卷》，第271页。

2　野田恵剛 2009-11「ブンダヒシュン」『貿易風：中部大学国際関係学部論集』.（大ブンダヒシュンTD2を基にした訳）

3　カーティス，ヴェスタ・サーコーシュ 2002『ペルシャの神話』（丸善ブックス；96）：30. 丸善.

5.2 比较语言学的成立与发展

除了源自波斯的文献外，各种来自印度的文献也陆续被翻译出来，梵语（Sanskrit）这门语言的存在逐渐备受关注。根据中村元的说法，这其中有两个背景：首先是出于西方特别是英国对东方进行政治和军事统治的需求，其次是出于理清印欧语系起源的求知愿望。[1]

关于后者——印欧语系，《阿维斯陀经》所用的语言阿维斯陀语，即古代波斯语，与梵语有非常密切的关系。前文提到的"霍尔莫兹德"，别名是"阿胡拉·马兹达"。"阿胡拉"（Ahura）即"霍尔"（Hor）的古文形态，对应印度的阿修罗（Asura），同时后来用于称呼波斯的"伊朗"这个词与"雅利安（Aryan）"同源。

第一个注意到这些语言相似性的是威廉·琼斯（William Jones）。他是英国人，曾在印度当过法官，并在进行语言的研究时注意到这些相似之处。1786年2月2日，他发表了一篇值得纪念的演讲，宣告了比较语言学的诞生。

> 梵语，先不论它有多么古老，它的结构足以令人吃惊。它比希腊语更完整，比拉丁语更丰富，并且比这两者中的任何一个更精细。同时，梵语与这两种语言无论在动词的词根还是语法形式上都有十分明显的相似之处，令人感觉这绝非偶然。由于它们间的相似性太过明显，以至于任何语言学家在研究这三门语言后都不得不相信，它们有一个或许已不存在的共同来源。

1　中村元 1960『比較思想論』（岩波全書；247）：7–10. 岩波書店.

此外，虽然不太确定，但出于同样的原因，哥特语和凯尔特语尽管与差异显著的不同的语言混杂在一起，然而有观点认为，它与梵语同源。如果可以在这里讨论古代波斯的问题，那我们也可以将古代波斯语列入同一语族。[1]

正如上一章提到的，人们通过重新发现《埃达》与《莪相》找到了自己的日耳曼和凯尔特故乡，但最多只能追溯到10世纪或3世纪，然而这一次，人们一口气追溯到公元前1200年，发现了包括日耳曼和凯尔特以及希腊和罗马等广大地域人们的共同祖先的语言，这是一个十分令人兴奋的发现。

5.3 麦克斯·缪勒与宗教学、神话学的确立

用印欧语族的各种语言书写的文本材料，成为这种语言学的研究资料。人们将这些文本不仅用作比较语言的资料，还自然地开始比较其中出现的宗教和神话。

弗里德里希·麦克斯·缪勒（Friedrich Max Müller）就在这样的背景下崭露头角，他被称为现代神话学和宗教研究的鼻祖。他出生在德国，但在1848年后移居英国，并以德国人的身份在牛津生活，直至去世。他的专业是语言学，特别是梵文。他编辑了一套名为《东方圣书》的五十卷的丛书（1879—1910年出版），其中包括古印度宗教。

这套丛书包括31卷印度典籍，以及伊斯兰教的《古兰经》和佛经，还有中国的《诗经》《孝经》《易经》《礼记》和《老子／道

1　風間喜代三 1978『言語学の誕生：比較言語学小史』(岩波新書；69)：13-15. 岩波書店.

德经》等。其中第50卷是他的弟子温特尼茨（Winternitz）编制的总索引，长期以来被称为《东方宗教简明词典》。[1]

缪勒还用梵语原文出版了婆罗门教的圣典《吠陀》。这个版本至今依然被当作标准文本，近几年出版的后藤俊文和迈克尔·威策尔（Michael Witzel）的德文译本也是以缪勒版的文本为基础。

缪勒也是第一个使用"宗教学（science of religion）"一词作为学科名称的学者。通常说法是，缪勒是1870年在伦敦做的一次演讲上首次提到该概念，其实早在1867年他就已经将其用作他出版的著作的书名。缪勒发表于1856年的一篇题为《比较神话学》的论文，正式宣告了他的比较神话学的建立。

值得注意的是，有两位来自明治时代的日本留学生当时来到缪勒身边跟随他一同学习研究。其中一位是南条文雄，他来自大垣真宗大谷派的一个寺庙，1885年成为东京大学的梵文特聘讲师，后来担任了大谷大学校长。另一位是高楠顺次郎，他虽出身于广岛的农家，但却是一名虔诚的真宗信徒。他于1897年在东京大学创立了梵语学系，后来成为东洋大学校长。

此外，值得一提的还有一位日本留学生姐崎正治。他没有直接师从缪勒，而是跟随在缪勒共同编辑《东方圣书》并留下众多翻译作品的戴维斯（Thomas William Rhys Davids）学习。

姐崎正治从1900年起在德国跟随保罗·多伊森[2]学习，从1902年开始在英国跟随戴维斯学习。他原本来自京都一所真宗寺庙的画室，于1903年回到日本，并于1905年在东京大学创立宗教学系。此外东京大学印度学系（成立于1922年）的第一位教授

---

[1] 中村元 1960『比較思想論』（岩波全書；247）：26. 岩波書店.
[2] 保罗·多伊森（Paul Jakob Deussen，1845—1919），德国基尔大学教授，专攻古印度语言和思想研究的著名学者。——译者注

宇井伯寿是高楠帅次郎的弟子,而宗教学(成立于1924年)的第一位教授铃木宗忠是姐崎正治的弟子。

神话文本14 《梨俱吠陀》的原人普鲁沙(Purusha)

原人(普鲁沙)具有千首、千目、千足。其体遍及地之四隅,其十指则超越地之极限。

……

当诸神将原人用作牺牲举行献祭,其油脂为春,其薪柴为夏,其供品为秋。

……

马以及一切生有双排牙齿的动物,由此(祭祀)而生;牛由此而生,山羊和绵羊亦由此而生。

他们将原人肢解,究竟分为多少份?其口何以相称?其双臂、双腿、双足何以相称?

其口称为婆罗门(祭祀阶级),其双臂称为刹帝利(王族/武将阶级),其双腿称为吠舍(庶民阶级),其双足称为首陀罗(奴隶阶级)。

月生于其心;日生于其目;因陀罗和阿耆尼生于其口;伐由生于其气息。

空气生于其脐部;天宇为其首所化;地生于其双足;方位生于其耳;诸界遂得以形成。

……

资料来源:《梨俱吠陀》X.90[1]

---

[1] 辻直四郎(訳)1970『リグ・ヴェーダ讃歌』(岩波文庫):318–321. 岩波書店.(汉译文参考魏庆征编:《古代印度神话》,太原:北岳文艺出版社、山西人民出版社,1999年,第24—25页。——译者注)

最后部分的"方位",指的是"世界地带"(Weltgegenden)的意思。根据上村胜彦的说法,婆罗门等四个阶级出生自普鲁夏的嘴、双臂、双腿和双脚,这首赞美诗后来被婆罗门引用,作为印度社会四姓制度(种姓或瓦尔纳)的权威。反过来说,这首赞美诗被认为是在种姓制度已在某种程度得以确立时写成的,属于《梨俱吠陀》的最新篇章。此外,普鲁夏将在后面与波斯神话中的原牛和原人,以及本书第十二章中出现的中国盘古等史前世界巨人(weltriese)进行比较(图9)。[1]

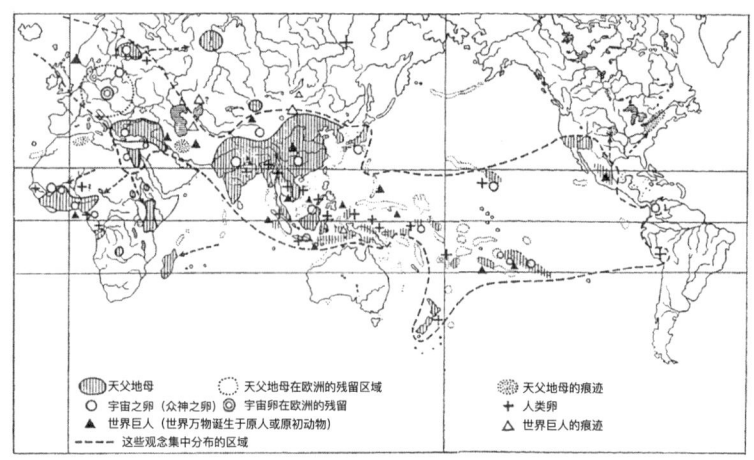

图9 "世界巨人"分布图
鲍曼绘,出自大林太良《假面与神话》,小学馆,1998年,第77页

---

[1] 参考上村勝彦 2003『インド神話:マハーバーラタの神々』(ちくま学芸文庫):38. 筑摩書房.

5.4 叙事诗与传说

被视为印度最伟大的两部史诗的《摩诃婆罗多》和《罗摩衍那》主要展现了关于众神和英雄之间的战斗的传说。前者描述了活跃在古印度婆罗多国的两个末代王族间的冲突和争斗，后者讲述了罗摩王子与神猴哈努曼等人合作对抗魔王罗波那并救回他被绑架的王后悉达的故事。

尤其是《摩诃婆罗多》是以戏剧的形式流传下来的，因此有很多手稿存在。1919年至1966年间，人们在孟买附近的城市浦那的一个研究所发现并整理这些手稿，编纂出浦那版文本。全文共19卷，1.3万页，这就是现在用于研究《摩诃婆罗多》的浦那版文本。

顺带说一下，有人指出，像《摩诃婆罗多》这样以戏剧的流传的内容用文本固定下来，并将其他各式的版本排除在研究范围之外的做法也是有问题的。

讲述佛祖前世故事的《本生经》，在公元前1世纪已基本成形，但之后直到5世纪初才被编成现在的形式。[1] 此外，在《五卷书》（创作于1—6世纪）中也有各种各样有趣的故事，并在全世界传播。

神话文本15　从《本生经》中看到"鳄谋猴肝"

很久以前，生活在恒河中的鳄鱼的妻子怀孕了，并乞求她的丈夫给她吃猴王（菩萨，佛祖的前世之身）的心脏。鳄鱼

1　辻直四郎/渡辺照宏（訳）2006『ジャータカ物語：インドの古いおはなし』新版（岩波少年文庫；139）：227. 岩波書店.

随后想出个办法，它对猴王提出："在恒河另一边的岸上有许多美味的水果，如芒果和面包树果。我可以驮着你过河。"于是鳄鱼驮起猴王（开始往对岸游去），途中它暴露出它的算盘——把菩萨淹死在水中。于是猴王问道："这到底怎么回事？"鳄鱼回答："我并不是出于好心驮你过河的。我的妻子怀孕了，她非常想吃你的心。所以我想把你的心给她吃。"

"嗯，你把这些告诉我是件好事。因为如果我们的身体里有心，它们在飞过树梢时就会变得粉碎。"

"那么你们会把心脏放在哪里呢？"

菩萨指着不远处的一棵优昙婆罗花树（可能是一棵无花果树）说："你看，这棵树上挂满了我们的心脏。"

"如果你把你的心给我，我就不杀你。"

"那你带我去那里，我会把挂在树上的心给你。"

鳄鱼带着菩萨去了那里。菩萨从鳄鱼背上跳起来，坐在优昙婆罗花树上，说："愚蠢的鳄鱼！你真的认为在一棵树上可以找到一个生物的心脏吗？你是个傻瓜。我会把你所有你所说的水果都给你。你个头挺大，但完全没有智慧。"

资料来源：《本生经》第208篇《鳄鱼前世故事》[1]

其实这只愚蠢的鳄鱼实际是处处与佛陀为敌的提婆达多（梵名 Devadatta）的前世。

以此结尾的这个故事在《今昔物语集》（12世纪前半）中也能看到，《水母无骨》这个在日本广为流传故事与之对应。此外它有时也会被拿来与《因幡之白兔》的故事做比较。

---

[1] 中村元（監修・補註）1982-91『ジャータカ全集』Ⅲ：49-51. 春秋社.

表3 波斯-印度文学的翻译相关年表

☆★◎◆分别对应同一人物

公历	事件
☆1771	《亚吠陀》经解合刊（琐罗亚斯德的经典及其注释）（Zend-Avesta, ouvrage de Zoroastre），包括《小创世记》在内的法语译本，译者为法国历史和东方学家杜伯龙，1776年有德语译本
1784	英国孟加拉亚洲协会成立
★1785	《薄伽梵歌》系《摩诃婆罗多》的一部分，成书于公元前1世纪至公元1世纪。是年，由梵语翻译为英语，译者为英国东方学家查尔斯·威尔金斯（Charles Wilkins）
◎1786	在加尔各答的亚洲协会上，威廉·琼斯发表关于印度/伊朗语和希腊语/拉丁语之间相似性的讲座
★1788	《金玉良缘》（Heetopadesha）系教化故事集，是据《五卷书》改编的作品，成书于10—14世纪。是年，从梵语翻译为英语（1844年翻译为德语），译者是查尔斯·威尔金斯
◎1789	《沙恭达罗》，系诗人卡利达萨（Kālidāsa）的戏剧，于4—5世纪完成。是年，从梵语翻译为英语（1791年翻译为德语），译者为英国法学家和印度学家威廉·琼斯
☆1801—1802	《奥义书》系吠陀文献的一部分，成书于约公元前6世纪。是年，从波斯语翻译成拉丁语（1808年翻译为德语），译者为杜伯龙
1808	德国哲学家弗里德里希·施勒格尔（Friedrich Schlegel）出版《论印度人的语言和智慧》
1818	德国东方学家奥古斯特·威廉·施勒格尔（August Wilhelm Schlegel）被任命为波恩大学的印度学教授（德国首位）
1823	奥古斯特·威廉·施勒格尔给《薄伽梵歌》的梵语文本附上拉丁语译文后出版
1833	德国语言学家弗朗兹·葆朴（Franz Bopp）出版了梵语、阿维斯陀语、希腊语/拉丁语、德语等语言的《比较语法》

（续表）

公历	事件
◆ 1849	德国宗教学家弗里德里希·麦克斯·缪勒出版原文的《梨俱吠陀》（全6卷），之后1877年特奥多尔·奥弗雷希特（Theodor Aufrecht）推出的第二版（全4卷）为现在的标准版
◆ 1856	麦克斯·缪勒的论文《比较神话学》发表
1859	德国印度学家特奥多尔·本费（Theodor Benfey）编辑出版《五卷书》
◆ 1867	麦克斯·缪勒的《宗教学论集》出版
◆ 1870	麦克斯·缪勒在伦敦做讲座，讲座的内容于1873年出版为《宗教学导论》
◆ 1879	麦克斯·缪勒编辑的《东方圣书集》开始发行（1910年成书，全50卷）

本章的参考文献

【1】总体参考文献

1. Kippenberg, Hans G. 1997. *Die Entdeckung der Religionsgeschichte. Religionswissenschaft und Moderne.* München: C. H. Beck.（邦訳はキッペンベルク『宗教史の発見：宗教学と近代』月本昭男/渡辺学/久保田浩訳，岩波書店，2005年。第2章「未知の文化の解読」，第3章「諸言語が語るヨーロッパ初期宗教史」）

2. Windisch, Ernst. 1992. *Geschichte der Sanskrit-Philologie und Indischen Altertumskunde.* Berlin: Walter de Gruyter.

3. Schwab, Raymond. 1984. *The Oriental Renaissance: Europe's Rediscovery of India and the East, 1680–1880.* New York: Columbia University Press.（初出は1950年）

4. App, Urs. 2010. *The Birth of Orientalism.*（Encounters with Asia）. Philadelphia: University of Pennsylvania Press,（pp. 363–439がアンクテ

イル=デュペロンを扱う）

5. 中村元 1960『比較思想論』（岩波全書；247）岩波書店.（特にpp. 7–44）

6. 長田俊樹 2002『新インド学』（角川叢書；23）角川書店.

ポリアコフ，レオン 1985『アーリア神話：ヨーロッパにおける人種主義と民族主義の源泉』（叢書・ウニベルシタス；158）アーリア主義研究会（訳）法政大学出版局.（初出は1971年。第3章「新しいアダムを求めて」）

7. 長尾雅人／服部正明 1969「インド思想の潮流」長尾雅人（編）『バラモン教典 原始仏典』（世界の名著；1）：5–56. 中央公論社.（特にpp. 7–12）

8. 菊地章太 2007『フランス東洋学ことはじめ：ボスフォラスのかなたへ』（研文選書；98）研文出版.

9. 辻直四郎 1981–82『辻直四郎著作集』全4巻，法蔵館.（第1巻に「ヴェーダ学の今昔」，「ペルシャ語訳ウプネカット十奥義書」，第3巻に「インド神話」を収める）

【2】比较（历史）语言学

1. 風間喜代三 1978『言語学の誕生：比較言語学小史』（岩波新書；69）岩波書店.

【3】与麦克斯·缪勒相关的文献

1. ミュラー，フリードリヒ・マックス 2014『比較宗教学の誕生：宗教・神話・仏教』（宗教学名著選；2）松村一男／下田正弘（監修）山田仁史／久保田浩／日野慧運（訳）国書刊行会.

2. Müller, Friedrich Max (ed.) 1879–1910. *Sacred Books of the East*, 50 Vols. Oxford: Clarendon Press.

3. van den Bosch, Lourens P. 2002. *Friedrich Max Müller: A Life Devoted to the Humanities.* (Numen Book Series: Studies in the History of Religions; Vol. 44). Leiden: Brill.

4. Waardenburg, Jacques. 1974. *Classical Approaches to the Study of Religion: Aims, Methods and Theories of Research*, 2: Bibliography.

(Religion and Reason；4). The Hague：Mouton，(pp. 184-188 に網羅的文献リスト)

5. 南条文雄 1979『懐旧録：サンスクリット事始め』(東洋文庫；359) 平凡社.

6. 前嶋信次 1985『インド学の曙』(ぼんブックス；9) 世界聖典刊行協会.

【4】波斯（伊朗）神话的概述及评论资料

1. カーティス，ヴェスタ・サーコーシュ 2002『ペルシャの神話』(丸善ブックス；96) 丸善.

2. ヒネルズ，ジョン 1993『ペルシア神話』井本英一／奥西峻介(訳) 青土社.

3. ボイス，メアリー 2010『ゾロアスター教：3500年の歴史』(講談社学術文庫；1980) 山本由美子(訳) 講談社.

4. 青木健 2010「ゾロアスター教における「水」と「火」：神話学と古代イラン研究」篠田知和基(編)『水と火の神話：「水中の火JJ：125-139. 名古屋：楽瑯書院.

5. Colpe, Carsten. 1986. Altiranische und zoroastrische Mythologie. *In*：Haussig, Hans Wilhelm (Hrsg.), *Götter und Mythen der kaukasischen und iranischen Völker*. 161-487. Stuttgart：Klett-Cotta.

6. Anklesaria, Behramgore Tehmuras. 1956. *Zand-Ākāsih*：*Iranian or Greater Bundahišn*. Bombay.(大ブンダヒシュンTD2の英訳)

7. 野田恵剛 2009-11「ブンダヒシュン」『貿易風：中部大学国際関係学部論集』4：149-186, 5：120-171, 6：165-232.(大ブンダヒシュンTD2を基にした訳)

8. 奥西峻介 2009「光と闇の闘争：『原初創造』第一章」篠田知和基(編)『神話・象徴・言語』D：247-262. 名古屋：楽瑯書院.(大・小ブンダヒシュン諸写本を参照して第1章を邦訳したもの)

9. West, Edward William. 1880. *Pahlavi Texts*, Part 1.(The Sacred Books of the East；Vol..5). Oxford：Clarendon Press.(小ブンダヒシュンの英訳を含む)

10. 辻直四郎ほか(訳) 1967『ヴェーダ アヴェスター』(世界古典文

学全集；3）筑摩書房.

11. フィルドウスイー1969『王書（シャー・ナーメ）:ペルシア英雄叙事詩』（東洋文庫；150）黒柳恒男（訳）平凡社.（抄訳）

12. フェルドウスイー1999『王書：古代ペルシャの神話・伝説』（岩波文庫）岡田恵美子（訳）岩波書店.（抄訳）

【5】印度神话的概述及评论资料

1. 上村勝彦2003『インド神話:マハーバーラタの神々』（ちくま学芸文庫）筑摩書房.

2. 中村元1943「神話と伝説」辻直四郎（編）『印度』（南方民族誌叢書；5）:155-400，偕成社.

3. *Rig-Veda. Das heilige Wissen. Erster und zweiter Liederkreis.* Aus dem vedischen Sanskrit übersetzt und herausgegeben von Michael Witzei & Toshifumi Gotô unter Mitarbeit von Eijirô Dôyama & Mislav Jezic. Frankfurt a. M.: Verlag der Weltreligionen, 2007.

4. Geldner, Karl Friedrich. 1951. *Der Rig-Veda*, 4 Teile.（Harvard Oriental Series; Vols. 33-36）. Cambridge: Harvard University Press.

5. 辻直四郎（訳）1970『リグ・ヴェーダ讃歌』（岩波文庫）岩波書店.

6. 辻直四郎1967『インド文明の曙:ヴェーダとウパニシャッド』（岩波新書；619）岩波書店.

7. 辻直四郎1978『古代インドの説話:ブラーフマナ文献より』春秋社.

【6】《摩诃婆罗多》与《罗摩衍那》

1. 上村勝彦2002-05『原典訳マハーバーラタ』1-8巻（ちくま学芸文庫）筑摩書房.（訳者急逝で未完）

2. ラージャーゴーパーラーチャリ，c1983『マハーバーラタ』上中下（レグルス文庫）奈良毅/田中嫺玉（訳）第三文明社.（梗概）

3. ヴァールミーキ2012-13『新訳ラーマーヤナ』全7巻（東洋文庫；820・822・827・829・834・836・838）平凡社.（全訳）

4. ヴァールミーキ1980-85『ラーマーヤナ』1・2（東洋文庫；376,

441）岩本裕（訳）平凡社．（サンスクリット原典からの完訳として全7巻を予定したが未完結。東南アジアでの受容についての解説もよい）

5. 阿部知二（訳）1966『ラーマーヤナ』（世界文学全集；第3集第2）河出書房．（英訳3種などに基づき信頼に足るもの）

6. 河田清史 1971『ラーマーヤナ：インド古典物語』上下（レグルス文庫）第三文明社．（梗概）

7. 沖田瑞穂 2008『マハーバーラタの神話学』弘文堂．

【7】《本生经》与《五卷书》及其他的故事和相关研究

1. Thompson, Stith. 1946. *The Folktale.* New York: Holt, Rinehart & Winston．（邦訳はトンプソン，スティス『民間説話：世界の昔話とその分類』荒木博之／石原綏代訳，八坂書房，2013年）

2. 中村元（監修・補註）1982-91『ジャータカ全集』全10冊，春秋社．

3. 辻直四郎／渡辺照宏（訳）2006『ジャータカ物語：インドの古いおはなし』新版（岩波少年文庫；139）岩波書店．

4. 田中於菟弥／上村勝彦（訳）1980『パンチャタントラ』（アジアの民話；12）大日本絵画．

第六章
罗塞塔石碑与《吉尔伽美什》
—— 埃及与美索不达米亚

右图：荷鲁斯神

6.1 通过解读象形文字开启埃及神话的世界

在19世纪上半叶，随着埃及和美索不达米亚文字的解读工作不断推进，人们开始了解之前在欧洲并不为人所知的故事；世界的神话和民间故事的研究亦取得很大进展。本章就让我们了解一下其中的过程。

这一切都始于拿破仑在1798年至次年对埃及的远征。正是在这一时期，现存于大英博物馆的著名的罗塞塔石碑被发现。它是用两种象形文字和希腊文写成的，两种象形文字分别是僧侣体（hieratic）和世俗体（demotic）。

直到1822年，它才被解读出来。法国人商博良（Champollion）出席法兰西文学院会议，在学会宣读了给该院院长的一封信《关于象形文字拼音问题致达西尔先生的信》。虽然英国人托马斯·杨（Thomas Young）的贡献也很重要，但是商博良才是现在公认的翻译者。之后，埃及学有了很大的发展，如今可以在七卷本的德语版《埃及学百科全书》[1]中查阅详细的原始资料。

首先，埃及神话并没有体系化。它主要是通过以下三种资料

1　Helck, Wolfgang & Eberhard Otto（Begr.）1975-92. Lexikon der Ägyptologie, 7 Bde. Wiesbaden: Harrassowitz.（エジプト学大事典）

进行重构。它们可以粗略地归纳如下。[1]

第一个是古王国时期（公元前24世纪至公元前22世纪）的金字塔文本。由写于金字塔内壁（地下室、前室、封闭通道等）的哀悼死者的歌曲和赞美诗，以及对神灵的祈祷组成。这些文件是由德国人、柏林大学教授库尔特·塞特（Kurt Sethe）汇编的。

人们对关于为什么此前无人留迹的金字塔内部会刻有文字这一现象，提出以下推断：

古埃及人基于对不死、永生的信仰发展出复杂的丧葬习俗，特别是为死者复活的下葬仪式是遵照复杂程序进行的。然而，尽管采取了这些措施，但必然会有一些事态的发生导致人们对获得永生的信念产生动摇。这些事情也许是由于治安恶化导致的盗墓事件，以及随之产生的对木乃伊的破坏。为了应对这种新情况，人们可能试图通过在墙上刻字来延续下葬仪式中施放的咒语的效果，以帮助获得永生。[2]

第二种是中王国时期（公元前22世纪至公元前18世纪）的"棺椁文献"（英语 Coffin Texts，德语 Sargtexte，法语 textes des sarcophages），由荷兰人、莱顿大学教授阿德里亚恩·德·巴克（Adriaan de Buck）编撰。根据宗教学者库利亚努（Culianu）的说法，死后在天堂的生活是国王的专属特权，但贵族们也建造了坟墓，以便死后可以继续在地上生活，他们经常效仿国王的永生。为此，他们在棺板的内壁上写下咒语。[3]

1　クリアーノ，ヨアン・ペテル1994「古代エジプトの異界旅行」桂芳樹（訳），『ユリイカ』26（13）[総特集：死者の書]：226. 青土社；酒井傳六1980『エジプト学夜話』：60. 青土社.

2　杉勇ほか(訳) 1978『古代オリエント集』（筑摩世界文学大系；1）：579. 筑摩書房.

3　クリアーノ，ヨアン・ペテル1994「古代エジプトの異界旅行」桂芳樹（訳），『ユリイカ』26（13）[総特集：死者の書]：226. 青土社.

第三种是新王国时期之后（从公元前15世纪起）的《亡灵书》（英语 *Book of the Dead*，德语 *Totenbuch*，法语 *livre des morts*），它与神话没有直接关系，但它效仿了棺椁文献，部分地方还效仿了金字塔文本。由于普通民众相信他们在死后将降生于"芦苇国"，因此该书以祝福死后来到芦苇国的人们为主题，是以咒语的形式写的。[1]

简而言之，古埃及的历史就是世俗化的历史。原本由王公贵族垄断的文字记录的秘术逐渐传播到了民间。

6.2 埃及的天地分离神话及其他

究竟是什么样的神话会写在上述那些地方呢？例如，在库尔特·塞特的金字塔文本784a、784b以及1208c中，包含天地分离神话的片段。784a和b是对女神努特（Nut）的召唤。"远离大地之上，你在你父亲舒（Shu）之上，成为支配他的人。他因为爱你，因此愿意在你之下，万物都是你的。"并且，在1208c中有："当天与地分离，众神升天。"

接下来，在德·巴克的"棺椁文献"II: 19a中有以下内容："我是舒的灵魂，当他把努特举过自己，把盖布置于脚下之时。我将我自己放在他们两个人之间……"

也就是说，女神努特是天，她的丈夫盖布（Geb）是大地，努特的父亲舒（Shu）将他们分开。尽管非常零散，但今天被广泛阅读的埃及神话就是由这些原始文本复原的。然而，这只是赫利

1　クリアーノ，ヨアン・ペテル1994「古代エジプトの異界旅行」桂芳樹（訳），『ユリイカ』26（13）［総特集：死者の書］: 226. 青土社；酒井傳六 1980『エジプト学夜話』: 60. 青土社．

奥波利斯（Heliopolis）系的神话，也有孟菲斯（Memphis）和赫尔莫普利斯（Hermopolis）系的神话。[1]

此外还有图画材料。特别是，在描绘死者进入冥界的纸莎草文献中，可以看到展示古埃及人如何看待宇宙和世界的图画资料。在此举一个例子，公元前1000年左右，底比斯阿蒙神庙中，为一个名叫杰德·本苏夫·安胡的男祭司绘制的纸莎草纸图画（图10）。

图10　天空女神努特的出现

这就是我们刚才看到的"天空女神努特的出现"的场景。大地之神盖布躺在下方的地面上，空气之神舒站在中间，把努特女神举上天空。在他的两边，公羊形状的神支撑着舒的双手。左边是太阳之舟与鸟形态的灵魂，此外左边的斯芬克斯（Sphinx）与白冠、羽毛做成的蒲扇画在一起。在左上方，有画着礼拜公羊以及用象形文字（hieroglyph）书写的主人公的名字与称号。[2]

另外，还有用希腊文写的埃及神话。在希腊的普鲁塔克

---

[1] 矢島文夫 1997『エジプトの神話：兄弟神のあらそい』（ちくま文庫 世界の神話）：41–42. 筑摩書房.

[2] 矢島文夫 1997『エジプトの神話：兄弟神のあらそい』（ちくま文庫 世界の神話）：190. 筑摩書房.

（Plutarchus）的《道德论集》(*Moralia*)中，有一篇题为《论埃及诸神伊希斯和奥西里斯的传说》(On Isis and Osiris)，据推定这是在公元前22世纪之前成书的。特别是，这是关于伊希斯和奥西里斯最早的文献，也是唯一可靠的来源。

神话文本16　奥西里斯与伊希斯的故事

奥西里斯是大地之神盖布（Geb）和天空之神努特（Nut）的儿子。奥西里斯娶了他的妹妹伊希斯为妻，教人们如何种植小麦和其他作物，并实施良好的治理，正因为如此，他深受人们的爱戴。然而，他的弟弟赛特（Set，普鲁塔克命名为"提丰"）对此感到嫉妒，并策划了一个杀死奥西里斯的阴谋。

提丰偷偷测量了奥西里斯身体的尺寸，并为他量身定做了一个美丽而华丽的装饰盒。提丰把它搬到举行宴会的大厅里。在场的人看到后都不禁赞叹道：这是一个多么漂亮的盒子啊。提丰开玩笑地承诺，任何人只要能进到盒子里休息并身体与箱体完全一致，他将把这个盒子送给他。于是人们一个接一个地尝试，但没有人的体格能与盒子匹配上，于是奥西里斯去躺在箱子里。然后共谋者冲进大厅，粗暴地把盖子盖上，从外面往里钉入螺栓固定，并往上面注入热熔的铅水，然后把它运到河里，河水把它从塔尼斯河口带往大海。

听到奥西里斯的死讯伊希斯十分悲痛，并立即着手寻找她丈夫的尸体。当时，装有奥西里斯尸体的盒子漂流上岸，冲到腓尼基的古老港口城市比布鲁斯的海滩上。生长在附近的一棵石楠树奇迹般地长成了一棵大树，将箱子遮盖在其树干内部。

不久后，这棵巨大的石楠树引起了比布鲁斯国王的注意，他下令把它砍了用作他宫殿的支柱。伊希斯设法找到了盒子，并通过咒语从柱子上取回了她丈夫的遗体，回到了埃及。

但在这时，在月光下进行夜猎的提丰正好过来了。他注意到了奥西里斯的遗体并将其切成14块，并在各处散落。当伊希斯得知此事后，她乘坐一艘纸莎草船，穿过沼泽地来回寻找奥西里斯的遗体碎片。据说这就是为什么乘坐纸莎草船渡河的人不会受到鳄鱼的攻击，因为伊希斯是女神，鳄鱼不敢这么做，或许鳄鱼十分崇拜女神。

但是正因为如此，埃及各地有很多奥西里斯的坟墓，伊希斯每发现奥西里斯的遗体残部就把它们埋在那里。

……

奥西里斯遗体的各部分中只有一处直到最后也没有找到，这就是他的阴部。因为他的遗体一被扔进海里，鳞齿鱼（Lepidotes）、赤鲷（Pagrus）和鯏（Oxyrhynchus）等鱼就蜂拥而上把他吃掉。这就是为什么这些鱼在埃及是最令人讨厌的。伊希斯将外阴做成了一个像，并对其进行礼拜。埃及人仍然举行祭祀他的节日。

之后，奥西里斯和伊希斯的儿子荷鲁斯（Horus）（表现为一只猎鹰）将赛特（就是上面提到的提丰）放逐到沙漠，成为埃及的国王。后来的埃及国王被尊为代代继承荷鲁斯血脉的神圣国王。

资料来源：《关于埃及神伊希斯和奥西里斯的传说》[1]

这篇叙事的故事性很强。此外，如古埃及传说《两兄弟》那样，为后来的世界文学提供了各种各样主题。《两兄弟》是唯一一部几乎完整保存下来的古埃及文学作品，其内容大约如下：

有两个兄弟叫昂普和瓦塔。哥哥昂普的妻子试图勾引瓦塔，但他拒绝了她。为了报复，她告诉丈夫她差点就被瓦塔强奸了。

1　プルタルコス1996『エジプト神イシスとオシリスの伝説について』（岩波文庫）柳沼重剛（訳）：33-41. 岩波書店.

哥哥试图杀死弟弟，但弟弟证明了自己的清白并成功逃脱。

瓦塔逃到一个无人居住的山谷，从胸口取出心脏（生命之源），并把它藏在一棵雪松的顶端。在成为一个"没有灵魂"的身体后，瓦塔过着平静的生活并娶妻结婚，但有一天他的妻子背叛了他，砍倒了雪松树，导致瓦塔的死亡。然而，当他的哥哥昂普通过预感得知弟弟的死讯后，他找到了弟弟的心脏，并使他复活。复活的瓦塔变成一头公牛，去找他以前的妻子，但她现在是法老的妻子，要求国王杀死这头公牛。

但瓦塔再次复活了，这次他变成了一棵树。他的妻子也让人砍掉这棵树。然而，瓦塔变成了一块切碎的木屑进入了他妻子的子宫，并作为王储出生，并最终夺取了王位，并惩罚了他不忠的妻子。[1]

这个故事充满了许多民间故事母题，如不忠的妻子、死亡的预兆、外在的灵魂（外在的心）、连续的变身与复活等等。

6.3 美索不达米亚的《吉尔伽美什叙事诗》

美索不达米亚神话的研究比埃及神话研究开始得稍晚。

如年表（章节末尾）所示，1842 年之后，人们在亚述（Assyria）首都尼尼微（Nineveh，现位于伊拉克北部）的图书馆遗址的粘土层中，发现了多个楔形文本（英语 Cuneiform，德语 Keilschrift，法语 Cuneiforme 和 La cuneus "楔子"）。因此，对古代美索不达米亚或古代东方的研究也被称为亚述学。古代美索不

1　杉勇ほか(訳) 1978『古代オリエント集』(筑摩世界文学大系；1)：483-492. 筑摩書房.

达米亚的神话是用亚述语和苏美尔语的楔形文字写成的，这是一种用尖笔写在软泥上的独特文字。

人们对解读《吉尔伽美什》产生浓厚兴趣的原因之一是，1872年，在大英博物馆工作的乔治·史密斯（George Smith）在其第11块泥板（长15.24厘米，宽13.33厘米，厚3.17厘米）上发现了大洪水的故事。

这是之前介绍过的《希伯来圣经》中诺亚方舟故事的原型（事实上，这是现在人们的观点），因此引起了很多人的兴趣。

神话文本17 《吉尔伽美什》中的洪水神话

智者乌塔纳皮什提（Utanapishtim）所讲述的洪水场面。需要注意的是，本书与《旧约圣经》一样，主人公在最后放出一只鸟，以此确认水是否已经退去。此外贝尔（bale）是巴比伦的计量单位，相当于约10.7公里，相当于现在两个小时前进的距离。

六天七夜已过去，狂风暴雨大洪水，夷平了整个大地。

到了第七天，狂风暴雨已然减缓。大海曾汹涌咆哮，仿佛分娩的女人一般。（现在）大海终平息，风暴终停止，洪水终收关。

四野周遭皆阒然，这天的情况我都看在眼。世上所有人，都已成泥土。遭到洪水洗劫的大地，平得就像房屋的顶部。

我打开一扇天窗，阳光照在我的脸上。我立刻双膝跪下，而后坐下来哭丧，满脸涕泗流淌。我朝着大海的周边环视远望，有十四个陆地露出水面的地方。

船在尼木什山（Ni-muš）搁浅，尼木什山把船停住，使它不再继续飘荡。第一天、第二天，尼木什山把船停住，使它

> 不再继续飘荡。第三天、第四天，尼木什山把船停住，使它不再继续飘荡。第五天、第六天，尼木什山把船停住，使它不再继续飘荡。
>
> 待到第七天，我放出一只鸽子，让它自由飞翔。鸽子飞了出去，不久又回到船上。因为无处落脚，它只好返航。我放出一只燕子，让它自由飞翔。燕子飞了出去，不久又回到船上。因为无处落脚，它只好返航。我放出一只乌鸦，让它自由飞翔。乌鸦飞了出去，看到水位在下降。它又蹦又跳觅食忙，不再返回到船上。
>
> 我将那些鸟朝着四个风向放飞，向神献祭。
>
> 资料来源：《吉尔伽美什叙事诗》，标准版（阿卡德语），第11块泥板，第127–155行[1]

现在，根据这个故事，吉尔伽美什是一个实际存在的人物，他是生活在公元前2600年左右苏美尔城乌鲁克的国王。然而，这部史诗是夹杂着各种奇闻情节来讲述的。故事是这样展开的：

吉尔伽美什由三分之二的神和三分之一的人构成，他是乌鲁克的国王。他有个对手叫恩奇都（Enkidu）。他们俩上演的相遇及激烈战斗，在史诗和从一个叫基什（Kish）的地方挖掘出来的圆柱形印章上都有描述。

两人之间虽然起初进行了战斗，但后来他们相互认可对方的实力并结下深厚的友谊。他们两人作为守林人住在雪松林中，并决定要除掉那可怕怪兽洪巴巴（Humbaba）。"它的叫声是洪水，他的嘴巴是火焰，他的呼吸是死亡"，因此洪巴巴可能是将火山

---

[1] 月本昭男（訳）1996『ギルガメシュ叙事詩』：144–145. 岩波書店.（汉译文采纳拱玉书译注：《吉尔伽美什史诗》，北京：商务印书馆，2021年，第237页。——译者注）

人格化的存在。总之，吉尔伽美什与恩奇都一同消灭了洪巴巴。

女神伊什塔尔（Ishtar）爱上了吉尔伽美什并向他求爱。然而，吉尔伽美什拒绝了她。不仅如此，他还和恩奇都杀死了天牛（Bull of Heaven），这头天牛是在天堂的愤怒的伊什塔尔派往人间为打倒吉尔伽美什而来的。

于是，天神们召开了一个会议，让他们眼中的暴徒恩奇都得病并死去。这让吉尔伽美什突然感到非常不安。他担心自己也会像恩奇都一样死去，于是他踏上了前往上述圣人乌特纳皮什提姆（Utanapishtim）的旅程。在那里，他试图学习长生不死的奥秘，有一次他几乎获知了这个秘密，但最终却失败了。

神话文本 18　吉尔伽美什对长生不死的探求及失败

正如我们前面所看到的，乌塔纳皮什提是一个在洪水中幸存的智者。他将关于能实现长生不老的植物的情况告诉了吉尔伽美什，据说它是在深渊的深处。

"吉尔伽美什啊，有个秘密我来向你透露。这是神的秘密，我将对你把它说出。那是一种植物，形与枸杞相仿。它的棘刺像玫瑰刺，能戳伤你的手掌。你若得到这种植物，就能实现返老还童的梦想。"

吉尔伽美什闻听此语，便把一条通道开辟，他把重重的石头系脚上，石头拉他下沉，他便潜入海底。他抓住那个植物，随即把它连根拔起。他把系在脚上的重石割断，于是大海把他抛到岸边。

对船夫乌尔沙纳比（Urshanabi），吉尔伽美什这样说道："乌尔沙纳比啊，这种植物叫'心跳草'，它能让人的心脏再次跳。我要把它带回羊圈乌鲁克，我要找一个老者试一试，看看这种植物的功效。从今后,我们就叫它'返老还童草'。我自己也要吃,我想让自己再次体强年少。"

二百二十里,他们吃点面包。三百三十里,他们支棚歇脚。这时,吉尔伽美什发现一池塘,池塘里面水清凉。他下到池塘里,想用清水洗一洗。一条蛇闻到了草的香味,便悄悄向香草爬去,把香草叼在嘴里。它刚要转身离去,就已经蜕去了老皮。

那一日,吉尔伽美什坐在地上嚎啕不已,满面涕泗淋漓。对乌尔沙纳比,他且语且哭泣:"乌尔沙纳比啊,为了谁我搞得自己力尽筋疲?为了谁我熬尽心血费尽力?我做了好事,但我自己并未得利,我所做的这一切,只是让'土地狮'受了益。"(后略)

资料来源:《吉尔伽美什叙事诗》,标准版(阿卡德语),第11块泥板,第266—296行[1]

最后的"大地的狮子"指的是蛇。作者要表达的是蛇与人对立,描绘相对于脱皮的蛇之不死,人类终将死去的命运,这种神话在其他地方也广为人知,《吉尔伽美什》就是其中的典型例子,为人们世代继承诵读。

美索不达米亚还有很多包括"伊什塔尔下到冥界"在内的很多故事,这些故事后来常被拿来与日本《古事记》伊邪那岐、伊邪那美的神话进行比较。此外,新的发现和解读不断出现。例如,直到1969年,相当于吉尔伽美什父亲的卢加尔班达(Lugalbanda)国王的史诗才被逐渐解读和翻译出来。

---

[1] 月本昭男(訳)1996『ギルガメシュ叙事詩』:153-156. 岩波書店.(汉译文采纳拱玉书译注:《吉尔伽美什史诗》,北京:商务印书馆,2021年,第229页。——译者注)

根据这个故事，卢加尔班达是乌鲁克国王恩麦卡尔（Enmerkar）的八个儿子中的一个。他加入了父亲远征伊拉姆古国（Elam）阿拉塔城的军队，在途中得了重病濒临死亡，但他救了一只传说中的安祖（Anzu）的幼鸟。作为回报，安祖鸟给了他武器和食物，使他得以安全地回到乌鲁克军队的营地。据说他后来娶了女神宁孙（Ninsun）为妻，被后世尊为伟大的国王。

今后，随着这样的研究不断深入，埃及与美索不达米亚的神话世界将会迎来新的资料，我们也可得知更加丰富的内容。

表4　解读和出版埃及和美索不达米亚神话和故事的年表

●与埃及相关　▲与美索不达米亚相关

公历	事件
● 1798—1799	拿破仑远征埃及，发现罗塞塔石碑（用两种象形文字和希腊文描述）
● 1822年9月27日	商博良参加法兰西文学院会议，并发表了《关于象形文字拼音问题致达西尔先生的信》（*Lettre a M. Dacier, relative a l'alphabet des hiéroglyphes phonétiques*） 这一年被认为是象形文字解读之年，也是真正意义上埃及学的开始之年 从那以后，发掘和收集工作取得进展，纸莎草纸文献被相继发现并出版
▲ 1842	博塔（Paul-Émile Botta）对尼尼微开展发掘工作（直到1844年） 对美索不达米亚首次正式调查；1847年，卢浮宫开设亚述厅
● 1852	德·鲁格（Emmanuel de Rougé）通过解读曼特农夫人（Françoise d'Aubigné）在意大利购买的一份纸莎草纸文件（现藏于大英博物馆），意识到《两兄弟》的故事的重要性，发表了自由翻译作品 *Revue Archéologique*, 8: 30ff

（续表）

公历	事件
▲ 1857	罗林森（Rawlinson）、爱德华·辛克斯（Edward Hincks）和欧佩尔特（Jules Oppert）同时翻译了同一文本的楔形文字，这一年也是亚述语的解读得到正式认可的一年
● 1860	《两兄弟》的故事刊发出版（S. Birch, *Select Papyri in the Hieratic Character from the Collections of the British Museum*, Part II, London, pls. IX—XIX），之后翻译与研究都取得进展
▲ 1872 年 12 月	在大英博物馆工作的史密斯在尼尼微出土的《吉尔伽美什》第 11 块泥板中发现了洪水的情节，并向圣经考古学会报告；第二年，他在尼尼微进行挖掘作业时，他本人发现了洪水故事的片段
▲ 1884—1891	当时已知的关于《吉尔伽美什》的所有文本都由豪普特（Haupt）出版 [*Das babylonische Nimrodepos*, Leipzig（直到第 11 块泥板）以及 *Die zwölfte Tafel des babylonischen Nimrod-Epos*, *Beiträge zur Assyriologie und vergleichenden semitischen Sprachwissenschaft*, 1（1889 年收录第 12 块泥板）]，这些资料成为之后翻译《吉尔伽美什》的广为人知的基础材料
● 1882	加斯顿·马伯乐（Gaston Maspero）出版《古代埃及民间故事》（*Les contes populaires de L'Égypte Ancienne.* Paris），今天人们知道的很多埃及神话和文学作品都是基于他的研究

参考文献

【1】埃及和美索不达米亚（东方）资料的基础日语翻译和评述

1. 杉勇ほか（訳）1978『古代オリエント集』（筑摩世界文学大系；1）筑摩書房.（ピラミッド文書の解説とごく一部の抄訳を含む）

【2】埃及神话的概述和资料

1. 矢島文夫 1997『エジプトの神話：兄弟神のあらそい』（ちくま文

庫 世界の神話）筑摩書房．

2．ハート，ジョージ1994『エジプトの神話』（丸善ブックス；12）阿野令子（訳）丸善．

3．イオンズ，ヴェロニカ1991『エジプト神話』新装版，酒井傳六（訳）青土社．

4．クリアーノ，ヨアン・ペテル1994「古代エジプトの異界旅行」桂芳樹（訳），『ユリイカ』26（13）［総特集：死者の書］：224-231．青土社．

5. Sauneron, Serge & Jean Yoyotte. 1959. La naissance du monde selon l'Égypte ancienne. In：La naissance, du monde.（Sources orientales；1）: 17-91. Paris：Seuil.

6. Sethe, Kurt. 1908-22. *Die altägyptischen Pyramidentexte*, 4 Bde. Leipzig：J. C. Hinrich.（ピラミッド文書の原典）

7. Sethe, Kurt. 1935-62. *Übersetzung und Kommentar zu den altägyptischen Pyramidentexten*, 6 Bde. Glückstadt：J. J. Augustin.（独訳・注釈）

8. Mercer, Samuel A. C. 1952. *The Pyramid Texts*, 4 Vols. New York：Longmans, Green（上記の英訳）

9. Faulkner, Raymond O. 1969. *The Ancient Egyptian Pyramid Texts*. Oxford：Oxford University Press．（現在標準とされるピラミッド文書の英訳）

10. de Buck, Adriaan. 1935-61. *The Egyptian Coffin Texts*, 7 Vols. Chicago：The University of Chicago Press.（棺柩文書の原典）

11. Faulkner, Raymond O. 1972-78. *The Ancient Egyptian Coffin Texts*, 3 Vols. Warminster：Aris & Philips.（上記の英訳）

12. Plutarch's *Moralia* in 16 Vols., Vol. 5：351C-458E, with an English Translation by Frank Cole Babbit.（The Loeb Classical Library；306）. London：William Heinemann,（pp. 1-191：Isis and Osiris）

13．プルタルコス1996『エジプト神イシスとオシリスの伝説について』（岩波文庫）柳沼重剛（訳）岩波書店．

14．杉勇/尾形禎亮（訳）2016『エジプト神話集成』（ちくま学芸文庫）筑摩書房．

【3】与埃及神话相关的百科辞典

1. Bonnet, Hans. 1952. *Reallexikon der ägyptischen Religionsgeschichte.* Berlin: Walter de Gruyter.

2. Helck, Wolfgang & Eberhard Otto（Begr.）1975-92. *Lexikon der Ägyptologie*, 7 Bde. Wiesbaden: Harrassowitz.（エジプト学大事典）

3. Helck, Wolfgang & Eberhard Otto（Begr.）1999. *Kleines Lexikon der Ägyptologie*, 4., überarbeitete Aufl. Wiesbaden: Harrassowitz.

【4】埃及民间传说

1. 矢島文夫（編）1974『古代エジプトの物語』（現代教養文庫；835）社会思想社.

2. Bolte, Johannes & Georg Polîvka. 1930. *Anmerkungen zu den Kinder- und Hausmärchen der Brüder Grimm*, 4. Bd. Leipzig: Dieterich'sche Verlagsbuchhandlung.（とくに95-105頁）

3. Maspero, Gaston. 1915. *Popular Stories of Ancient Egypt.* Translated by C. H. W. Johns from the 4th French ed. London: H. Grevel.

4. Erman, Adolf. 1978. *The Ancient Egyptians: A Sourcebook of their Writings.* Translated by Aylward M. Blackman. Gloucester, Mass.: Peter Smith.

【5】美索不达米亚（东方）神话概要、资料和百科辞典类

1. マッコール, ヘンリエッタ1994『メソポタミアの神話』（丸善ブックス；6）青木薫（訳）丸善.

2. グレイ, ジョン1993『オリエント神話』森雅子（訳）青土社.

3. 中田一郎2007『メソポタミア文明入門』（岩波ジュニア新書；558）岩波書店.

4. 岡田明子/小林登志子2008『シュメル神話の世界：粘土板に刻まれた最古のロマン』（中公新書；1977）中央公論新社.

5. 月本昭男2010『古代メソポタミアの神話と儀礼』岩波書店.

6. 杉勇/尾崎亨（訳）2015『シュメール神話集成』（ちくま学芸文庫）筑摩書房.

7. 矢島文夫（訳）1998『ギルガメシュ叙事詩』（ちくま学芸文庫）

筑摩書房.

8. 月本昭男（訳）1996『ギルガメシュ叙事詩』岩波書店.

9. Dalley, Stephanie. 2000. *Myths from Mesopotamia: Creation, The Flood, Gilgamesh, and Others*. Rev. ed. (Oxford World's Classics). Oxford: Oxford University Press.（主要神話の英訳）

10. Wilcke, Claus. 1969. *Das Lugalbandaepos*. Wiesbaden: Harrassowitz.（ルガルバンダ叙事詩本文）

11. ヘンダソン, キャシー（再話）ジェイン・レイ（絵）2006『古代メソポタミアの物語 ルガルバンダ王子の冒険』百々佑利子（訳）岩波書店.（ルガルバンダ叙事詩を子供むけに再話したもの）

12. Budge, E. A. Wallis. 1925. *The Rise and Progress of Assyriology*. London: Martin Hopkinson.

13. Meissner, Bruno (Begr.) 1928–. *Reallexikon der Assyriologie und vorderasiatischen Archäologie*, 14 Bde. Berlin: de Gruyter.（アッシリア学大事典。全16巻の予定で既刊14巻）

14. Breasted, James Henry (founder). 1964–2011. *Chicago Assyrian Dictionary*, 21 Vols. Chicago: Oriental Institute.

15. von Soden, Wolfram. 1959–81. *Akkadisches Handwörterbuch*, 16 Bde. Wiesbaden: Harrassow itz.（アッカド語大辞典）

【6】文字的解読史等

1. レイ, ジョン 2008『ヒエログリフ解読史』田口未和（訳）原書房.

2. ベルクテール, ジャン 1990『古代エジプト探検史』（知の再発見双書；2）吉村作治（監修）大阪：創元社.

3. 加藤一朗 1962『象形文字入門』（中公新書；5）中央公論社.

4. 近藤二郎 2004『ヒエログリフを愉しむ：古代エジプト聖刻文字の世界』（集英社新書；254D）集英社.

5. 酒井傳六 1980『エジプト学夜話』青土社.

6. 杉勇 1968『楔形文字入門』（中公新書；171）中央公論社.

7. 矢島文夫 1980『解読：古代文字への挑戦』（朝日選書；168）朝日新聞社.

第七章
南太平洋的魅惑
—— 大洋洲

右图：毛利人男性（基于随库克船长出海的悉尼·帕金森的画作）

7.1 作为"民族学"对象的"原住民"

前几章所涉及的印度、埃及、美索不达米亚等地的研究，都各自成为专门的学术领域，即印度学（Indology）、埃及学（Egyptology）和亚述学（Assyriology）。此外，在后面章节的研究对象中，关于日本和中国也分别存在日本学（Japanology）与中国学（Sinology）这样的学术领域。这些古典"文明"（civilization），即基于文字文化的"高级文化"（Hochkultur）繁荣发展的地区，都成为独立的学术领域。

与此相对，本章及之后涉及的大洋洲、东南亚、非洲和北欧亚大陆等地区，生活着很多没有文字的民族。这些民族在英语中曾被称为"原始民族"（primitive peoples），在德语中被称为"自然民族"（Naturvölker）。但如今，他们被更中性地称为"无文字民族"、"土著民族"或"原住民"。关注这些民族及其文化的学术领域是民族学（英语 Ethnology，德语 Völkerkunde）。

7.2 大洋洲与南岛语系诸民族

本章的"南太平洋"（日文原文为"南洋"——译者注）是指

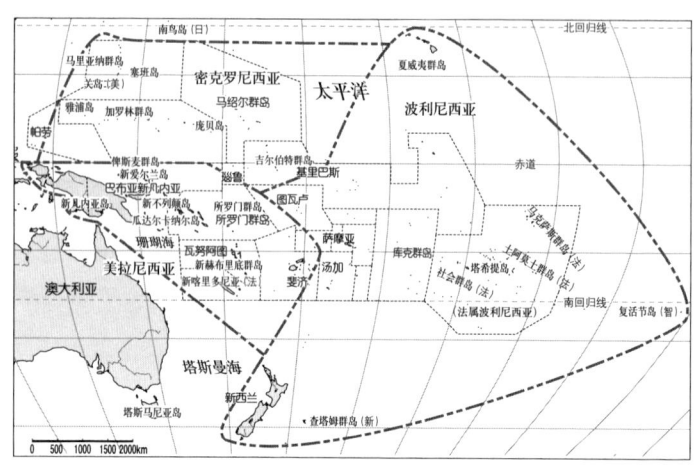

图 11　大洋洲的三个组成部分
根据後藤明『「物言う魚」たち』第 6-7 页绘制

德语中称为 Südsee、英语中称为 South Seas 的地区。"南洋"一词是日本军队在太平洋战争期间使用的一个特殊术语，所以我将在本章使用"南海"概念，用以指代所谓的大洋洲。这里自古以来就具有"南国乐园"这样的形象，从而激起欧洲人的向往。[1]

大洋洲可分为三个部分：波利尼西亚（希腊语义为"许多岛屿"）、美拉尼西亚（"相同的黑色群岛"）和密克罗尼西亚（"小群岛"）。并且在密克罗尼西亚，除了岛屿，澳大利亚大陆也被列入大洋洲（图 11）。

除了澳大利亚和新几内亚的大部分地区外，这是一个由使用南岛语系（Austronesia）各种语言的人们（与印欧语系一样，共有同一系统语言的人们）居住的地区，覆盖太平洋的各个岛屿。可以说，南岛语系是世界上唯一一种以大海为主要生活舞台的人们的语言。

"南岛"（Austronesia）这个词，是由拉丁语中表示南风的

1　後藤明 1999『「物言う魚」たち：鰻・蛇の南島神話』：6-7. 小学館.

auster 和希腊语中表示岛屿的 nesos 组合而成，表示"南方的岛屿"。有观点认为，南岛语系人群最初生活在东南亚大陆至中国南部一带。大约距今 6000 年前，他们移居到东南亚的岛屿，并从那里逐岛迁移，扩散到太平洋。人们认为，就在这一段时期，他们带着作为牲畜的猪、狗和鸡来到了现在的大洋洲。

通过这种方式，他们向东扩展到了以莫艾雕像（Moai）著称的复活节岛（Rapa Nui）和夏威夷群岛，向南扩展到了新西兰。到达新西兰的是毛利人，但他们大约在公元 1000 年才到达，相比之下到达的时间比较晚。这其中，波利尼西亚的语言和文化具有非常明显的共性。

马达加斯加岛也居住着讲南岛语的人群。研究发现，他们的语言与居住在印度尼西亚婆罗洲（Borneo）的马安人的语言相似。只是本章的内容不包括印度尼西亚和马达加斯加，我们将在东南亚（第十一章）部分讨论他们。

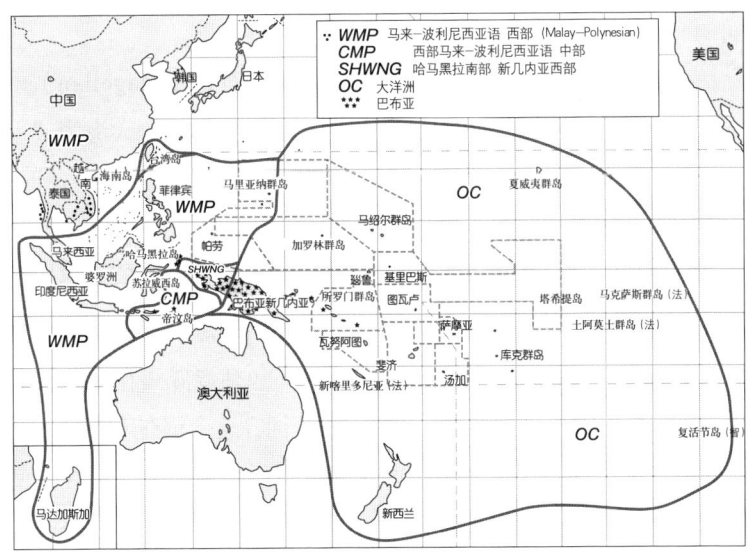

图 12　南岛语系的分布情况

然而，尽管大洋洲的人群是从东南亚扩散过来的，但人们认为，从美洲大陆那边也有部分文化流传过来。提出这个观点的代表人物是挪威探险家托尔·海尔达尔（Thor Heyerdahl），他以印加神明维拉科查（Con-Tici Viracocha）之名的前半部分创造出"康提基（Kon-Tiki）"这个名字，并进行从新大陆到波利尼西亚的航海实验。第二次世界大战结束后不久，1947年，海尔达尔与5个同伴乘坐轻木制成的"康提基号"木筏从秘鲁出发，在经过101天后，他们随着洋流到达约7000公里外的土阿莫土群岛（Tuamotu）。

后来，海尔达尔的观点并没有得到学术界的认可，被批判没有依据，但他一生不仅都在追求浪漫，还在学术方面不断自学，拥有深厚的学识。

7.3 禁忌与礼仪

对大洋洲的研究始于探险。葡萄牙人麦哲伦（Magellan）于1519年在太平洋进行了一次大型航海，当时他称这片大海为"平静之海"（pacific ocean），这就是"太平洋"一词的起源。然而，麦哲伦本人却在到达菲律宾时被当地居民杀死。

在那之后，许多探险家在太平洋进行航海，发现了各种岛屿，并在地名中留下了他们的名字，其中最著名的是英国探险家库克的三次航行。在他的第三次航行中，他在包括夏威夷在内的波利尼西亚诸岛上记录下"禁忌"（taboo）一词，这个词在库克的航行记录中出现了好几次（其中一些在库克死后由他的继任者继续使用，例如"汤加"）。[1]

据说，在当地，当平民向王（首领）等人以触摸的方式进行问候后，进行触摸的那只手就有了忌讳，在一段时间内不能用来做事。此外库克将他的一个翻译兼向导，来自社会群岛（属玻利尼西亚群岛，法语 Îles de la Société）的叫奥迈（Omai）的人带回了英国，并在一次舞会上把他介绍给社会名流。之后就开始出现关于他的剧本，并深受欢迎。[2]

总之，"禁忌"（taboo）一词以"被禁止的东西"之意进入欧洲，被写成 taboo 或 tabu，并从18世纪末到19世纪上半叶期间迅速传播。这个词不仅用于学术，也用于一般领域。[3]在波利尼西亚，Tabu 一词仍被用来表示禁地，是一个实用词。[4]

除了"禁忌"之外，"曼纳"（Mana）一词已经成为宗教研究中的一个基本术语。关于这一点，传教士科德林顿（Codrington）做出以下报告：

> 美拉尼西亚人的心灵被对"曼纳"的信仰所占据，"曼纳"是对超自然力量或影响力的普遍称呼。它超越人类的一般能力，从自然界的普遍程序之外对世间万物发挥作用。它存在于人们的生活环境中，依附于人和物，并通过只能归因于它的作用的结果来显示它的存在。如果有人得到了它，那他可以用它来发

1　増田義郎（訳）2004-05『クック 太平洋探検』全6巻（岩波文庫）V：241-244. 岩波書店.

2　タイユミット，エティエンヌ1993『太平洋探検史：幻の大陸を求めて』（知の再発見双書；33）増田義郎（監修）：103. 大阪：創元社.

3　参見シュタイナー，フランツ1970『タブー』（せりか叢書；7）井上兼行（訳）せりか書房.

4　例如社会群岛及波拉波拉岛（Bora Bora）的例子，参見 Ehrhart, Sabine. 1993. *Die Südsee. Inselwelten im Südpazifik.*（DuMont Kultur- und Landschaftsführer）：130. Köln：DuMont Buchverlag.

号施令。它的力量可能在某个时间突然释放，并有证据可以确认它的存在。

比方说，一个人碰巧遇到了一块石头，它吸引了他的想象力。可能是它的形状独特，或者是它的形状像别的什么东西，如果它确实不是一块普通的石头，那么其中一定有曼纳。之后，他就像这样开始自问自答，并将其付诸证明，即他会把石头放在果实上、与石头形状有些相似的树根部，或在种田时把它埋在地下。如果果树或者田地取得丰收，那就证明他是对的，石头就是曼纳，它里面有力量。由于他有这种神力，所以他是一个将曼纳移到另一块石头中的通灵者。

同样，以特定形式出现的词语，通常是以歌谣形式出现的词句，具有达到特定目的的力量。于是，咒语被称为曼纳。这种力量虽然本身并不具有人格，但它总是与使用咒语施法的人联系在一起。这种力量，所有精灵都拥有，幽灵一般也都有，少数的人类也拥有。如果发现一块石头具有超自然的力量，那是因为有一个精灵与它结合。如果一个死者的骨头具有曼纳，那是因为有幽灵与骨头在一起。如果一个人与精灵及幽灵有密切的联系，那他自己就会拥有曼纳，可以随心所欲地控制它。咒语之所以强大，是因为以文字形式表达的精灵及幽灵的名字，将它们可行使的力量带给念咒施法者。

因此，每一个显著的成功都证明一个人拥有曼纳。他的影响力取决于人们对他拥有曼纳这件事产生的印象及心理状态。他可以凭借这个成为首领。因此人的力量，不管它是政治性的还是社会性的，都是他的曼纳。

这个词，是基于将所有力量和影响力都视作超自然存在的本土观念来使用的。如果一个人打架很厉害，那带给他胜利的并不是他天生的腕力、敏捷和机智，而一定是他获得某个死去战士的曼纳才变强的。这种曼纳要么存在于包裹在他身上的石制护身符里，要么存在于他腰带上的树叶饰物里，要么以语言的形式保存在身上，从而获得超自然的加持。如果一个人的猪养得很好，田地也获得丰收，那是因为他有一块充满利于养猪和种菜的曼纳石头。当然，虽然人们都知道，山药在种下后也会自然生长，但如果曼纳不发挥作用的话，它们就不会长得很大。一艘独木舟如果没有曼纳附身，就无法快速移动，渔网也无法捕到很多鱼，箭矢也不能造成致命的伤害。[1]

因此，像"曼纳"和"禁忌"这样的词，虽然现在已经成为宗教研究中的基本术语和普通名词，但它们也存在原始语境。如果我们忘记了这一背景，而将曼纳过度概括为一种超自然的力量，那么美拉尼西亚和波利尼西亚社会的原始背景将被遗忘，这一概念将失去其力量。正如下一章将提到的，当地的词汇，如来自北美的"图腾"、来自北欧亚的"萨满"和来自非洲的"拜物教"，都被广泛报道并作为学术术语进行使用。我们不应忘记这些术语的原始语境。

7.4 向大洋洲传教并记录神话

传教士们在大洋洲积极推动基督教传教活动，刚才提到的科德林顿就是其中一个例子。早期的活动中，伦敦传教协会的埃利斯（Ellis）十分有名。他的记录中还包括塔西提岛（Tahiti）的面包果起源神话等，它的大致内容如下：

---

[1] Codrington, Robert Henry. 1891. *Melanesians: Studies in their Anthropology and Folklore*: 118–120. London: Clarendon.

在某个国王的统治下，人们还在吃着红土，但有一个身体十分瘦弱的小男孩吃不下红土，他的父亲心疼儿子，便告诉妻子说："我将死去，成为儿子的食粮，把在我死去的地方长出的果实就当作是我吧。"这句话说完他就死去了。如他所说，面包果从他的胃中长了出来，岛民就开始吃这种果子。此外，他的头里长出了椰子，肾里长出了栗子，腿上长出了山药。[1]

7.5 毛利人的天地分离神话

除了探险家和传教士之外，殖民地行政官员们的活动也是不容忽略的，新西兰毛利人就是一个典型例子。毛利人主要以刀耕火种为生，他们为人所知的是他们身上非常细腻的纹身以及称作Hongi的碰鼻礼（这实际上在世界各地都曾出现过）。最近比较有名的，是他们的艺术以及原住民运动。

在大英帝国还在统治新西兰的19世纪，有一位军人被派往此地担任总督，他就是乔治·格雷（George Grey）。当他到达新西兰时，他发现毛利人对白人有诸多不满，当中还有一些酋长正计划进行叛乱。

格雷没有试图用武力压制毛利人，而是亲自走近他们。他在当时没有词典、没有语法书的条件下，向毛利人酋长学习毛利语，并成功掌握。此外，由于毛利人在表达诉求时经常引用神话，因此格雷认为，如果不了解他们的神话，则他无法真正理解毛利人的心声。于是他向多位酋长探听神话并进行记录、出版。

---

[1] Ellis, William. 1831–33. *Polynesian Researches*, 2nd ed., 4 Vols. I: 68–70. London: Fisher, Son, & Jackson.

格雷的第一项成果于1854年发表，是一部完全用毛利语编写的毛利神话集。第二年，他将该书的内容翻译成英文并出版。这本书的序言非常感人，让人感受到格雷的正义感和勤奋。在这本书的开头，是毛利人关于天地分离的神话。

神话文本19　天父兰奇与地母帕帕的分离

新西兰的毛利人说，代表天空的男性兰奇（Rangi）与代表大地的女性帕帕（Papa）是一对夫妇，一开始他们是连结在一起的，这个故事的主题就是关于他们是如何分开的。世界各地都有类似的故事，例如在日本神话中，最初的一对夫妇伊邪那岐和伊邪那美被分开，希腊的天空乌拉诺斯和大地盖娅分离等。

第一代祖先只有一对夫妇。他们分别从我们上方的广阔天空，以及我们脚下的大地中走出来。根据我们民族的传说，兰奇和帕帕，即天和地，是万物出生的源头。当时，黑暗笼罩着天地，他们二人都不想分开，还互相拥抱在一起。他们一直在想，他们生的孩子会不会将黑暗与光明分开呢。虽然出世的生命有所增加，但却没有光照进来，因为黑暗一直在持续。因此，在我们古老的宗教中有这样一句格言："当时间第一次被分成十，然后变成一百，然后变成一千。"也就是说，在很长一段时间内，黑暗一直存在。而这些时间的划分被视为生物之功，每个都被命名为宝。据这个故事的说法，当时世界上还没有亮光，当时存在的生物只有生活于黑暗中。

最后，天与地所生的孩子们对持续的黑暗感到厌倦，他们开始商量："让我们决定如何处置兰奇和帕帕吧，是杀了他们好呢，还是把他们分开好呢？"然后，天地之子中最粗暴的都马陶允卡（Tumatauenga）说："把他们都杀了不就好了吗？"

然而,森林和居住其中的所有生物,以及所有木制品的造物者塔恩·马胡塔(Tāne Mahuta)说:"不,这是不对的。还是将它们分开,让天远在我们之上,让地在我们脚下,不更好吗?让天远离我们,但因为大地是生育我们的母亲,就让大地靠近我们。"

当他们的计划安排好后,看啊,人类作物庄稼之祖荣格·马·塔恩(Rongo Ma Tane)站了起来,试图将天和地分开。他尽了最大努力,但无法将它们拉开。接下来,鱼类和爬行动物之祖唐加罗瓦(Tangaroa)站了起来,试图将天和地分开。他也尽了最大努力,但依然没能做到将它们拉开。看啊,无需耕种就能获得食物的人类粮食之祖毫米亚·提克提克(Haumia Tiketike)也了站起来,试图分离天地,但也没能成功。

看啊,接下来,残暴的人祖都马陶允卡站了起来,虽竭尽全力,但仍然无法达成分离天地。最后,森林、鸟类和昆虫之祖塔恩·马胡塔缓缓起身,抓住他的父母。但当他试图用胳膊和手把它们拉开时,却未能奏效。看哪,在他休息片刻之后,这一次,他把他的头牢牢地植入大地母亲,用他的脚把天空父亲往上抬,并把他所有的力量集中在背部和腿上。

于是兰奇和帕帕就这样被分开,他们发出悲痛的哭声和吼声:"你们为何要这样杀死我们?为什么犯下使我们分离这样的可怕的罪行?"但塔恩·马胡塔并没有停下,对父母的尖叫声和哭声充耳不闻。这样,他把大地压得很低很低,同时也将天空抬得很高很高。

此后,兄弟之间爆发了一场争斗,人类的祖先都马陶允卡打败了风暴之神陶希里(Tawhiri)。

时至今日,宽广的天空始终与令人敬畏的大地保持分离。但他们之间的爱仍在持续。她那带着柔情的、温柔而温暖的叹息,仍然穿过苍郁的群山和溪谷到达他的身边,人们称之为雾。广阔的苍穹,在漫漫长夜里感叹与爱妻的别离时,将他那接连不断的泪珠撒到她的胸前,人们看到后称之为露珠。

资料来源：《祖先们的功绩》《波利尼西亚神话和新西兰的传统历史》[1]

在这个优美如画的神话中，在天地分离之前的，天地拥抱在一起的混沌状态里，秩序得以成立。秩序成立于黑暗的、没有人生存空间的地方，子子孙孙就在那样的空间中生存。而同样有趣的是，据说只有人类的祖先说过要杀死天地的过激话语。甚至在那之后，这位人祖都马陶允卡，由于森林之神塔恩·马胡塔不听他的意见而与之发生战斗。这个神话也在暗示，人类背负着在本质上注定要与自然发生冲突的宿命。

这样一来，大洋洲的神话成为比较神话学这门学科成立的重要契机，即在以前已知的希腊和埃及神话的基础上，增加了更多的比较对象。

7.6 夏威夷的《库穆利波》

夏威夷创世神话《库穆利波》（*Kumulipo*）也是在这个时期被报道出来的。该书的整理本被翻译为英语和德语，并回译为当地语言，同时也有将书的一部分翻译为日语的译本。

最初，在夏威夷王国的卡美哈美哈一世（Kamehameha）消亡后，第七代国王卡拉卡瓦王（Kalākaua）在他的宫廷图书馆藏

---

[1] Grey, George. 1854. *Ko Nga Mahinga a nga Tupuna Maori*.: 3-9. London: George Willis; Grey, George. 1855. *Polynesian Mythology and Ancient Traditional History of the New Zealand Race*: 1-15. London: Murray. 有些部分被省略。

有这本书的手稿。一位名叫阿道夫·巴斯蒂安（Adolf Bastian）的德国民族学家将其借走进行研究，并将手稿中的一部分翻译为德语，后于1881年出版。后来，夏威夷的研究者马莎·贝克威斯（Martha Beckwith）将其翻译成英文并添加了详细的注释。"库穆"（Kumu）指的是"根"，"利波"（lipo）指的是"底"；"库穆"是男性原则，而"利波"（又称poele）这样的"黑暗深渊"是女性原则。[1]

后藤明的部分译文开头如下：（换行和其他部分已被修改）

当大地变得炎热，当天在转动，当太阳变得黑暗，当星宿如月亮般闪耀升起，软泥，那是大地之源，是释放黑暗之源，是创造夜晚之源。

浓浓的黑暗，深深的黑暗。太阳的黑暗，夜晚的黑暗。除了黑夜，什么都没有。这夜晚生出了：
库穆利波，他是一个在夜里出生的男人。
还有波勒，她是一个在夜里出生的女人。

珊瑚虫诞生，珊瑚群也随之出现。
一只虫子诞生了，它在地上挖了一个洞，把土壤堆起来。
这只虫子的孩子出生了，蚯蚓也出现了。
一只海星出生了，它的孩子，一只小海星出现了。
一只海参出生了，它的孩子，一只小海参出现了。
……[2]

1　Bastian, Adolf. 1881. *Die Heilige Sage der Polynesier. Kosmogonie und Theogonie*: 70. Leipzig: F. A. Brockhaus.
2　後藤明 2002『南島の神話』（中公文庫）：210-211. 中央公論新社.

巴斯蒂安将这一神话与日本神话《古事记》的开篇部分"神代的故事"之发展相比较，因为在当时，日本的神话故事在欧美也逐渐为人所知。

7.7 大洋洲的神话世界

因此，对大洋洲神话的研究始于19世纪，要说在此之后的研究成果，可以大致总结为以下几点。

大洋洲是一个人类从东南亚分几批迁徙过来的地区，每个地区都发展出了自己独特的神话传说。粗略地说，在波利尼西亚和密克罗尼西亚有宇宙论的神话，但在美拉尼西亚和澳大利亚却没有。在广泛分布于大洋洲的南岛语居民中流传着各种形式的兄弟争斗的故事。

根据所谓的澳大利亚原住民（Aborigine）的说法，神圣的生命在"梦幻时代"或史前时代就很活跃。当时较为知名的有东南部的班吉尔（Bunjil）和白阿梅（Baiame），以及从虹蛇出来的金伯利（Kimberley）地区的翁迪娜（Wondina）。在澳大利亚中部的阿兰达（Aranda）部落，图腾式的祖先在地球上游荡，该地成为一个圣地，只有经过入会仪式的男人才被允许进入。

在美拉尼西亚，有一个的称为"马努布和基里博布"（Manub and Kilibob）的兄弟相争型神话广泛流传，故事中两兄弟中的一人被放进柱洞后几乎被压碎，这种主题与这种类型的故事有关。在班克斯群岛（Banks Islands）活跃着一个名叫卡特（Qat）的捣蛋鬼（trickster）。此外关于食人魔的传说也广泛流传。在新几内亚东北部的万帕鲁（Wamparu）部落流传着这样的故事，一个食人者趁孕妇在山洞里分娩时吃了无人照看的儿童，被人用燃烧的石头砸死。

神话文本20　美拉尼西亚的仙女传说

这是关于那些据说属于上天，并拥有像鸟类一样翅膀的女性的故事。他们飞到地上，在海里洗澡，并在洗澡时脱下她们的翅膀。

卡特在外出时碰巧看到了她们，然后从中取走一对翅膀带回村里，并把它埋在自家房子的主柱之下，然后回到仙女们洗澡的地方看她们。她们洗完澡后各自去找翅膀，然后飞回天上。但由于卡特偷走了其中一人的翅膀，导致她无法回去，于是那名仙女着急地哭了。于是，他走到她面前若无其事地问她："你为什么哭啊？"她说："我的翅膀被人偷走了。"卡特遂将那仙女带回家，并娶她为妻。

卡特的母亲带她去工作。当山药的叶子碰到她时，就好像有人已经把它们挖出来了；当香蕉的叶子碰到她时，仅仅只碰到一片叶子，香蕉们就一下子都成熟了。但当卡特的母亲看到此景时，却责骂了她。卡特没有看见，因为他去打鸟了。

卡特的母亲骂完她后回到村里。仙女坐在房子的柱子旁哭泣。当她哭的时候，她的眼泪落在地上，砸出一个个大坑。之后她的泪水打到她的翅膀上，她将土刨开，找到了翅膀，飞回到了天上。

当卡特打完鸟回到家时，发现仙女没在，就责骂母亲。然后他杀了所有的猪，给很多支箭装上箭头，爬到房顶上向天空射箭。他看那支箭还没有落下，就瞄准射出的第一支箭再次射箭。之后他就这样多次瞄准之前射出的箭连续放箭，那些箭射中前箭（后与之相连）。这样一来，很多支箭连着箭，一直垂到了地上。之后发生了什么呢？榕树的根从箭上继续生长（形成天梯——译者注）。

卡特手里拿着一篮猪肉，上天去找他的妻子。同时他也看见一个人在用锄头挖地。后来他找到了妻子并欲将她带走。他对挖地的人说："如果你看到榕树的根，请不要挖断它。"但当他们顺着榕树的根往下走,还没有到达地面时,之前那个挖地人就把树根铲断,于是卡特摔死,而仙女又飞回天上。故事到此结束。

资料来源:《美拉尼西亚人:有关他们的人类学和民俗学研究》[1]

这个故事是从美拉尼西亚的班克斯群岛的科德林顿传出的,与日本人熟知的羽衣传说十分相似,许多学者将这两个故事进行了比较研究。与之内容相似的"天鹅处女型故事"在世界范围内广泛传播。[2]

密克罗尼西亚和美拉尼西亚一样,是一个多元文化的地区。在马里亚纳群岛流传着天地日月生于世界巨人彭坦(Puntan)身体的神话。在马歇尔群岛(Marshall),罗阿(Roa)使暗礁、沙洲、植物、鸟类从原始的海洋中生出。在吉尔伯特群岛(Gilbert),创世神纳雷奥(Nareau)撑起了天。

这些宇宙起源神话与波利尼西亚的神话十分相似。在加罗林群岛广泛流传的是奥罗法托或奥利法托的神话。据说他是天神鲁吉兰古(Rugeirangu)的儿子,他给人类带来了火种,决定了人类的生死。他作为一个文化英雄(给人类带来文化元素的神话英雄)发挥着积极作用,但他作为一个"狡猾的骗子"形象也同样受到欢迎,还经常与他的兄弟打架。

---

1 Codrington, Robert Henry. 1891. *Melanesians: Studies in their Anthropology and Folklore*: 397-398. London: Clarendon.
2 山田仁史 2016「羽衣伝承にみるミンゾク学と文学の接点」野田研一/奥野克巳(編)『島と人間をめぐる思考:環境文学と人類学の対話』:271-292. 勉誠出版.

神话文本 21　富裕的公鸡与贫穷的公鸡

下一本书，是汉弗莱斯将民族学家克莱默（原为医生）从密克罗尼西亚的帕劳岛收集的未刊文献进行出版的书。在帕劳岛一个名为 Abai 的聚会场所，男子们在那里休憩，并从长辈那里听岛屿的传说，作为成年人生活的必要知识。后来人们将这些传说故事画在画板上（后来在画家土方久功的指导下被制作成纪念品）。[1] 这其中有一则富有教训意味的故事，表明人们应该和谐地生活。

在戈伊库勒附近有一座山，叫洛伊斯·拉·贝克山，那里曾经住着一只公鸡，它非常穷。然而有一天，它听到了另一只公鸡的叫声，于是全力以赴地进行回应。另一只公鸡很富有，因为可以从鸡蛋中孵化出金钱。它住在吉拉德的圣山里，离戈伊库勒不远。由于很会赚钱，它给那座山带来了巨大的财富。

吉拉德的公鸡，总听见一只不知在哪的鸡回应它的叫声，它对这件事很不满、很生气。它决定找出是谁，并将其绳之以法。于是它做好准备，让仆人做了一顿丰盛的饭菜，并为其提供了旅途中所需要的一切。一切准备就绪后，它和仆从出发了。公鸡走在前面，自己拿着一根长杆，前面是一个玳瑁盘，后面是一个装钱的大筐。

他们走了很久，最后来到了洛伊丝·拉·贝克山。他们在那里听到了一只贫穷公鸡的叫声。"嗯，那个家伙又叫唤了！"吉拉德的公鸡愤怒地喊道："你为什么总是发出这种声音，你想激怒我吗？""不是的！"对方说："我没有这个意思，相反我在乞求你的同情。我只是一只可怜的穷公鸡。看看吧，我不仅家徒四壁，还得忍饥挨饿。"然后，富有的公鸡忘记了它愤

1　Richarts-Bausch, Barbara. 1981. *Palau. Ein Bericht.* 7, 36. Berlin: Staatliche Museen Preußischer Kulturbesitz.

怒的想法，原谅了这只穷鸡，并把它带的钱和仆人做的美味都给了穷鸡。于是他回到了吉拉德。这两只鸡都很好，一直快乐地生活，直到死去。

资料来源：《南太平洋童话故事》[1]

表5　大洋洲神话相关年表

◎表示重要的神话资料出版

公历	事件
1768—1780	库克（英国探险家）的航行（第一次 1768—1771，第二次 1772—1775，第三次 1776—1780），发现"禁忌"一词
◎ 1829	埃利斯（英国传教士）对社会群岛（塔希提等）及夏威夷群岛等地的记录《在社会群岛和夏威夷群岛生活八年对波利尼西亚的研究》（*Polynesian Researches, during a Residence of Nearly Eight Years in the Society and Sandwich Islands*, 2 Vols., London: Fisher, Son & Jackson）出版，第2版全4卷于1831年出版
◎ 1854	根据格雷（英国新西兰总督）的记录，用毛利语原文编写的《祖先们的功绩》（*Ko Nga Mahinga a nga Tupuna Maori*, London: George Willis）出版 第二年，该书的英译本《波利尼西亚神话和新西兰的传统历史》（*Polynesian Mythology and Ancient Traditional History of the New Zealand Race*, London: Murray）出版
1871	泰勒（英国人类学家）的《原始文化》（*Primitive Culture*）初版出版 泰勒引用格雷等人的观点，将当时已知的世界各民族的神话和宗教进行比较

1　Hambruch, Paul. 1916. *Südseemärchen*: 156-157. Jena: Eugen Diederichs.

(续表)

公历	事件
1872	魏茨（Waitz，德国民族学家）去世后，乔治·格兰（George Gerland，德国地理学家）完成了他的《自然民族的人类学》（Die Anthropologie der Naturvölke 1859—1872）的第六卷《南太平洋各民族》第三部分，其中包括埃利斯记录的塔希提神话，这是关于当时大洋洲主要资料的汇编
◎1876	吉尔（Gill，英国传教士）出版了库克群岛芒艾亚岛（Mangaia Island）的神话与歌谣集（Myths and Songs from the South Pacific, London: Henry S·King & Co），由麦克斯·缪勒作序
1876	塔斯马尼亚岛（澳大利亚南部）的土著居民由于"猎人"而被灭绝
◎1881	巴斯蒂安（德国民族学家）出版了《波利尼西亚人的神圣传说》（Die heilige Sage der Polynesier. Kosmogonie und Theogonie, Leipzig: F. A. Brockhaus），在书中介绍了新西兰与夏威夷的神话；关于后者，在他访问夏威夷时，将从卡拉卡瓦国王《库穆利波》那里得到的创世神话手稿的一部分进行翻译，并拿来与日本神话等进行比较
◎1891	科德林顿（英国传教士）出版了一本关于美拉尼西亚的综合性著作《美拉尼西亚人：有关他们的人类学和民俗学研究》（The Melanesians: Studies in their Anthropology and Folklore, London: The Clarendon Press）；在此之前，在1877年7月7日的一封写给麦克斯·缪勒的信中，他提到"曼纳"，后被缪勒在其演讲（Mana, a Melanesian name for the Infinite, 1878）中郑重提起

在波利尼西亚，有许多关于从传说中的故乡哈瓦基（Hawaiki）迁移到此的故事。在波利尼西亚中部和西部，有许多关于创世神坦伽罗埃（Tangaroa）创造宇宙的神话，而在波利尼西亚南部、北部和东部，广泛存在着各种系谱型或进化型的神话，即各种各样的事物渐渐出现，并渐渐成型的神话。这两种神话在某些地区得以并存。有人解释道：前者被解释为祭司阶层的神话，后者是源自民间的神话。毛伊（Maui）作为一个文化英雄和捣蛋鬼，在波利尼西亚深受欢迎。在新西兰的毛利人中，他将岛屿从海中捞

出,并减缓了太阳的运行。另一个著名的毛利神话是前文提到的关于天地分离的神话。过去,天父兰奇和地母帕帕相拥在一起,导致世界一片黑暗。后来,他们的孩子塔恩把他们分开,但天和地仍继续思念着对方,妻子的叹息形成一团雾升上天空,丈夫的泪水像露水一样打湿大地。

波利尼西亚人相信,强大的物体和优秀的人拥有神力。这种力量被称为曼纳,为防止其滥用必须遵守禁忌。曼纳的概念也来自美拉尼西亚。

大洋洲的宗教与神话在与西欧文明的接触中发生了很大的动摇。从19世纪末开始在美拉尼西亚各地出现的"货物崇拜运动"即是这种冲击的反应之一,人们相信先知的话,认为满载收音机和汽车等工业产品的货轮会来拯救他们。有许多神话因《圣经》的影响而发生改变。

参考文献

【1】大洋洲地区和南岛语族

1. 後藤明 2003『海を渡ったモンゴロイド:太平洋と日本への道』(講談社選書メチエ;264)講談社.

2. Bellwood, Peter. 1991. The Austronesian Dispersal and the Origin of Languages. *Scientific American*, 265(1): 70–75.

3. Bellwood, Peter et al. (eds.) 1995. *The Austronesians: Historical and Comparative Perspectives.* Canberra: Department of Anthropology, The Australian National University.

4. Bellwood, Peter. 1997. *Prehistory of the Indo-Malaysian Archipelago*, Rev. ed. Honolulu: University of Hawai i Press.

5. Taylor, C. R. H. 1965. *A Pacific Bibliography*, 2nd ed. Oxford: The Clarendon Press. (太平洋諸民族に関する文献の詳細な書誌)

【2】海尔达尔及其著作

1. ヘイエルダール，トール1976『ファツ・ヒバ：楽園を求めて』上下（現代教養文庫）山田晃（訳）社会思想社．

2. ヘイエルダール，トール1992『アク・アク：孤島イースター島の秘密』（現代教養文庫）山田晃（訳）社会思想社．

3. Heyerdahl, Thor. 1952. *American Indians in the Pacific*: The Theory behind the Kon-Tiki Expedition. London: George Allen & Unwin.

4. ヤコービー，アルノルド1976『キャプテン コン・ティキ：ヘイエルダールの大冒険』上下（現代教養文庫）木村忠雄（訳）社会思想社．

【3】大洋洲神话概述

1. 後藤明1997『ハワイ・南太平洋の神話：海と太陽，そして虹のメッセージ』（中公新書；1378）中央公論新社．

2. 後藤明1999『「物言う魚」たち：鰻・蛇の南島神話』小学館．

3. 後藤明2002『南島の神話』（中公文庫）中央公論新社．

4. ポイニャント，ロズリン1993『オセアニア神話』豊田由貴夫（訳）青土社．

5. パノフ，ミシェル1998「オセアニアの神話」パノフ/大林太良ほか『無文字民族の神話』新装版：7-56．大林太良/宇野公一郎（訳）白水社．

6. ギヤール，ジャン/モニーク・バリーニ2001「オセアニアの神話・宗教」ボンヌフォワ，イヴ（編）『世界神話大事典』：1307-1330．大修館書店．

7. 大林太良2005「オセアニアの神話」大林太良/伊藤清司/吉田敦彦/松村一男（編）『世界神話事典』（角川選書；375）：426-434．角川書店．

8. Dixon, Roland B. 1916. *Oceanic*. (The Mythology of All Races; Vol. 9). Boston: Marshall Jones.

9. Kirtley, Bacil Flemming. 1980. *A Motif-Index of Polynesian, Melanesian, and Micronesian Narratives*. (Folklore of the World). New York: Arno Press. (1955年に提出された博士論文の書籍化。オセアニア神話のモチーフ索引)

10. Hambruch, Paul. 1916. *Südseemärchen*. Jena: Eugen Diederichs.

11. Nevermann, Hans, Ernest A. Worms & Helmut Petri. 1968. *Die Religionen der Südsee und Australiens*. (Die Religionen der Menschheit; Bd. 5, 2). Stuttgart: W. Kohlhammer.

12. Craig, Robert D. 2004. *Handbook of Polynesian Mythology*. Santa Barbara: ABC-CLIO.

【4】"禁忌"和"玛娜"的概念与大洋洲的探险史、研究史和殖民史

1. タイユミット，エティエンヌ1993『太平洋探検史：幻の大陸を求めて』(知の再発見双書；33)増田義郎(監修)大阪：創元社．

2. 石川栄吉1984『南太平洋物語：キャプテン・クックは何を見たか』力富書房．

3. 石川栄吉2006『クック時代のポリネシア：民族学的研究』(国立民族学博物館調査報告；59)吹田：国立民族学博物館．

4. 松岡静雄1941『太平洋民族誌』岩波書店．

5. 増田義郎(訳)2004-05『クック 太平洋探検』全6巻(岩波文庫)岩波書店．

6. シュタイナー，フランツ1970『タブー』(せりか叢書；7)井上兼行(訳)せりか書房．

7. Te Rangi Hiroa (Peter H. Buck). 1945. *An Introduction to Polynesian Anthropology*. (Bernice P. Bishop Museum Bulletin; 187). Honolulu.

8. McEvedy, Colin. 1998. *The Penguin Historical Atlas of the Pacific*. New York: Penguin.

9. Samson, Jane. 2001. Ethnology and Theology: Nineteenth-Century Mission Dilemmas in the South Pacific. *In*: Stanley, Brian (ed.), *Christian Missions and the Enlightenment*. (Studies in the History of Christian Missions): 99-122. Richmond: Curzon Press.

10. Hillard, David. 2007. Oceania. *In*: Bonk, Jonathan J. (ed.), *Encyclopedia of Mission and Missionaries*. (Routledge Encyclopedia of Religion and Society): 299-305. New York: Routledge.

11. Trompf, G. W. (ed.) 2008. *Melanesian Religion and Christianity*.

(Melanesian Mission Studies; 4). Goroka: Melanesian Institute.

12. Zocca, Franco & Jack Urame. 2008. *Sorcery, Witchcraft, and Christianity in Melanesia.* (Melanesian Mission Studies; 5). Goroka: Melanesian Institute.

13. Corbey, Raymond. 2010. *Headhunters from the Swamps: The Marind Anim of New Guinea as Seen by the Missionaries of the Sacred Heart, 1905-1925.* Leiden: KITLV Press.

14. Mückler, Hermann. 2010. *Mission in Ozeanien.* (Kulturgeschichte Ozeaniens; 2). Wien: Facultas Verlags- und Buchhandels.

15. Mückler, Hermann. 2014. *Missionare in der Südsee. Pioniere, Forscher, Märtyrer. Ein biographisches Nachschlagewerk.* Quellen und Forschungen zur Südsee / Reihe B: Forschungen; 6). Wiesbaden: Harrassowitz.

【5】新西兰（毛利人）神话、传说和民间故事

1. Grey, George. 1854. *Ko Nga Mahinga a nga Tupuna Maori.* London: George Willis.

2. Grey, George. 1855. *Polynesian Mythology and Ancient Traditional History of the New Zealand Race.* London: Murray.

3. Jakubassa, Erika. 1998. *Märchen aus Neuseeland.* (Die Märchen der Weltliteratur). Augsburg: Weltbild Verlag.

【6】夏威夷的神话、传说和民间故事

1. Bastian, Adolf. 1881. *Die Heilige Sage der Polynesier. Kosmogonie und Theogonie.* Leipzig: F. A. Brockhaus.

2. Beckwith, Martha. 1951. *The Kumulipo: A Hawaiian Creation Chant.* Honolulu: The University of Hawaii Press.

3. Charlot, John. 2014. *A Kumulipo of Hawai'i: Comments on Lines 1 to 615 of the Origin Chant.* (Collectanea Instituti Anthropos; Vol. 47). Sankt Augustin: Academia Verlag.

4. Hartinger-Irek, Gabriele & Roland Irek. 1997. *Märchen aus Hawaii.* (Die Märchen der Weltliteratur). München: Diederichs.

【7】大洋洲的主要民族志·参考书等

1. Ellis, William. 1831-33. *Polynesian Researches*, 2nd ed., 4 Vols. London: Fisher, Son, & Jackson.

2. Codrington, Robert Henry. 1891. 77*Melanesians: Studies in their Anthropology and Folklore.* London: Clarendon.

3. Ehrhart, Sabine. 1993. *Die Südsee. Inselwelten im Südpazifik.* (DuMont Kultur- und Landschaftsführer). Köln: DuMont Buchverlag.

4. Krämer, Augustin. 1902-03. *Die Samoa-Inseln*, 2 Bde. Stuttgart: E. Schweizerbartsche Verlagsbuchhandlung (E. Nägele).

5. Richarts-Bausch, Barbara. 1981. *Palau. Ein Bericht.* Berlin: Staatliche Museen Preußischer Kulturbesitz.

6. 土方久功1990-93『土方久功著作集』全8巻, 三一書房.(ミクロネシアの神話・民話を採集した画家の著作集)

第八章
被翻译的日本、琉球、阿伊努神话

右图：阿伊努人的服饰厚司[1]

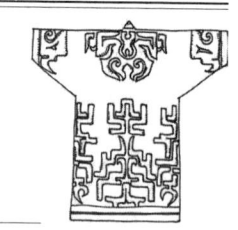

8.1 日本神话的成立与继承

日本神话一般来说指的是：在古代律令制度之下，因构成日本国家基础之需要，而将不同氏族与地区流传的故事汇编而成的神话。特别是在《古事记》（712年）和《日本书纪》（720年）中，神话得以系统地记录，这即使放眼全世界也是十分罕见的，因为更多的情况是像希腊和中国神话那样，神话片段散落在各种典籍中。

从某种意义上说，幸运的是，这些神话在早期就被固定为书面记录。然而，这也可以看作是口头传承灵活性的丧失。因此，我们有必要思考这样一种可能性：即当代民间收集的一些故事和传说，即使其未见于神话古籍中，其渊源也可能追溯到古代。

尽管日本的神话经常被统称为"记纪神话"，但在奈良和平安时代，人们更加重视的是《日本书纪》，贵族中经常举行关于它的读书会。人们也知道《古事记》的存在，但人们对它定位是：它不过是阅读《日本书纪》的参考书而已。即使到了中世纪，当吉田神道教派开始强调《先代旧事本纪》（见下文）、《古事记》和《日本书纪》，也不能说这种趋势发生了重大变化。

事实上，现存最古老的《日本书纪》有多份手稿，可以追溯

---

[1] 参见：《日本文化史研究》，商务，2017.8，P357第一行

到平安时代（794—1185年），而最古老的《古事记》手稿被称为"新福寺本"，它是在1371年至1372年之间复制的。除了《日本书纪》和《古事记》之外，有些资料也记录下某些独特的神话传说。例如，在《万叶集》（8世纪末的诗歌选集）第13卷中，有一首和歌内容为："通往天空的桥梁还不够长啊。高山能有多高就多高吧。希望我能够得到月读尊者的长生之水，将其献给您，让你恢复活力。"（3245）换句话就是，"成为通往天堂之路的桥越长越好"（「天橋も長くもがも、高山も高くもがも、月読の持てる復若水いとり来て，君に献りて，をち得しむもの」）。[1] 这首和歌表达出了一种神话性概念，即月亮里有"恢复活力之水"除此之外，在《风土记》（713年）以及记录了服务于朝廷神道仪式的斋部家故事的《古语拾遗》（807年）中，都有各自独特的神话记录。此外，之前提到的《先代旧事本纪》（平安时代早期）则是将《日本书纪》《古事记》《古语拾遗》进行重构的书籍。

进入近代，随着印刷术的发展，《古事记》的第一个印刷版本于1644年问世（宽永21年）。随着该书的出版，该书所传承的"古老性"逐渐引起了人们的注意，特别是日本国学的学者们认为它正是包含日本民族独特精神的经典，于是推动了对该书的研究。研究高潮的代表作是1798年由本居宣长完成的《古事记传》。之后，日本神话在江户时代末期的尊皇攘夷运动中发挥了重要作用。而在现代，它已被视为国家神道教的支柱。直到"二战"后，日本神话才摆脱了限制，在日本可以自由地进行研究。

1　折口信夫1975–76『口訳万葉集』上下（中公文庫 折口信夫全集；4·5）；137. 中央公論社.

8.2 日本学的成立历程

这些关于日本神话和宗教的信息，最初是在什么时候以何种方式被介绍给西方的？首先我要提起的是耶稣会传教士在16世纪发表的报告。

在这一时期，来到日本的耶稣会传教士每四个月一次，后来改为每年一次，将他们所在传教地的事情向罗马总部长官进行公开报告。此外，耶稣会士还向他们在欧洲的同事寄出很多私人信件，介绍这里的情况。就留在日本的耶稣会传教士而言，一封信将写成三个版本，分别由船运到印度的果阿，一封是他用母语写作并签名的，一封是由同事抄写的，还有一封是翻译成葡萄牙语的。之所以这样做，是因为当时遭遇海难的船只非常多，几乎有一半的船只遇难沉入大海。

之后信件又从果阿被送到里斯本，在那里被翻译成西班牙文、拉丁文、意大利文和其他语言，并被送到罗马的总部长官、耶稣会学院和修道院，其中一些更有趣的作品会在修道院的用餐时间进行朗读。[1]

在这些信件和官方公文中，有各种有趣的材料。例如，葡萄牙人加斯帕尔·维莱拉（Gaspar Vilela）于1563年（永禄6年）4月27日从大阪的堺市写给他的欧洲同事们的一封信，信中描述了当时日本也知道的"宇宙起源的神话"。这里关于日本创造的描述完全是基于《日本书纪》，可以看到伊邪那岐和伊邪那美等神的名字。[2]

1　Schurhammer, Georg. 1923. *Shin-tō: Der Weg der Götter in Japan*. Bonn: Kurt Schroeder.（シュールハンマー，ゲオルク『イエズス会宣教師が見た日本の神々』安田一郎訳，青土社，2007：236–237.）

2　Schurhammer, Georg. 1923. *Shin-tō: Der Weg der Götter in Japan*: 27–28. Bonn: Kurt Schroeder.（シュールハンマー，ゲオルク『イエズス会宣教師が見た日本の神々』安田一郎訳，青土社，2007：24–25.）

接下来将日本的情况向欧洲传达的，是恩格尔伯特·坎普尔（Engelbert Kempel）。他是一位德国医生和博物学家，于1690年（元禄3年）到1692年（元禄5年）在日本停留。他的书《日本的历史和描述》于1727年（享保12年）首次以英文出版，半个世纪后终于以德文出版。肯普尔在三处提到了日本的创世神话和众神，具体分别在第一卷第七章"日本神话传说中的日本人起源"，第二卷第一章"在日本年代记录中作为日本统治者的众神、神人、天皇的名字"，以及第三卷第一章"日本的宗教，特别是神道"。他的描述也主要基于《日本书纪》。

下一个要提到的人是菲利普·弗朗兹·西博尔德（Philipp Franz Siebold），他在长崎的出岛培育了很多学生。在他的综合性专著《日本》[1832年（天保3年）出版]第一卷中，他概括地描述了"关于创造世界的神话"。最重要的资料之一，是他的学生美马顺三提交的一篇以《日本书纪》为基础的荷兰语论文《日本最早的历史、神话以及第一代天皇的生涯》。这篇论文手稿经西博尔德和他的助手们修改后，最终收录于《日本》之中。

两年后，另一个与之相关的重要信息来源出现。然而，这次的情况有些复杂。伊萨克·蒂钦（Isaac Titsingh）曾三次担任荷兰东印度公司驻长崎分部的商会会长（1779—1780年，安永8—9年），1781—1784年（天明4年），他曾将《日本王朝一览》翻译成荷兰语。这是一部从最初的神武天皇一直到16世纪的日本历史书，由儒家学者林鹅峰在1652年（承应1年）撰写。蒂钦去世后，这个译本作为他的遗稿被留下来，接着，德国语言学家和东方学家海因里希·朱利叶斯·克拉普罗特（Heinrich Julius Klaproth）对其进行了编辑，并于1834年（天保5年）出版。该书的书名较长，是《日本王朝一览或天皇年代记，附朱利叶斯·克拉普罗特的补充说明，以及关于日本神话史概要的序言》。

然而，这本书并没有将蒂钦的译本原原本本地拿来使用，而是从头开始重新编写的。在序言中，克拉普罗特批评了该译本水平较低，他不得不参照林鹅峰的原文重新编写。此外，从副标题中已经可以看出，该书包括对日本神话的总结。这是克拉普罗特根据《日本书纪》和《大日本史》（德川光圀）的部分内容撰写的，但受到了西博尔德（Siebold）的严厉批评。

19世纪后半叶，日本的神话知识在欧洲迅速传播开来。标志性事件是1876年3月28日英国民族学家爱德华·伯内特·泰勒（Edward Burnett Tylor）在伦敦宣读划时代的论文《论日本神话》（1877年出版）。据说这是第一次以学术方式对待日本的神话故事。在这篇文章中，泰勒将日本神话分为本土元素、佛教元素和中国元素。关于泰勒这一观点的资料有以下三种：一是由当时在伦敦的日本公民、自由活动家马场辰猪为泰勒翻译的《古事记》开头部分，此乃供泰勒使用的译文；二是西博尔德的《日本》；三是克拉普罗特的序言。

另一个例证可以在德国民族学家阿道夫·巴斯蒂安身上找到。在他的著作《波利尼西亚人的神圣传说》（1881年）中，巴斯蒂安将日本的神话与波利尼西亚的神话进行了比较。他还利用克拉普罗特的描述，将夏威夷的创世诗《库穆利波》与日本的创世神话进行比较。之后到20世纪初，即使已经出现更加准确的日本神话译本，德国民族学家利奥·弗罗贝纽斯（Leo Frobenius）仍然引用西博尔德的文献作为依据。这体现在他的比较神话学经典之一《太阳神的时代》（1904）中。对弗罗贝纽斯来说，大卫·奥古斯特·布劳恩斯（David August Brauns）的书（见下文）也成为日本民间传说的重要来源。

8.3 日本学研究者的研究与翻译

19世纪后半叶,三位英国日本学学者在推动日本神话研究方面发挥了重要作用。其中第一个是外交官欧内斯特·萨道义,他是亚历山大·西博尔德(Alexander Siebold,菲利普·弗朗茨·西博尔德的长子)在日本逗留的头几年中的同事。他迅速掌握了日语,研究了日本的古代史,特别是神道教和神话,并为后辈的研究奠定了基础。接下来要提起的是张伯伦(Basil Hall Chamberlain),英国语言学家,曾于1886年至1890年期间在东京大学担任语言学教授。他可以说是将日语语法教给日本人的人。他的一大功绩是首次将《古事记》准确地翻译成西方语言,其英译本于1882年出版。

随后在1896年,外交官和日本学家威廉·乔治·阿斯顿(William Greorge Aston)将《日本书纪》翻译成了英文,书中包含很多非常有趣的、带有比较神话学性质的脚注。在他的序言中,他提到了张伯伦、萨道义和弗洛伦茨(见下文),但没有提到西博尔德和克拉普罗特。日本神话在语言学方面的发展,在当时已经超过了旧日的总结。

同时,德国学者也对这一发展进程做出了贡献。卡尔·阿道夫·佛罗伦萨(Karl Adolf Florenz)先后任教于东京大学及德国汉堡大学,1901年,他将《日本书纪》《古事记》以及其他的古典史料的一部分翻译为德语。1919年,他出版了对于日本神话来说最为重要的《日本书纪》《古事记》的德语译本。

同样重要的还有德国地质学家大卫·奥古斯特·布劳恩斯。他曾于1879年至1881年在东京大学任教。他掌握了一定程度的日语口语,因此在业余时间收集日本民间故事。他关注日本人的民族性,并试图从古老的故事中找到它。此外,他对当时刚开始的比较神话学也感兴趣。1885年，他的《日本民间故事和传说》一书出版，书中用德语介绍了168个日本民间故事。事实上，许多欧洲学者在将日本的神话和民间故事与其他地区的神话和民间故事进行比较时都引用了布恩劳斯的书。至于弗罗贝纽斯，前文我已提到，那接下来我就举一些其他的例子。

首先，德国东方学家米维礼（Friedrich W. K. Müller）首次将"海幸山幸"即弄丢鱼钩的神话与印度尼西亚苏拉威西岛的类似故事进行了比较（见第十一章）。在此过程中，他使用了张伯伦版的《古事记》以及布劳恩斯的书。一位鲜为人知的自学成才的德国学者爱德华·斯图肯（Eduard Stucken）在1896年至1907年间出版了五卷《天体神话》。在这项比较神话学的研究中，他研究了所谓的"魔咒逃遁"主题（见第九章），其中包括日本的类似故事，主要借鉴了张伯伦和布劳恩斯的资料。

布劳恩斯的著作在德语世界之外也获得接受。例如，英国人类学家安德鲁·兰（Andrew Lang）在他的12卷本《色彩童话集》（1889—1910）中就收录了布劳恩斯采集的几个日本民间故事。

从这里可以看出，西博尔德与克拉普罗特的老作品，在19世纪下半叶逐渐被更新、更准确的日本神话翻译所取代。此外，越来越多的人关注日本的民间故事。

神话文本22　《古事记》中的作物起源神话

又乞食于大气都比卖神。于是大气都比卖神从口鼻及肛门取出种种美味，做成种种食品而进之。建速须佐之男命窥见她的所为，以为她以秽物相食，遂杀大宜津比卖神。从被杀的神的身体上生出诸物：头上生蚕，两眼生稻，两耳生粟，鼻生小豆，阴部生麦，肛门生大豆。神产巢日御祖命使人采集，即为谷类之种子。

（解读：被赶出天界的须佐之男下到下界，向大气都比卖神索要食物。然后大气都比卖神从他的鼻子、嘴巴和屁股里拿出各种美味，用各种方法烹调送给他；但须佐之男暗中观察她的行为，认为她要玷污自己，于是杀死了大宜津比卖之神。然后，作物从被杀的神灵的身体里出现了。她的头部出现了蚕，两只眼睛里出现了稻种，两只耳朵里出现了小米，鼻子里出现了红豆，外阴部出现了大麦，臀部出现了豆子。于是，高御产巢日神把它们拿去做成了种子。）

资料来源：《古事记》[1]

在这个故事中，各种作物都是由被杀的女神的身体部位生产出来的，这是一种被称为"尸体化生型"的神话，《日本书纪》中也有一个类似的神话。同样的神话在环太平洋地区广为人知（图13），这些神话以在东印度尼西亚塞兰岛（Seram）的韦马莱人（Wemale）报道的故事女主人公的名字海努维勒（Hainuwele）来命名。（参考：Yamada, Hitoshi. 2014. "Forager Prototype or High-culture Influence for Hainuwele Myths?" In: Shi-noda, Chiwaki (ed.), *Route de la sole dans la mythologie*: 461-477. Chiba: Librairie Rakuro.）

---

[1] 中村啓信（訳注）2009『新版 古事記』（角川ソフィア文庫）角川書店．[汉译文采纳周作人译《古事记》（上海人民出版社2015年版，第24页）。由于（古事记）中大气都比卖、大宜津比卖为同一神名的不同写法，此处按照日文原著引文写出，与周作人译文有所不同。——译者注]

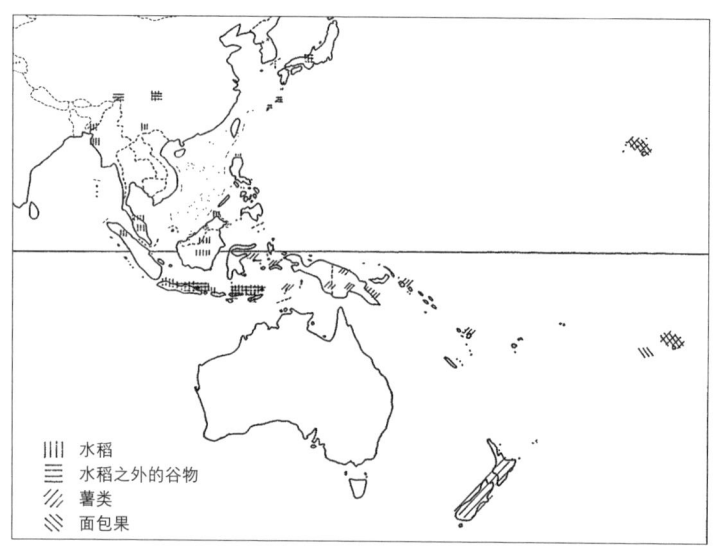

图 13 尸体化生型神话分布图
出处：大林太良《南岛稻作起源神话的谱系》，渡部忠世、生田滋编：《南岛的稻作文化：以与那国岛为中心》，法政大学出版社 1984 年，第 160–190 页

8.4 琉球的神话

琉球群岛，即西南诸岛，也有一个独特的神话世界。这些神话主要分为两类。一种是于 17—18 世纪琉球王朝时期汇总编纂的《琉球神道记》（1605 年，庆长 10 年）、《おもろさうし（古琉球王国的歌舞书）》（1623 年，元和 9 年）、《中山世鉴》（1650 年，庆安 3 年）、《琉球国由来记》（1713 年，正德 3 年）、《中山世谱》（1725 年，享保 10 年）、《球阳》和《遗老说传》（1746 年，延享 3 年）等"琉球王朝神话"。另一种是到了近代通过口传形式记录的"民间神话"。[1]

---

[1] 山下欣一 2003『南島民間神話の研究』第一書房.

对琉球神话和民间传说开始进行正式研究的是一位名叫伊波普猷的冲绳学者。他虽然进入东京帝国大学学习，但他对自己出生的故乡抱有一种情结，有一段时间甚至陷入严重的"神经衰弱"，之后得到柳田国男[1]等人的理解，开始进行他的冲绳研究。他有一部具有里程碑意义的著作，即约一个世纪前出版的《古琉球》（1911年，明治44年），书中包含其对琉球神话的研究，其主题丰富多样，因此他被称为"冲绳学之父"。

接下来我将提到柳田国男乡土研究小组的成员尼古拉·涅夫斯基（Nikolai Nevsky）。他是一位专攻语言学和民俗学的俄罗斯人，用原生语言记录下阿伊努和冲绳的神话、民间故事材料，这些材料现在依然很重要。虽然他能像日本人一样流利地说和写日语，也与一位日本女性结婚并育有子女，但他在1929年回到了俄罗斯。然而，在斯大林政权下，他被诬陷为反动知识分子，背负日本间谍这一虚有罪行，于1937年（昭和12年）被枪杀，年仅45岁。

神话文本23 琉球的"火的起源神话"

下面的故事是属于"民间神话"范畴，是用多良间岛当地语言记录，并配以标准日语翻译出版的。以下为译文，并根据情况在必要处将当地语言放入括号附后。

据说曾经有一段时间，妖精（mazumunu）和人类交朋友，一起玩耍。所以，当妖精来到人类身边时，他们发现，看呐，没有火，所以人们没法泡茶，也不会有菜肴，过着吃生肉生菜的生活。而当人类去到妖精家里时，又有热茶，还有各种各样的食物被烘烤得软软的。因为这个妖精拿得出这样的宴席，人

---

[1] 柳田国男（1875—1962），日本民俗学泰斗，他的"日本民俗学"构想以追求"经世济民之学"为基底，为创立日本民俗学奉献终身，被誉为"日本民俗学之父"。——译者注

类总在思考:"真是奇怪,他怎么又能泡茶,又能将肉和其他食物弄软做成美味,而且还总是让我们喝热茶?这很奇怪,其中一定有某种方法或工具可以做到这一点。"

有一天,人类在妖精起床后不久就早早到他家里去了,那时妖精还没有泡茶,也没有煮东西。人们在妖精家里坐了很久,问道:"怎么今天没有茶,也没有美味了呢?"妖精说道:"你们待在这里的话菜就做不出来,茶也泡不出来,但是既然你们来了,我就不得不拿出茶菜来招待你们。"

由于人们与蚱蜢一同来到妖精家中,于是妖精说:"按我说的做,把你们的眼睛闭得紧紧的,直到什么都看不见。"人们便窸窸窣窣地用毛巾蒙住眼睛,看不到任何东西。

而至于蚱蜢,人们以为它的眼睛在上面,其实它的眼睛是长在下面的,它正眨巴着眼睛看着呢。但妖精和人们都相信蚱蜢遮住了上面的"眼睛",也就遮住了它所有的眼睛。蚱蜢用它的真眼睛看到妖精使用火种的过程。蚱蜢说:"哦,原来是这么回事啊。"然后就回去进行研究。于是蚱蜢从妖精那里学会用火种,而人类又从蚱蜢那里学会火种的用法。

资料来源:《多良间村的民间故事》[1]

总的来说,这就是一个昆虫盗取生火方法并将其教给人类的神话,与之类似故事的地点分布情况也十分有意思,即从日本的西南诸岛到东南亚大陆和岛屿都有点状分布。例如,在苏拉威西岛中部的托拿加(Toraja)部落,一只叫坦布亚(Tambuya)的昆虫虽然被蒙住了眼睛,却用"肩膀下的另一双眼睛"窃取了神灵用打火石生火的方法。在岛上的其他托拿加部落中,这种昆虫似乎是一种叫作达利(Dali)的虻,而在

---

[1] 多良間村役場 1981『多良間村の民話』沖縄県多良間村:多良間村役場,175—176頁。

> 泰国的某部落中有一个神话，其内容为：一只牛虻蒙骗天帝，用它长在翅膀根部的眼睛得知生火的方法并将其带回。我们的祖先对昆虫身体结构的观察无疑是令人吃惊的。[1]

8.5 阿伊努的神话

阿伊努人与琉球人一样拥有独特的神话，他们的口头文学分为三种类型。

第一种是神歌 [在日高西部和胆振地区的被称为卡姆依尤卡拉（kamuy-yukar），在其他许多地区被称作 oyna]，在一些地区被称为梦诺克尤卡拉（Menokoyukar）、马尤卡拉（Makyukara）或"女版尤卡拉"，它基本上是由女性依旋律来唱诵的。主要人物是各种神（kamuy），如鲑鱼、猫头鹰、狼等。

第二种是散文故事 [日高和胆振地区称作ウエペケレ（uepeker）]，旭川、十胜和钏路地区为トゥイタク（Toitaku）]，分为四类：神的（kamuy）的散文故事、人类的散文故事、日本人的散文故事及パナンペ（Panampe，处于上流的人）、ペナンペ（Penampe，处于下流的人）故事。

第三种是英雄叙事诗（日高以西称作 yukar、北海道东部称作 sakorope、在库页岛称作 hawki），用韵律吟诵（打起节拍跟着旋律来歌咏）。主人公可以算是人类，却可以在天空飞翔，被认为是半人半神的"超人"。[2]

1　参考：James George Frazer, 1930, Myths of the Origin of Fire. London: Macmillan. フレイザー2009『火の起原の神話』ちくま学芸文庫，青江舜二郎訳，筑摩書房.

2　中川裕1997『アイヌの物語世界』（平凡社ライブラリー；932）平凡社.

直到明治时期（1868—1912），人们才开始认真记录和研究阿伊努的口传文学。其中，最先推进这项研究的是欧洲学者，当中最突出的要数英国传教士约翰·巴彻勒（John Batchelor）。他收集并出版了北海道的沙流区等地的各种阿伊努语言和民俗材料。例如，他的文章《阿伊努人的民俗实例》（1888—1892）中收集的资料属于最早期的，他以阿英（阿伊努语—英语）对译的形式发表阿伊努语的文章，并举出多个英雄史诗、散文故事、神歌的例子。然而，根据中川裕的评价，"他著述的缺点在于他没有写明是谁告诉他的这些故事。这不是由于时代的局限，而是由于他本质上就不能算作一个学者"[1]。

从比较研究观点看，将《古事记》翻译成英语的张伯伦在阿伊努神话的比较研究这一领域也取得了一定成果。1887 年（明治 20 年），他发表了一份关于阿伊努和日本的语言、神话、地名的比较研究报告，结论是："通过比较这两种神话系统，发现这两种语言之间看上去似乎存在十分轻微的关系。"很多人普遍认为，日本神话与阿伊努神话存在显著差异，日本的神话更关注人类，阿伊努的神话更关注动物，但张伯伦却透过这些差异发现这两种神话在一些消极方面存在一致，比如它们都缺少洪水神话和世界终结论等等。如大林太良所说："继张伯伦之后，至今仍未出现能取而代之的日本古典神话和阿伊努神话的系统性比较研究，这是一件令人遗憾的事情，但同时也说明他的研究在学术史上占据极其重要的位置。"[2]

尽管有这些开创性的研究，但直到大正时期（1912—1926）

---

[1] 中川裕 1997『アイヌの物語世界』（平凡社ライブラリー；932）：243. 平凡社.

[2] 大林太良 1972「一九世紀ヨーロッパ学者の日本神話研究」『一橋論叢』68（3）：253-254.

开始，阿伊努人自己才开始研究自己的口头传承。这在当时是受到来自柳田国男民俗学的较大影响。柳田所追求的是将日本人自始拥有的信仰和习俗进行记录和分析，这主要源于格林兄弟发起的欧洲民俗学的影响（见第四章）。

柳田周围的研究人员开始进行这种研究。关于阿伊努这方面，我想介绍一位名叫知里幸惠的女性。她出生在北海道的一个阿伊努人家庭，在她15岁时（1918年，大正7年）遇到来自岩手县的语言学家金田一京助。当时，金田一在柳田国男的影响下进行关于阿伊努的研究。当知里幸惠意识到研究自身的阿伊努文化和语言也可对社会做出重要贡献时，从此便使用阿伊努语在笔记本上进行记录。就这样她总结出了《阿伊努神歌集》，但她却在该书出版之前不幸死于心肌梗塞，年方19岁。

神话文本24　《阿伊努神歌集》中收录的"鸺鹠神吟唱的歌谣考恩库瓦"

那个谈判的大意为，人类世界发生饥荒了，人们都快要饿死了，但不知道为什么，天国里负责人类世界中鹿和鱼的两个神灵像是共通一致地不向人类提供鹿和鱼，人们不管神灵们在说什么，也只是一副不懂的样子照样去打猎和捕鱼，但是到了山中，一只鹿也见不着，到了河里，一条鱼也找不到。我看到这些情景十分生气，于是才派使者去见天国中负责鹿和鱼的神灵。

从那之后没过几天，从天空方向传来了微弱的声音，应该是谁回来了。我一看，正是年轻的河鸦，他比以前更加俊美，而且散发着勇者的气质，他回到家中，开始向我报告谈判的结果。

天国中负责鹿和鱼的神灵到现在为止一直不向人类提供

鹿和鱼的理由是，人类在捕获鹿时用木头敲打它的头，且剥了鹿皮之后将鹿头就那样扔进山中的林子，捕到鱼时则用烂木头敲打鱼头将它杀死。可怜的鹿们，赤裸着哭泣着回到鹿神的身边，可怜的鱼们，嘴里啃着烂木头回到鱼神那里。鹿神和鱼神都很恼怒，他们商定好，两方都不再向人类提供鹿或鱼，但若是以后人们能够温和地对待他们的话，两神灵将还会提供鹿或鱼给人类的。年轻的河鸦给我详细转述了鹿神和鱼神所说的话。

我听了这些，大为赞赏年轻的河鸦，我确证了一番，人类确实对待鹿和鱼甚是粗暴。

从那以后，为了不让人类再继续这样对待鹿和鱼，我趁人们进入梦乡时，在梦中教育了他们，人们也终于认识到了自己的错误。从那以后，人们把捕鱼的工具做得像御币一样美观，拿它来捕鱼。捕到鹿的时候，将鹿头华丽地装饰后并且祭祀。因此鱼们最终高兴地嘴衔美丽的御币回到鱼神的身边，鹿们也高兴地获得新生而回到鹿神的住处。鹿神和鱼神大为高兴，于是向人们提供了数量更多的鹿和鱼。

人们现在已是没有任何困扰，没有任何饥馑地生活着了。我看到这个情景就安心了。

资料来源:《阿伊努神歌集》[1]

这个故事表达了这样一种观念：鱼（主要是鲑鱼）和鹿分别有一个统治它们的神（主人），如果人类不以正确的方式捕捉它们，这个主人就会生气。这显示出狩猎采集民众中普遍存在的"动物领主"的观点。

---

[1] 知里幸恵（編訳）1978『アイヌ神謡集』（岩波文庫）岩波書店.

8.6 日本神话的比较研究

日本神话的比较研究在多位前辈的努力下得以推进至今。最近的一个研究趋势是"中世神话"的研究，即探讨成立于古代的日本神话是如何改变中世纪的。例如，伊邪那岐和伊邪那美结婚后生下的第一个残疾儿子蛭儿在中世纪被当作惠比寿神进行祭拜。

此外，将日本神话翻译为各国语言的工作也在持续推进，如克劳斯·安东尼（Klaus Antoni）在2012年，即《古事记》诞生1300周年之际出版了《古事记》德文译本。书中有十分详细的注释，体现出很高的学术水准。

本章的参考文献

【1】日本神话的主要文本·注释·现代译本

1. 青木和夫／石母田正／小林芳規／佐伯有清（校注）1982『古事記』（日本思想大系；1）岩波書店.

2. 倉野憲司／武田祐吉（校注）1958『古事記 祝詞』（日本古典文学大系；1）岩波書店.

3. 西宮一民（校注）1979『古事記』（新潮日本古典集成）新潮社.

4. 山口佳紀／神野志隆光（校注·訳）1997『古事記』（新編日本古典文学全集；1）小学館.

5. 中村啓信（訳注）2009『新版 古事記』（角川ソフィア文庫）角川書店.

6. 本居宣長（撰）倉野憲司（校訂）1940-44『古事記伝』全4巻（岩波文庫）岩波書店.

7. 西郷信綱 2005-06『古事記注釈』全8巻（ちくま学芸文庫）筑摩書房.

8. 坂本太郎／家永三郎／井上光貞／大野晋（校注）1965-67『日本

書紀』上下（日本古典文学大系；67・68）岩波書店.（岩波文庫版は全5巻，1994—95年）

   9. 小島憲之／直本孝次郎／西宮一民／蔵中進／毛利正守（校注・訳）1994-98『日本書紀』全3巻（新日本古典文 学全集；2-4）小学館.

   10. 秋本吉郎（校注）1958『風土記』（日本古典文学大系；2）岩波書店.

   11. 植垣節也（校注・訳）1997『風土記』（新編日本古典文学全集；5）小学館.

   12. 中村啓信（監修・訳注）2015『風土記』上下（角川ソフィア文庫）KADOKAWA.

   13. 吉野裕（訳）2000『風土記』（平凡社ライブラリー；328）平凡社.

   14. 折口信夫 1975-76『口訳万葉集』上下（中公文庫 折口信夫全集；4・5）中央公論社.

   15. 澤瀉久孝 1957-77『万葉集注釈』全22巻，中央公論社.

   16. 西宮一民（校注）1985『古語拾遺』（岩波文庫）岩波書店.

   17. 青本紀元（監修）中村幸弘／遠藤和夫（著）2004『『古語拾遺』を読む』右文書院.

   18. 鎌田純一 1960『先代旧事本紀の研究 校本の部』吉川弘文館.

   19. 鎌田純一 1962『先代旧事本紀の研究 研究の部』吉川弘文館.

【2】日本神话・传说・民间故事的主要译本・介绍

   1. Chamberlain, Basil Hall. 1882. *"Kojiki" or "Records of Ancient Matters"*（Transactions of the Asiatic Society of Japan；Supplement to Vol. 10）. Yokohama：Lane, Crawford.（参考：チェイムバリン，バェズル・ホール『和・漢・英三文対録 古事記神代巻』上・下，世界文庫，世界文庫刊行会，1928年。原書復刊は1981年 Tokyo：Tuttle Publishing）

   2. Philippi, Donald L. 1968. *Kojiki*. Tokyo：University of Tokyo Press.

   3. Heldt, Gustav. 2014. *The Kojiki：An Account of Ancient Matters*. New York：Columbia University Press.

   4. Antoni, Klaus. 2012. *Kojiki. Aufzeichnung alter Gegebenheiten.*

Berlin: Verlag der Weltreligionen im Insel Verlag.

5. Aston, William George. 1896. *Nihongi: Chronicles of Japan from the Earliest Times to A. D. 697.* (Transactions and Proceedings of the Japan Society; Supplement 1). London: Kegan Paul, Trench, Trübner. (1972年 Tokyo: Tuttle Publishing 復刊『日本書紀』の英訳)

6. Florenz, Karl. 1901. *Japanische Mythologie. Nihongi, "Zeitalter der Götter".* (Supplement der Mittheilungen der Deutschen Gesellschaft für Natur- und Völkerkunde Ostasiens). Tokyo: Hobunsha. (『日本書紀』神代紀の独訳に、付録として『古事記』『先代旧事本紀』『風土記』の一部を抄訳したもの)

7. Florenz, Karl. 1919. *Die historischen Quellen der Shinto-Religion.* (Quellen der Religions-Geschichte; Bd. 7). Göttingen: Vandenhoeck & Ruprecht. (『古事記』『日本書紀』『古語拾遺』の独訳)

8. Brauns, David August. 1885. *Japanische Märchen und Sagen.* Leipzig: Verlag von Wilhelm Friedrich.

9. Ikeda, Hiroko. 1971. *A Type and Motif Index of Japanese Folk-Literature.* (FF Communications; No. 209 = Vol. 89,1). Helsinki: Suomalainen Tiedeakatemia.

【3】日本的神话・传说・民间故事概述・资料手册・百科全书

1. 大林太良 1990『日本神話の起源』(徳間文庫) 徳間書店.(初版は1961年, 角川新書)

2. 松村武雄 1954-58『日本神話の研究』全4巻, 培風館.

3. 荒木博之／野村純一／福田晃／宮田登／渡辺昭五(編) 1982-90『日本伝説大系』全16巻, みずうみ書房.

4. 関敬吾ほか(編) 1978-80『日本昔話大成』全12巻, 角川書店.

5. 稲田浩二／小沢俊夫(編) 1977-98『日本昔話通観』全31巻, 京都: 同朋舎・

6. 大林太良／吉田敦彦(監修) 1997『日本神話事典』大和書房.

7. 稲田浩二／大島建彦／川端豊彦／福田晃／三原幸久(編) 1977『日本昔話事典』弘文堂.

【4】日本神话的研究历史

1. 大林太良 1972「一九世紀ヨーロッパ学者の日本神話研究」『一橋論叢』68（3）：248-264.

2. 大林太良 1973『日本神話の起源』（角川選書；63）角川書店.（「神話学における日本」「日本神話の研究史」を含む）

3. 山田仁史 2012「環太平洋の日本神話：一三〇年の研究史」丸山顕徳（編）『古事記：環太平洋の日本神話』（アジア遊学；158）：6-24. 勉誠出版.

【5】耶稣会传教士的日本神话・宗教研究

1. 松田毅一／ヨリッセン 1983『フロイスの日本覚書：日本とヨーロッパの風習の違い』（中公新書；707）中央公論社.

2. Schurhammer, Georg. 1923. *Shin-tö: Der Weg der Götter in Japan.* Bonn: Kurt Schroeder.（シュールハンマー，ゲオルク『イエズス会宣教師が見た日本の神々』安田一郎訳，青土社，2007年）

【6】在欧洲早期现代和现代关于日本的信息

1. 富田仁（編）1992『事典 外国人の見た日本』日外アソシエーツ.

2. 新堀通也（編）1986『知日家の誕生』東信堂.

3. 中埜芳之 2005『ドイツ人がみた日本：ドイツ人の日本観形成に関する史的研究』三修社.

4. 法政大学国際日本学研究所（編）2006『ドイツ語圏における日本研究の現状』法政大学日本学研究センター.

5. 松井洋子 2010『ケンペルとシーボルト：「鎖国」日本を語った異国人たち』（日本史リブレット；62）山川出版社.

6. 楠家重敏 1997『日本アジア協会の研究：ジャパノロジーことはじめ』日本図書刊行会.

7. 楠家重敏 1998『イギリス人ジャパノロジストの肖像：サトウ，アストン，チェンバレン』日本図書刊行会.

【7】坎普费尔和他的著作

1. クライナー，ヨーゼフ（編）1996『ケンペルのみた日本』（NHKブックス；762）日本放送出版協会.

2. ボダルト゠ベイリー，ベアトリス・M 2009『ケンペル：礼節の国に来たりて』(ミネルヴァ日本評伝選) 京都：ミネルヴァ書房.

3. Kaempfer, Engelbert. 1777–79. *Geschichte und Beschreibung von Japan*, 2 Bde. Lemgo: Verlag der Meyerschen Buchhandlung. (1964年 Stuttgart: F. A. Brockhaus 復刊. 邦訳はケンペル，エンゲルベルト『日本誌：日本の歴史と紀行』改訂増補新版，全7巻，古典叢書1-7，今井正編訳，霞ヶ関出版，2001年)

【8】西博尔德及他的著作和周边相关资料

1. クライナー，ヨーゼフ (編) 1998『黄昏のトクガワ・ジャパン：シーボルト父子の見た日本』(NHKブックス；842) 日本放送出版協会.
2. 日独文化協会 (編) 1938『シーボルト研究』岩波書店.
3. 岩生成一/緒方富雄/大久保利謙/斎藤信/箭内健次 (監修) 1977『シーボルト「日本」の研究と解説』講談社.
4. 石山禎一 1997『シーボルトの日本研究』吉川弘文館.
5. 石山禎一/沓沢宣賢/宮坂正英/向井晃 (編) 2003『新・シーボルト研究』全2巻，八坂書房.
6. 国立歴史民俗博物館 (監修) 2016『よみがえれ！シーボルトの日本博物館』京都：青幻舎.
7. 宮崎克則 2004「シーボルト『NIPPON』の書誌学研究：『NIPPON』の透かしと配本状況」『九州大学総合研究博物館研究報告』2：1–32.
8. 宮崎克則 2005「復元：シーボルト『NIPPON』の配本」『九州大学総合研究博物館研究報告』3：23–105.
9. 石山禎一/宮崎克則 2012「シーボルトの生涯とその業績関係年表Ⅱ(1833—1855年)」『西南学院大学国際文化論集』26(2)：195–408.
10. Siebold, Philipp Franz. 1832–51. *Nippon. Archiv zur Beschreibung von Japan*. Leyden: Bei dem Verfasser. (1975年，全6巻にてTokyo：Kodanshaより復刊。邦訳はシーボルト『日本』全9巻，中井晶夫ほか訳，雄松堂書店，1977—79年)
11. Mima, Zunzoo. 1936. *Oudeste Geschiedenis, Mythologie, van het Japansche Rijk en Levensbeschrijving van den ersten Mikado*. (施福多先生文献聚影；第2冊) シーボルト文献研究室. (翻刻・抄訳はシーボルト文

献研究室『施福多先生文献聚影 解説』: 29-41, 42-50, シーボルト文献研究室, 1936年)

【9】蒂进的著作及克拉普罗特及其来源

1. Titsingh, Isaac. 1834. *Nipon o daï itsi ran, ou annales des empereurs du Japon.* Accompagné de notes, et précédé d'un aperçu de l'histoire mythologique du Japon, par Julius Klaproth. Paris: Printed for the Oriental Translation Fund of Great Britain and Ireland.

2. Screech, Timon. 2006. *Secret Memoirs of the Shoguns: Isaac Titsingh and Japan, 1779-1822.* London: Routledge.

3. 高田時雄 1996「クラプロート」高田時雄(編)『東洋学の系譜 欧米篇』: 23-35. 大修館書店.

4. Walravens, Hartmut. 1999. *Julius Klaproth (1783-1835). Leben und Werk.* (Orientalistik Bibliographien und Dokumentationen; Bd. 3). Wiesbaden: Harrassowitz Verlag.

5. Walravens, Hartmut. 1999. *Julius Klaproth (1783-1835). Briefe und Dokumente.* (Orientalistik Bibliographien und Dokumentationen; Bd. 4). Wiesbaden: Harrassowitz Verlag.

6. Walravens, Hartmut. 2002. *Julius Klaproth (1783-1835). Briefwechsel mit Gelehrten.* (Orientalistik Bibliographien und Dokumentationen; Bd. 18). Wiesbaden: Harrassowitz Verlag.

7. Walravens, Hartmut. 2006. Julius Klaproth: His Life and Works with Special Emphasis on Japan. *Japonica Humboldtiana*, 10: 177-191.

8. 徳川光圀(修)徳川綱条(校)徳川治保(重校)1928-29『大日本史』全17冊, 大日本雄弁会.(神話関連は第9冊所収の巻244「志第一」に含まれる)

【10】早期的日本神话比较研究

1. Tylor, Edward Burnett. 1877. Remarks on Japanese mythology. *Journal of the Anthropological Institute of Great Britain and Ireland*, 6: 55-60.

2. Müller, Friedrich W. K. 1893. Eine Mythe der Kêi-Insulaner und

Verwandtes. *Zeitschrift für Ethnologie*，25：533–537.

3. Stucken, Eduard. 1896–1907. *Astralmythen. Religionsgeschichtliche Untersuchungen*, 5 Teile. Leipzig: Verlag von Eduard Pfeiffer.

4. Frobenius, Leo. 1904. *Das Zeitalter des Sonnengottes*. Berlin: Georg Reimer.

【11】萨道义及其神道理论

1. アレン，バーナード・メリディス1999『アーネスト・サトウ伝』（東洋文庫；648）庄田元男（訳）平凡社．

2. 横浜開港資料館（編）2001『図説アーネスト・サトウ：幕末維新のイギリス外交官』横浜：有隣堂．

3. ラックストン，イアン．C 2003『アーネスト・サトウの生涯：その日記と手紙より』（東西交流叢書；10）長岡祥三／関口英男（訳）雄松堂．

4. サトウ，アーネスト2006『アーネスト・サトウ神道論』（東洋文庫；756）庄田元男（編訳）平凡社．

5. Satow, Ernest Mason. 1878. The Mythology and Religious Worship of the Ancient Japanese. *The Westminster Review*，54：27–57.（サトウ，アーネスト「古代日本の神話と宗教的祭祀」庄田元男編訳『アーネスト・サトウ 神道論』東洋文庫756：167–229，平凡社，2006年）

【12】阿斯顿和他的主要著作

1. 楠家重敏2005『W. G. アストン：日本と朝鮮を結ぶ学者外交官』（東西交流叢書；11）雄松堂．

2. Aston, William George. 1905. *Shinto, the Way of the Gods*. London: Longmans Green, 1905.（邦訳はアストン『神道』新装版，安田一郎訳，青土社，1991年）

【13】张伯伦和他的神话相关的主要著作

1. 楠家重敏1986『ネズミはまだ生きている：チェンバレンの伝記』（東西交流叢書；2）雄松堂．

2. 太田雄三1990『B. H. チェンバレン：日欧間の往復運動に生きた世界人』（シリーズ民間日本学者；24）リブロポート・

3. 山口栄鉄 1976『王堂チェンバレン：その琉球研究の記録』那覇：琉球文化社.

4. 平川祐弘 1987『破られた友情：ハーンと. チェンバレンの日本理解』新潮社.

5. Chamberlain, Basil Hall. 1887. *The Language, Mythology, and Geographical Nomenclature of Japan viewed in the Light of Aino Studies.* (Memoirs of the Literature College, Imperial University of Japan; No. 1). Tokyo: The Imperial University.

6. Chamberlain, Basil Hall. 1888. *Aino Folk-Tales.* (Folk-Lore Society, Publications; No. 22). London: The Folk-Lore Society.

7. Chamberlain, Basil Hall. 1891. *Things Japanese, being Notes on Various Subjects connected with Japan.* 2nd ed., revised and enlarged. London: Kegan Paul, Trench, Trübner & Co.（チェンバレン『日本事物誌』全 2 冊、東洋文庫 131-147、高梨健吉訳、平凡社、1969 年）

8. Chamberlain, Basil Hall. 1895. *Essay in Aid of a Grammar and Dictionary of the Luchuan Language.* (Transactions of the Asiatic society of Japan, Supplement to Vol. 23). Yokohama: Kelly & Walsh.（邦訳は『琉球語の文法と辞典：日琉語比較の試み』山口栄鉄編訳・解説、那覇：琉球新報社、2005 年）

【14】弗洛伦兹和他的主要著作

1. 佐藤マサ子 1995『カール・フローレンツの日本研究』東京：春秋社.

2. Florenz, Karl. 1903-06. *Geschichte der japanischen Literatur.* (Die Literaturen des Ostens in Einzeldarstellungen; 10. Bd.). Leipzig: C. F. Amelangs Verlag.（邦訳は『日本文学史』土方定一 / 篠田太郎訳、楽浪書院、1936 年）

【15】欧洲对柳田民俗学的形成和对琉球和阿伊努研究的影响

1. 野村純一 / 三浦佑之 / 宮田登 / 吉川祐子（編）1998『柳田国男事典』勉誠出版.

2. 高木昌史（編）2006『柳田国男とヨーロッパ：口承文芸の東西』

三交社.

3. 外間守善 / 藤本英夫 1978『伊波普猷・金田一京助』(日本民俗文化大系；12) 講談社.

【16】琉球神话及其资料

1. 大林太良 1972「琉球神話と周囲諸民族神話との比較」日本民族学会 (編)『沖縄の民族学的研究：民俗社会と世界像』: 303-419. 民族学振興会.

2. 比嘉春潮 1958「沖縄」大間知篤三 / 岡正雄 / 桜田勝徳 / 関敬吾 / 最上孝敬 (編)『地方別調査研究』(日本民俗学大系；13): 4-15. 平凡社.

3. 山下欣一 2003『南島民間神話の研究』第一書房.

【17】伊波普猷和他的主要著作

1. 金城正篤 / 高良倉吉 1972『伊波普猷：沖縄史像とその思想』(人と歴史シリーズ；39) 清水書院.

2. 伊波普猷 2000『古琉球』(岩波文庫) 外間守善 (校訂) 岩波書店.

3. 伊波普猷 1973『をなり神の島』全2巻 (東洋文庫；227・232) 平凡社.

【18】阿伊努的神话和传说

1. 中川裕 1997『アイヌの物語世界』(平凡社ライブラリー；932) 平凡社.

2. 荻原眞子 1996『北方諸民族の世界観：アイヌとアムール・サハリン地域の神話・伝承』草風館.

3. 大林太良 1991『北方の民族と文化』山川出版社.

4. 大林太良 1997『北の人 文化と宗教』(Academic Series NEW ASIA；24) 第一書房.

5. Dettmer, Hans A. 1994. Die Mythologie der Ainu. In: Schmalzriedt, Egidius & Hans Wilhelm Haussig (Hrsg.), Götter und Mythen Ostasiens. (Wörterbuch der Mythologie；Bd. 6): 178-210. Stuttgart: Klett-Cotta.

【19】巴彻勒和他的阿伊努研究

1. バチラー，ジョン2008『我が記憶をたどりて：ジョン・バチラー自叙伝』（北方新書；9）村崎恭子（校訂）札幌：北海道出版企画センター.

2. Batchelor, John. 1888-92. Specimens of Ainu Folk-lore. *Transactions of the Asiatic Society of Japan*, 16：111-150, 18：25-86, 20：216-227.

3. Batchelor, John. 1901. *The Ainu and Their Folk-Lore.* London：The Religious Tract Society.（バチラー，ジョン『アイヌの伝承と民俗』安田一郎訳，青土社，1995年）

4. Batchelor, John. 1927. *Ainu Life and Lore：Echoes of a Departing Race.* Tokyo：Kyobunkwan .（バチェラー，ジョン『アイヌの暮らしと伝承：よみがえる木霊』小松哲郎訳，札幌：北海道出版企画センター，1999年）

【20】知里幸惠和围绕在她身边的人们

1. 藤本英夫2002『知里幸惠：十七歳のウエペケレ』草風館.
2. 知里幸惠（編訳）1978『アイヌ神謡集』（岩波文庫）岩波書店.
3. 切替英雄2003『アイヌ神謡集辞典』大学書林.
4. 北道邦彦2003『注解アイヌ神謡集』札幌：北海道出版企画センター.
5. 片山龍峯2003『「アイヌ神謡集」を読みとく』改訂版，草風館.
6. 中本ムッ子（うた）2003『「アイヌ神謡集」をうたう』改訂版，武蔵野：片山言語文化研究所.（CD3枚）
7. 北海道文学館（編）2003『知里幸惠「アイヌ神謡集」への道』東京書籍.
8. 知里森舎（編）2004『知里幸惠書誌』登別：知里森舎.
9. 藤本英夫1994『知里真志保の生涯：アイヌ学復権の闘い』草風館.
10. 北海道大学大学院文学研究科北方研究教育センター（編）2010『知里真志保：人と学問』札幌：北海道大学出版会.
11. 知里真志保書誌刊行会（編）2003『知里真志保書誌』札幌：サ

ッポロ堂書店.

【21】阿伊努神话的其他基础资料和阿伊努语的现状

1. 金田一京助 1992-93『金田一京助全集』全 15 卷，三省堂．

2. 久保寺逸彦 1977『アイヌ叙事詩 神謡・聖伝の研究』岩波書店．

3. 佐藤知己 2009「アイヌの人々とアイヌ語の今」『月刊言語』38(7)：16-23.

【22】涅夫斯基和他的主要著作

1. 加藤九祚 2011『完本 天の蛇：ニコライ・ネフスキーの生涯』河出書房新社．

2. 生田美智子（編）2003『資料が語るネフスキー』箕面：大阪外国語大学．

3. ネフスキー，ニコライ 1971『月と不死』（東洋文庫；185）平凡社．

4. ネフスキー，ニコライ 1991『アイヌ・フォークロア』エリ・グロムコフスカヤ(編) 魚井一由（訳）札幌：北海道出版企画センター・

5. ネフスキー，ニコライ 1998『宮古のフォークロア』リヂア・グロムコフスカヤ(編) 狩俣繁久 / 渡久山由紀子 / 高江洲頼子 / 玉城政美 / 濱川真砂 / 支倉隆子（訳）砂子屋書房．

【23】所谓的中世纪神话

1. 山本ひろ子 1998『中世神話』（岩波新書 新赤版；593）岩波書店

2. 斎藤英喜 2006『読み替えられた日本神話』（講談社現代新書；1871）講談社．

3. 伊藤聡（編）2011『中世神話と神祇・神道世界』（中世文学と隣接諸学；3）竹林舎．

第九章
与新大陆的重逢
—— 玛雅、阿兹特克和印加

右图：来自《波波尔·乌》的插图

正如我们在第三章中所看到的，欧洲知识分子已从15世纪末到17世纪初，与美洲新大陆"相遇"，并对那片土地的神话有了一些了解。然而，他们真正接触中美洲和南美洲，特别是这片文明世界繁荣时期的神话，并对其进行认真研究，却是到19世纪后半叶的事了。这次"重逢"是怎样的？让我们首先概述一下中美洲和安第斯山地区的文明和神话，然后再研究其具体方面。

9.1 中美洲的神话

中美洲包括墨西哥的几乎整个东半部，以及尤卡坦半岛和以危地马拉与伯利兹为中心的地区。从公元前到被西班牙征服这段期间，这里曾发展出如奥尔梅克、玛雅、特奥蒂瓦坎、托尔特卡和阿兹特克这些具有鲜明特色的繁荣文明，他们在生活方式、神话和世界观方面有许多共同之处。

其中，玛雅人的神话可以通过用玛雅多种语言中的基切语写的《波波尔·乌》（*Popol Vuh*）进行详细了解，该书成书于被西班牙征服后不久。

《波波尔·乌》由四个部分组成。在第一部分，描述了宇宙和人类的形成，然后描述了双胞胎和巨人之间的战斗。第二部分从双胞胎的父亲和叔叔这兄弟俩被地下神灵打败开始，描述了双胞胎复仇的故事。该书的戏剧性描写，使其成为被称作"玛雅的《古事记》"的伟大史诗。第三部分承接第一部分，描述了祖先的诞生、太阳的出现以及农作物和火的起源。最后，第四部分描写了酋长们的谱牒以及战争。

特佩乌（Tepeu）和库库马特（Gukumatz）扮演了创世神的角色，据说库库马特的形象是一条带翅膀的蛇，与玛雅神库库尔坎（Kukulkan）和阿兹特克神奎扎科特尔（Quetzalcoatl）大致相当。起初，万物都在水底，特佩乌和库库马特在水面上飞行。他们说："大地啊！"于是，大地立马就出现，山谷也从水中出现，库库马特很高兴地向三位卡库尔哈（Cakulha，即"天之心"）献上赞词。

人类最初是由泥土创造的。然而，他们很软，很快就会碎掉；虽然能说话，但缺乏智慧，如果放在水里就会溶解。所以造物主摧毁了第一批人。第二批人类起初是一对男女，由木材制成。他们生育了后代，但后代缺乏灵魂和智慧。"天之心"用洪水摧毁了他们，把他们变成了猿猴。第三批人类是由玉米创造的，由四个男人和他们的妻子四个女人组成，他们是首次被创造出的完善的人类。"破坏"的主题在这里被淡化了，但世界反复经历创造和毁灭，因此在玛雅人和阿兹特克人中有这样一种观念，即当下这个世界也将被毁灭。这种想法在中美洲深入人心。

神话文本 25 《波波尔·乌》的开头场面

在太初，一切止息、安宁、寂静，不见任何扰动，天空只是虚无遍满。

这是第一个故事，最开始的故事。当时还没有一个人、没有动物、飞鸟、游鱼、螃蟹,没有木头、岩石、洞穴、山谷、草地、森林,只有天空,纯粹的空。大地的表面还无法清楚地辨认,只有安静的大海和无边的天空。没有任何东西可以聚集在一起发出声音。天空中没有任何东西移动、摇摆或发出任何声音。没有任何东西是站立着的,只有淤积的水和平静的海。没有任何东西享受生存的权力,在黑暗中,在夜里,无声无息。

在这个古老的世界中,只有造物者特佩乌和库库马特身上覆盖着绿色和蓝色的羽毛,在水中闪闪发光。他们两位拥有伟大的智者和哲学家的素质,在黑暗中,在黑夜里,他们开始交谈道,当他们认识到"人类必须和拂晓一同出现"时,他们就创造和培育出树木和芦苇、并就生命的诞生以及人类的创造达成协定。因此,在黑暗和黑夜中,"天之心"开始整理步骤。"天之心"就是乌拉坎(Huracan)即乌拉坎·卡库尔哈、蒂皮·卡库尔哈和拉萨·卡库尔哈三者。

接下来,特佩乌和库库马特聚在一起,谈论了生命和光,讨论天如何才能变亮,早晨会到来吗,以及谁来生产食物,等等。

他们叫道:"世界变成这样吧!""让空间被填满""大水快退去吧!""大地出现吧,要牢固些!""世界变亮些!""让天与地迎来黎明吧!"他们还说道:"在人类诞生之前,我们进行这样的创造并不会有任何的荣耀和伟大。"

只有造物者特佩乌与库库马特处于水上,被光明环绕周身覆盖着绿色和青色的羽毛。他们都是伟大的智者,是天之心——上帝的助手。特佩乌遇见库库马特,彼此交流和讨论之后,决定创造树木和藤蔓。凭借天之心的意愿,他们从黑暗中创造出植物,并为人类赋予生命。

不久之后,大地就由他们创造出来。

他们俩人大喊:"大地!"大地很快就冒了出来。实际上,大地是经历了这些而形成的。

"大地!"他们呼喊着,地球很快就形成了。地球的形成实际上是以这种方式发生的。

资料来源:《波波尔·乌》[1]

这里的特佩乌和库库马特,也被称为阿隆(Alom)和夸霍隆(Quaholom),据说他们分别是伟大的母亲和父亲。有观点认为整个故事受到《圣经》中创世神话的影响。

阿兹特克人讲纳瓦特尔语(Nahuatl),传说他们原本生活在一个叫阿兹特兰(Aztlán)的地方,是来自墨西哥北部的狩猎采集民族。14世纪末,他们迁入现在的墨西哥城,在一个湖中的无人岛上建立了首都特诺奇蒂特兰(Tenochtitlan),征服了此前一直占据墨西哥中部高地的托尔特克人,并逐渐向四周扩展其势力范围。在迁徙的过程中,他们被神灵赐予了美西卡(Mesica)这个名字,这就是现在墨西哥这个国名的起源。

阿兹特克人认为托尔特克人是高雅的文明人,于是努力吸收他们的文化。他们甚至崇拜被征服民族的神灵。据说连克查尔科亚特尔(Quetzalcoatl)这个阿兹特克最著名的神也是起源于托尔特卡的神。克查尔科亚特尔这个名字意为"长翅膀的蛇",是一位创世神,是农业和文化的保护者,也是风神。他有一个敌人是特斯卡特利波卡(Tezcatlipoca,意为"吸烟的镜子"),是一位喜欢破坏和战争的夜神。根据某个传说,特斯卡特利波卡是原初世

---

[1] レシーノス,A(原訳)D・リベラ(挿画)2016『マヤ神話 ポポル・ヴフ』3版(中公文庫)林屋永吉(訳):86-88.中央公論新社.〔汉译文参照(危地马拉)维克多·蒙特霍:《波波尔·乌:玛雅神话与历史故事》,艾飞译,北京:中国少年儿童出版社,2016年,第5页。——译者注〕

界里最初的太阳，但它被克查尔科亚特尔从天空中打了下来，世界由此变得一片漆黑。

有一次，克查尔科亚特尔中了特斯卡特利波卡的诡计而被追赶，他留下一句"我将在'一芦苇年'之后回来"，然后就乘船前往东海。根据阿兹特克的人的历法，一年由18个月加5天构成，其中每个月有20天。每一年都有不同的名字，这种名字共有52个，当这52个名字用完一轮之后，世界就会更新一次，而这就是"一芦苇年"。有一种说法，1519年当西班牙的埃尔南·科尔特斯（Hernán Cortés）率领的一支探险队出现在特诺奇蒂特兰时，当时的阿兹特克最后一位国王蒙特苏马（Montezuma）认为是克查尔科亚特尔回来了。因为这一年正好满"一芦苇年"，且人们想象中的克查尔科亚特尔也正是白皮肤、长满胡须的形象。因此征服者就这样获得接纳，而帝国也就此覆灭。

神话文本 26　阿兹特克的世界巨人神话

以下是传教士安德烈·德·奥尔莫斯（Andrés de Olmos）撰写的《墨西哥历史》中的世界巨人神话。西班牙文原稿已遗失，只有法文译本留存。

克查尔科亚特尔和特斯卡特利波卡两位神将大地女神特拉尔泰库特利（Tlaltecuhtli）从天上带到了下界。特拉尔泰库特利的每个关节都长了眼睛和嘴巴，她像野兽一样用它们撕咬和杀戮。现在，在两位神灵来到下层世界之前，那里已经有了水，但并不清楚是谁将其创造出来的，这位女神就在这水面上移动。两位神看到她后就互相说："我们必须创造大地。"他们一边这样说一边变身为大蛇，一条用右手和左脚抱着女神，另一条用左手和右脚抱着女神，一起将她撕成了两半。然后他们用她的双肩的半身创造了大地,并把另一半身带到了天上。其他诸神对他们的这一行为感到非常愤怒。为了弥补二神对大地女神的伤害,所有的神明都下来安慰她,并让人类生活所需的所有食物从她的身体生长出。于是,她的头发生出树木、灌丛,她的皮肤生出细草和小花,她双眼生出水井和小洞穴,她的嘴生出河流和大洞穴,她的鼻子生出溪谷,她的双肩生出群山。这位女神有时在夜里哭喊着要一颗人心,不给就不得安宁。如果不向她注入人血,作物就不会结出果实。

资料来源:《墨西哥历史》[1]

在这个神话中,大地女神身体的各个部分创造出了天地、山岳、河流、草木等万物,这是一种"世界巨人"的神话(见第五章)。有趣的是,这个神话也是人类为丰收而献身的神话的起源。

9.2 中美洲的神话资料

这些中美洲的神话可以在大约三种材料中找到。它们分别是:(1)被西班牙人征服前的考古材料;(2)在被征服前已经开始

---

[1] de Jonghe, Édouard (éd.) 1905. Histoyre du Mechique. Manuscrit français inédit du XVIe siècle. Journal de la Société des Américanistes, N.S., 2: 28–29. 可以参考德语译本及其注释 Krickeberg, Walter. 1991. Märchen der Azteken und Inkaperuaner, Maya und Muisca. (Die Märchen der Weltliteratur): 8–9, 284–285. München: Diederichs. 日语的相关介绍资料有タウベ、カール1996『アステカ・マヤの神話』(丸善ブックス;44):61–62. 藤田美砂子(訳)丸善;邦訳はミラー、メアリ/カール・タウベ2000『図説マヤ・アステカ神話宗教事典』:241. 増田義郎監修,武井摩利訳,東洋書林.

写作，并在被征服后一段时间内持续创作的绘本抄本（Codex）；（3）被征服后的文献材料。[1]

在第三种材料中，《新西班牙诸物志》（*Historia general de las cosas de nueva España*）及《波波尔·乌》是最重要的作品。其中《新西班牙诸物志》是方济会[2]传教士萨阿贡修士（Fray Bernardino de Sahagún，1499—1590）在听取和记录阿兹特克长者及当地居民的见闻后，用纳瓦特尔语和西班牙语双语写成的著作。《波波尔·乌》是由玛雅知识分子用基切语写成的。然而，这些材料与第二种材料一样，在很长一段时间内都不见天日，这是由于西班牙当局和传教士惧怕当地人的反抗，并出于消灭异教的目的将它们烧毁或藏匿了。例如，萨阿贡的作品在1579年被禁，直到1779年才被重新发现，并于1829—1830年间被翻译成西班牙语。

《波波尔·乌》的命运更为奇特。1524年，玛雅的基切人人被西班牙人征服。之后基切人开始学习西班牙语的读写，并于1554—1558年间用西文字母基切语写出了《波波尔·乌》。然而直到1702年左右人们才知道这份材料的存在。起初是前往危地马拉赴任的多明我会神父希门尼斯（Jiménez）偶然发现了它，将其抄写并附上西班牙语翻译，而原稿却在此时不知去向。且希门尼斯神父的抄本也在很长一段时间没有露面，直到1855年法国神父布拉萨·德·布尔格（Brasseur de Bourbourg）访问危地马拉时重新发现了它，并在1861年出版了基切语原文和法语的双语对译版

---

[1] 八杉佳穂2012「メソアメリカの神話」大林太良/伊藤清司/吉田敦彦/松村一男（編）『世界神話事典 世界の神々の誕生』（角川ソフィア文庫）：189-198，227. 角川学芸出版.

[2] 方济会，也即方济各会，或译为法兰西斯会（德文Franziskaner，英文Franciscan，意大利文Ordine francescano）是天主教托钵修会派别之一。——译者注

本。这个版本立即成为人们谈论的话题,并被人们长期阅读。

然而,《波波尔·乌》的波折仍在继续。希门尼斯神父的手稿之后也不知所踪,直到1941年,西班牙驻危地马拉大使阿德里安·雷西诺斯(Adrián Recinos)才在美国芝加哥的纽伯里图书馆重新发现了它。正是他完成西班牙语译本并使本书广为流行,而日语译本则是对它的重新翻译。现今仍然生活在危地马拉的基切人的语言包含与《波波尔·乌》相通的元素,但至今仍然没有从基切语直接翻译为日语的译本,希望后辈有人能够完成。

从19世纪末起,人们对第二种和第一种资料的研究开始不断推进。被称为"古美洲研究之父"的德国人爱德华·塞勒(Eduard Seeler)以及后来美国博学的考古学家威利[1]等学者奠定了研究的基础。在威利的弟子中,迈克尔·科尔(Michael D. Coe)发表了许多关于玛雅研究的概述,科尔的弟子卡尔·陶贝(Karl Taube)写了一部优秀的关于中美洲神话的入门概述书。玛雅文字的解读工作也在20世纪取得到了很大进展,但今后仍有许多工作等着我们去开展。

9.3 印加帝国及其神话资料

印加帝国于15世纪末在以秘鲁为中心,从厄瓜多尔到智利一带的安第斯山地区建立,直到1533年被弗朗西斯科·皮萨罗(Francisco Pizarro)领导的西班牙人毁灭。在这个过程中,印

---

[1] 戈登·兰道夫·威利(Gordon Randolph Willey)是美国20世纪最重要的考古学家之一,他的田野调查地点主要在南美洲、中美洲与美国西南部,主要任职于史密森尼学会和哈佛大学。他以提倡"聚落形态理论"著称。——译者注

加帝国曾努力将以太阳神殿祭祀为中心的国家宗教及印加人的语言盖丘亚语（Quechua）作为抓手，将各族民众团结成为印加国民。在以上过程中，各地的传统与阿兹特克人一样，被融合或修改。

维拉科查（Viracocha，或 Con-Tici Viracocha）是印加人的创造之神和文化英雄，原本是库斯科（Cusco）地区自古以来信奉的神。他从的的喀喀湖（Titicaca）的湖底出现，创造出太阳、月亮和星星，并设定它们的轨道。之后他制造出许多雕像，给它们注入生命，于是创造出了人。他用石头或火焰雨去惩罚那些不遵守他教义的人。之后，据说维拉科查面向海岸，用他的外套代替船浮在海上向西去了。维拉科查在许多方面与墨西哥的克查尔科亚特尔十分相似。因为维拉科查被想象成一个留着胡子的白人老人，所以当西班牙人在1532年登陆时，据说印加人误以为他们是维拉科查，甚至今天白人有时也被称为维拉科查。

太阳神因蒂（Inti）是帝国的祖先，在神殿中受到祭司和被称为阿可雅（Aclla）的太阳处女的祭拜。这些来自帝国各地的阿可雅受到被称为玛玛库纳（Mamacuna）的女子的监督，作为太阳的妻子，制作食物、衣服和一种叫作吉开酒（chicha）的玉米酒。她们当中既有一些嫁给印加帝国的皇帝或贵族，也有的在某些情况下被当作祭品杀害。雷神伊亚帕（Iyappa）和月神玛玛·基拉（Mama Killa）也被认为是重要的神灵。玛玛克雅是一位女神，是太阳的妻子。

印加社会以农业为基础，所以农作物和大地之神对人们来说至为重要。其中大地之母帕恰玛玛（Pachamama）和玉米之母萨拉玛玛（Sara mama）是众所周知的。在祭拜这些神明时，除了奉上玉米酒，还要杀羊驼并将它的血洒到玉米地里，并涂在参与者的脸上。

即使在被西班牙征服之后，当地人对瓦卡（Huaca）的概念伴随着这种对大地母神的信仰仍然牢固。瓦卡是一个非常广泛的概念，指具有神秘力量的物体、表象物以及神圣的场所等。泉水、石头、山丘、洞穴、树根、采石场、要塞、桥梁、宫殿、监狱、房屋、集会场所、古战场、岩石界线、庭院等都可以被视为瓦卡。旅行者把石头堆在路边，堆出被称为"石堆祭坛"（apacheta）的石头堆也被认为是瓦卡。有记录显示，在库斯科及其附近地区有数百乃至数千种关于瓦卡的记录。

与瓦卡相提并论的还有科诺帕（Konopa），它应该被称作"镇宅神"，同时也是家庭的守护神，被认为可以保护家庭成员免受病痛，并带来丰收。它的神姿是形状或颜色奇特的石头，或者是仿照羊驼或玉米等物制成的雕像或金属铸像。它们被供奉在壁龛中，并代代相传。

就这样，在印加的神性宗教中，普通民众所信仰的、拥有超自然力量的、具有悠久传统的神，与皇帝、贵族和祭司所建立的国家神性并存。它们可以说是源于地方信仰和仪式的小传统，和官方系统化的大传统。而即使在帝国消失后依然根深蒂固留存的主要是前者。

印加神话的材料也可以像中美洲那样进行类似的分类。然而，它们之间的一个重大区别是，印加人没有文字，也没有中美洲的第二种材料中的图画文献或铭文。秘鲁的佩德罗·萨米恩托·德·甘博亚（Pedro Sarmiento de Gamboa）之于印加，据说相当于萨阿贡之于阿兹特克。[1] 他在 1572 年写出的《印加史》（*Historia indica*）是现存最早和最详细的神话记载之一。此外，

---

1 Krickeberg, Walter. 1991. *Märchen der Azteken und Inkaperuaner, Maya und Muisca.*（Die Märchen der Weltliteratur）: 270. München: Diederichs.

西班牙士兵佩德罗·西埃萨·德莱昂（Pedro Cieza de León）撰写的《秘鲁纪事》（*Crónicas del Perú*）和贝坦索斯（Betanzos）撰写的《印加帝国通史》（*Sumay narración de los incas*）等材料也是记录包括神话在内的印加帝国历史的宝贵资料。

此外，17世纪初有一部用克丘亚语（Quechua）写的关于居住在秘鲁中部高原瓦罗奇里（Huarochirí）地区各民族的极其重要的神话资料《瓦罗奇里文书》（*Huarochirí-Manuskript*）。然而它直到20世纪30年代才被赫尔曼·特林伯恩（Hermann Trimborn）在马德里重新发现，后来他在德国波恩大学开设了古代美洲研究学科。

直到19世纪后半叶，安第斯山脉的考古材料才开始增加，而通常被称为"秘鲁考古学之父"的马克斯·乌勒（Max Uhle）以及后来也活跃在中美洲的戈登·威利发挥了重要作用。1958年，曾短暂师从威利的东京大学泉靖一组织了一个安第斯调查团，此后，日本学者在安第斯研究方面也取得了稳步进展。[1]

9.4 美洲原住民的传奇与调查

1776年美利坚合众国宣布独立后，来自欧洲的移民不断增加，正式的学术调查也得以推进，揭示了美洲北部和南部原住民的信仰生活。例如，英国毛皮商人约翰·朗（John Long）在其1791年出版的书中，首次报道了生活在五大湖周围的奥吉布瓦人（Ojibwa）的一个词：图腾（totem），它成为图腾主义

---

[1] 西野嘉章／鶴見英成（編）2015『黄金郷を彷徨う：アンデス考古学の半世紀』: 20. 出版会.

（Totemism）一词的起源。

进入19世纪，关于美洲大陆的详细信息陆续得以披露。先是1832年至1834年，来自德国科布伦茨市的贵族马克西米利安·祖·维特（Maximilian zu Wied）在北美进行了探险。他的探险记录与陪同他的瑞士画家约翰·卡尔·博德默（Johann Carl Bodmer）提供的精致插画一起于1839年出版。同年，美国地理学家、地质学家和民族学家亨利·斯库尔克拉夫特（Henry Rowe Schoolcraft）将奥吉布瓦人和其他部落的神话整理出版成书，不过作者对内容进行了重构。受此启发，诗人亨利·沃兹沃斯·朗费罗（Henry Wadsworth Longfellow）受浪漫主义和《卡勒瓦拉》的影响，发表了一首史诗《海华沙之歌》（*The Song of Hiawatha*），引起巨大的轰动。

然而真正科学的神话调查，乃始于19世纪末。"美国人类学之父"弗朗兹·博厄斯（Franz Boas）1895年出版的《北美洲太平洋沿岸印第安人的传说》是一部具有里程碑意义的著作。随后，一系列精确的原文和英译的神话集得以出版。在南美洲，埃伦赖希（Paul Ehrenreich）、普罗伊斯（Konrad Theodor Preuss）和科赫-格伦伯格（Theodor Koch-Grünberg）等民族学者忠实地将神话的原始文本进行刊布，为后续研究奠定了基础。

这些成就在两个方面具有划时代的意义。第一，出现了一种用原文和翻译来精准描述神话的方法论。第二，为环太平洋的比较神话研究开辟了道路。特别是与日本"三个护身符"故事相通的"魔咒逃遁"故事，引起了许多研究者的关注。（图14）

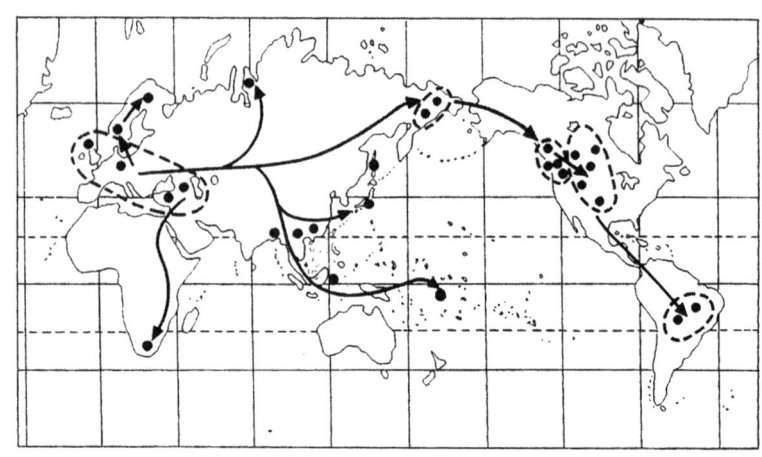

图14 "魔咒逃遁"故事的分布图以及推定传播路线
出处:大林太良 1990『日本神話の起源』(德門文庫):93.德門書店.

神话文本27 巴西卡拉雅族的魔咒逃遁神话

一群皮拉鲁库鱼杀死了一个村庄的男人们,并把自己伪装成他们。这群鱼去找那些将自己认为是她们丈夫的女人。一位假丈夫要求其妻为自己清除虱子,但当妻子发现丈夫的裸体上有鱼刺和鱼鳞时,察觉这是怪物所为,于是她和她的姐妹们一起逃亡,一路上把灰烬、煤炭和盐扔向身后,云雾和火焰由此升起,一条河也随之出现,以至于追兵(因为呛烟)不得不无功而返。

资料来源:埃伦赖希《南美原住民的神话与传说》[1]

---

1 Ehrenreich, Paul. 1905. *Die Mythen und Legenden der Südamerikanischen Urvölker und ihre Beziehungen zu denen Nordamerikas und der alten Welt*: 87. Berlin: Asher & Co.原文取自同一作者的《赠予巴西民族学》(Ehrenreich, Paul. 1891. *Beiträge zur Völkerkunde Brasiliens*: 43–44. Berlin: Verlag von W. Spemann.)

民族学家埃伦赖希在1888年的调查中听一位卡拉亚长老用当地语言进行了讲述，并发表了德语译本。原文比较长，内容也很复杂，所以我在这里翻译了埃伦赖希自己的总结文本。

本章的参考文献

（关于中美洲安第斯高级文化之外的南美北美神话详见第三章）

【1】关于中美洲神话和宗教的介绍性书籍、概述和百科辞典

1. 八杉佳穂 2012「メソアメリカの神話」大林太良/伊藤清司/吉田敦彦/松村一男（編）『世界神話事典 世界の神々の誕生』（角川ソフィア文庫）: 189-198, 227. 角川学芸出版.

2. タウベ，カール 1996『アステカ・マヤの神話』（丸善ブックス；44）藤田美砂子（訳）丸善.

3. Miller, Mary & Karl Taube. 1993. *An Illustrated Dictionary of the Gods and Symbols of Ancient Mexico and the Maya.* London: Thames & Hudson.（邦訳はミラー，メアリ/カール・タウベ『図説マヤ・アステカ神話宗教事典』増田義郎監修，武井摩利訳，東洋書林，2000年。メソアメリカ神話の基本文献・基礎史料を丁寧に解説）

4. Krickeberg, Walter 1991. *Märchen der Azteken und Inkaperuaner, Maya und Muisca.*（Die Märchen der Weltliteratur）. München: Diederichs.（初版は1928年。部分訳は小沢俊夫編『アメリカ大陸』Ⅱ，世界の民話12，関楠生訳，ぎょうせい，1977所収）

5. Bierhorst, John. 2002. *The Mythology of Mexico and Central America*, with a new Afterword. Oxford: Oxford University Press.・（主要神話モチーフの分布図と行き届いた文献リストがよい）

6. Alexander, Hartley Burr. 1920・*Latin-American.*（The Mythology of All Races; Vol. 11）. Boston: Marshall Jones.（中南米の神話を文化領域ごとに概説。古いがよくまとまっている）

【2】中美洲神话的主要史料

1. サアグン 1992『神々とのたたかい』I（アンソロジー新世界の挑戦；9）篠原愛人／染田秀藤（訳）岩波書店．（アステカ神話・宗教の基本史料『ヌエバ・エスパーニャ綜覧』［いわゆるフィレンツェ文書］の抄訳を収める）

2. ドゥラン 1995『神々とのたたかい』II（アンソロジー新世界の挑戦；10）青木康征（訳）岩波書店．（『ヌエバ・エスパーニャ誌』抄訳）

3. de Jonghe, Édouard (éd.) 1905. Histoyre du Mechique. Manuscrit français inédit du XVIe siècle. *Journal de la Société des Américanistes*, N. S., 2: 1–41.（『メキシコの歴史』の翻刻と注釈）

4. ル・クレジオ（原訳）1981『マヤ神話 チラム・バラムの予言』望月芳郎（訳）新潮社．（マヤの予言書をフランス語から重訳したもの）

5. ル・クレジオ（原訳）1987『チチメカ神話 ミチョアカン報告書』望月芳郎（訳）新潮社．（メキシコ西部ミチョアカン地方の伝説的歴史記述をフランス語から重訳したもの）

【3】《波波尔·乌》的多个版本及其译本

1. Brasseur de Bourbourg, Charles Étienne. 1861. *Popol vuh. Le livre sacré et les mythes de l'antiquité américaine, avec les livres héroïques et historiques des Quichés.* Paris: Arthus Bertrand．（キチェ語とフランス語の対訳）

2. Recinos, Adrián. 1947. *Popol Vuh: las antiguas historias del Quiché.* México: Fondo de Cultura Econômica.（キチェ語からのスペイン語訳。林屋永吉による邦訳はこれに基づく重訳）

3. Tedlock, Dennis. 1985. *Popol Vuh: The Definitive Edition of the Mayan Book of the Dawn of Life and the Glories of Gods and Kings.* New York: Simon and Schuster.（キチェ語からの英訳。今もよく利用されている）

4. Cordan, Wolfgang. 1990. *Popol Vuh. Das Buch des Rates. Mythos und Geschichte der Maya*, 6. Aufl. (Diederichs, gelbe Reihe; 18). München: Diederichs.（キチェ語からのドイツ語訳）

5. レシーノス，A（原訳）D・リベラ（挿画）2016『マヤ神話 ポポル・ヴフ』3版（中公文庫）林屋永吉（訳）中央公論新社.（初版は1961年中央公論社刊。レシーノスによるスペイン語訳からの重訳）

6. Christenson, Allen J. 2007. *Popol Vuh: The Sacred Book of the Maya*. Norman: University of Oklahoma Press.（初版は2003年刊。キチェ語からの英訳）

7. Christenson, Allen J. 2008. *Popol Vuh: Literal Poetic Version*. Norman: University of Oklahoma Press.（初版は2004年刊。キチェ語原文と英語への逐語訳）

8. Rohark Bartusch, Jens S. 2010. *Poopol Wuuj. Das heilige Buch des Rates der Kicheé-Maya von Guatemala*, 3. Aufl. Magdeburg: docupoint Verlag.（初版は2007年刊。キチェ語原文とドイツ語訳）

【4】赛勒的著作集

1. Seler, Eduard. 1960-67. *Gesammelte Abhandlungen zur Amerikanischen Sprach- und Altertumskunde*, 6 Bde. Graz: Akademische Drucku. Verlagsanstalt.

【5】中美洲文明的概述及图录等资料

1. 八杉佳穂（編）2004『マヤ学を学ぶ人のために』京都：世界思想社.

2. コウ，マイケル.D 2003『マヤ文字解読』増田義郎（監修）武井摩利/徳江佐和子（訳）大阪：創元社.（非常に人間くさく書かれたマヤ文字解読史）

3. 青山和夫2007『古代メソアメリカ文明：マヤ・テオティワカン・アステカ』（講談社選書メチェ；393）講談社.

4. 青山和夫2012『マヤ文明：密林に栄えた石器文化』（岩波新書）岩波書店.

5. 京都文化博物館学芸課（編）2010『古代メキシコ・オルメカ文明展：マヤへの道』京都：「古代メキシコ・オル メカ文明展 —マヤへの道」実行委員会.

【6】关于印加神话的概述及百科辞典

1. アートン，ゲイリー 2002『インカの神話』（丸善ブックス；98）佐々木千恵（訳）丸善．

2. Steele, Paul R. 2004. *Handbook of Inca Mythology.* Santa Barbara: ABC-CLIO.

3. Trimborn, Hermann. 1961. Die Religionen der Völkerschaften des südlichen Mittelamerika und des nördlichen und mittleren Andenraumes. *In*: Krickeberg, Walter, Hermann Trimborn, Werner Müller & Otto Zerries, *Die Religionen des alten Amerika.* (Die Religionen der Menschheit; Bd. 7): 91-170. Stuttgart: W. Kohlhammer Verlag.

【7】印加神话的主要史料

1. シエサ・デ・レオン 2006『インカ帝国史』（岩波文庫）増田義郎（訳）岩波書店．（『ペルー記』第2部）

2. シエサ・デ・レオン 2007『インカ帝国地誌』（岩波文庫）増田義郎（訳）岩波書店．（『ペルー記』第1部）

3. Sarmiento de Gamboa, Pedro de. 2007. *The History of the Incas.* Austin: University of Texas Press.（サルミエント・デ・ガンボア『インカ史』の英訳）

4. Betanzos, Juan de. 1996. *Narrative of the Incas.* Austin: University of Texas Press.（ベタンソス『インカ帝国史総説』の英訳）

5. Trimborn, Hermann. 1939. *Dämonen und Zauber im Inkareich.* Leipzig: Koehler.（『ワロチリ文書』のケチュア語原文とドイツ語訳）

6. Salomon, Frank & George L. Urioste. 1991. *Huarochirî Manuscript: A Testament of Ancient and Colonial Andean Religion.* Austin: The University of Texas Press.（『ワロチリ文書』のケチュア語原文と英訳）

【8】其他的早期中美洲神话文献，乌勒的主要著作及今天对威廉的评价

1. Bancroft, Hubert Howe. 1874-76. *The Native Races of the Pacific States of North America*, 5 Vols. New York: D. Appleton.（著者は歴史家・民族学者。第3巻 *Myths and Languages*［1875］は中米神話の貴重な

資料を提供）

2. Bastian, Adolf. 1878-89. *Die Culturländer des Alten America*, 3 Bde. Berlin: Weidmannsche Buchhandlung.（中南米文明圏の神話資料としてよく読まれた）

3. Uhle, Max. 1903. *Pachacamac: Report of the William Pepper M. D., Ll. D. Peruvian Expedition of 1896.* Philadelphia: Department of Archaeology of the University of Pennsylvania.

4. Fash, William L. & Jeremy A. Sabloff (eds.) 2007. *Gordon R. Willey and American Archaeology: Contemporary Perspectives.* Norman: University of Oklahoma Press.

【9】印加及安第斯文明的概述等等

1. 島田泉／篠田謙一（編）2012『インカ帝国：研究のフロンティア』（国立科学博物館叢書；12）秦野：東海大学出版会.（とくにフランク・サロモン「テキストを通して見るインカ：一次史料」を参照）

2. 西野嘉章／鶴見英成（編）2015『黄金郷を彷徨う：アンデス考古学の半世紀』東京大学出版会.（とくに日本人研究者の貢献に光をあてている）

3. 網野徹哉2008『インカとスペイン 帝国の交錯』（興亡の世界史；12）講談社.

【10】北美早期民族志研究史和关于"重聚"的主要文献

1. Hallowell, A. Irving. 1960. Introduction: The Beginnings of Anthropology in America. *In*: de Laguna, Frederica (ed.), *American Anthropology, 1888-1920: Papers from the* American Anthropologist: 1-99. Lincoln: University of Nebraska Press.

2. Thompson, Sith. 1946. *The Folktale.* New York: Holt, Rinehart and Winston.（邦訳はトンプソン，スティス『民間説話：世界の昔話とその分類』荒木博之／石原綏代訳，八坂書房，2013。297-299頁［邦訳269-270頁］に北米民間伝承研究史を略述）

3. Long, John. 1791. *Voyages and Travels of an Indian Interpreter and Trader.* London: Robson.

4. Maximilian Prinz zu Wied. o. J. *Reise in das innere Nordamerika*, 2 Bde. München: Lothar Borowsky.（初版は1839—41年）

5. Long, John. 2001. *Reise in das innere Nord-America*. Illustriert von Karl Bodmer. Köln: Taschen.

6. Schoolcraft, Henry Rowe. 1839. *Algic Researches*, 2 Vols. New York: Harper & Brothers.

7. Longfellow, Henry Wadsworth. 2004. *The Song of Hiawatha*. Boston: David R. G odine.（初出は1855年。邦訳はロングフェロー，H・W『ハイアワサの歌』三宅一郎訳，作品社，1993年）

8. Boas, Franz. 1895. *Indianische Sagen von der Nord-Pacifischen Küste Amerikas*. Berlin: A. Asher & Co.

【11】南美早期民族学研究史和关于"重聚"的主要文献

1. Kraus, Michael. 2004. *Bildungsbürger im Urwald, Die deutsche ethnologische Amazonienforschung（1884—1929）*. Marburg: Curupira.

2. Ehrenreich, Paul. 1891. *Beiträge zur Völkerkunde Brasiliens*. Berlin: Verlag von W. Spemann.

3. Ehrenreich, Paul. 1905. *Die Mythen und Legenden der Südamerikanischen Urvölker und ihre Beziehungen zu denen Nordamerikas und der alten Welt*. Berlin: Asher & Co.

4. Ehrenreich, Paul. 1910. *Die allgemeine Mythologie und ihre ethnologischen Grundlagen*. Leipzig: J. C. Hinrich.

5. Preuss, Konrad Theodor. 1921. *Religion und Mythologie der Uitoto*. Göttingen: Vandenhoeck & Ruprecht.

6. Koch-Grünberg, Theodor. 1916. *Mythen und Legenden der Tauripang- und Arekuna-Indianer*.（Vom Roroima zum Orinoco, 2. Bd.）Berlin: Dietrich Reimer.

7. Koch-Grünberg, Theodor. 1920. *Indianermärchen aus Südamerika*. Jena: Diederichs.

【12】环太平洋神话比较研究史

1. 山田仁史 2003「環太平洋における神話の共通性：研究史の素描」

篠田知和基（編）『神話・象徴・文学』Ⅲ：165-182. 名古屋：楽浪書院.

【13】关于"魔咒逃遁"故事的主要比较研究

1. Stucken, Eduard. 1896-1907. *Astralmythen. Religionsgeschichtliche Untersuchungen*, 5 Teile. Leipzig: Verlag von Eduard Pfeiffer.（第5巻606-607頁に，当時知られていた類話の分布図を掲載）

2. Kroeber, Alfred Louis. 1923. *Anthropology*. New York: Harcourt, Brace and Company.（201頁に類話の分布と伝播の推定図を掲載）

3. Aarne, Antti. 1930. *Die magische Flucht. Eine Märchenstudie.*（FF Communications; 92）. Helsinki: Suomalainen Tiedeakatemia.

4. 大林太良 1990『日本神話の起源』（徳間文庫）徳間書店．（初版は1961年，角川新書）

第十章
拜物教与萨满
—— 非洲与欧亚北部

右图：萨米人的萨满（源自约翰内斯·谢弗鲁斯著作的插图）

对欧洲来说，从地理角度看，非洲与欧亚北部分别与其在南部和东部接壤。自17世纪以来，关于这两个地区的信息逐渐传入欧洲（参见后文表6）。然而，正式的调查和研究始于19世纪。本章就上述研究的动向以及从中发现的神话与宗教世界展开论述。

10.1 "拜物教论"与非洲探险史

你听说过"拜物教"（fetish）这个词吗？它是"恋物癖"一词的词源，其历史可以追溯到15世纪下半叶的非洲。在西非从事贸易的葡萄牙水手看到当地人崇拜大大小小的自然和人工物品。他们联想到在自己的国家葡萄牙，也将圣人的遗物和符咒、护身符等称作"feitiço"（符咒等意），于是用这个词来解释他们看到的现象，该词在方言中写作 fetisso，并于1602年首次传入欧洲。

在法国思想家查尔斯·德·布罗塞（Charles de Brosses, 1709—1777）1760年出版了名为《物神崇拜》（*Du Culte des dieux Fétiches*）一书后，这个词这才真正为人所知。在这本书中，德·布罗塞从这种拜物教中寻找宗教的起源，并提出以下观点：

> 非洲西海岸的黑人和与埃及相邻的努比亚地区的黑人，将某种特定的崇拜物作为礼拜的对象，欧洲人称之为"拜物教"

（fetish）。拜物教在葡萄牙语中写作Fetisso，是基于有魔力的、被施了魔法的、神圣的、神谕之下的语言，由与塞内加尔进行贸易的欧洲商人创造出的词语。这些神物不过是由各民族和个人选择的任意实物，由祭司举行仪式进行祝圣。它可能是某种树木、山、海、一块木材、狮子的尾巴、小石子、贝壳、盐、鱼、植物、花，或某种动物，如母牛、母山羊、大象、绵羊。总之，它是任何人们可以想象到的所有的同类事物。它们中的任何一种对黑人来说都可能是神，是圣物，是护身符。黑人充满敬畏地崇拜它们，向它们祈祷，向它们献祭，甚至条件允许的话还会带着它们游行，或者怀着深深的崇敬之意佩戴它们。而且他们总是在重要场合向它祈求神的教诲。[1]

德·布罗塞认为，这种拜物教比原始宗教出现得更早，而且比原始宗教的起点"偶像崇拜"（Idolatrie）的存在还要早。非宗教的拜物教和作为宗教形式的偶像崇拜之间的区别是决定性的：例如，在前者中，崇拜者用自己的双手从自然物中选择一个可见的神体或崇拜物，而崇拜物本身就是神。

与之相对，在偶像崇拜中，偶像是存在其背后的神性人物的替代品或象征性存在。在拜物教中，如果崇拜物不能满足信徒的需要，就会被虐待或抛弃；但在偶像崇拜中，神灵对信徒来说是绝对的存在。以上就是德·布罗塞将拜物教描绘成宗教发展的上一个阶段。[2]

后来，这个词没有在宗教学中引起注意，反而是从19世纪末开始，被用于精神分析中描述倒错的性偏好的术语。从20世纪90年代开始在日本常被使用的"恋物癖"一词就源于此。

1　ド・ブロス，シャルル2008『フェティシュ諸神の崇拝』（叢書・ウニベルシタス；889）：11. 杉本隆司（訳）法政大学出版局.

2　ド・ブロス，シャルル2008『フェティシュ諸神の崇拝』（叢書・ウニベルシタス；889）：174. 杉本隆司（訳）法政大学出版局.

现在说说另一个方面的问题。非洲大陆分为北非和撒哈拉以南非洲，北非包括地中海地区的迦太基、突尼斯、埃及和马格里布，而撒哈拉以南非洲也被称作"黑非洲"。

欧洲人从18世纪兴起对非洲内陆的探险活动。由于尼罗河对欧洲人来说可以称作是文明的故乡，在此背景下，人们对给埃及带来繁荣的尼罗河的源头所在感到好奇。这个问题最终在19世纪中期得到解决，问题的答案是维多利亚湖。

当然，探险的动机还不止于此。据说，人们用法语中的五个C开头的词来表示非洲探险的动机，它们分别是好奇心（curiosité）、文明化（civilisation）、基督教化（christianisation）、商业（commerce）、殖民地化（colonisation）。[1] 由此不难想象欧洲人将非洲人视作愚昧无知的人，应该被文明化、基督教化的眼光。但在探险家中，反而是尤为著名的利文斯通[2]对非洲人怀有的偏见相对较少。

非洲的神话和口头传统是如何被记录下来的？关于这一点，有一位早逝的语言学家和一位传教士值得特别关注。

首先要提到的是德国的语言学家布莱克[3]。他曾在南非英属开普敦殖民地的总督格雷建立的图书馆里工作。

乔治·格雷原先是新西兰总督，他用本土语言记录并出版了毛利人的神话。他在结束新西兰的任期后来到南非。在这个图

1　ユゴン，アンヌ1993『アフリカ大陸探検史』（知の再発見双書；29）：36. 堀信行（監修）創元社.

2　戴维·利文斯通（David Livingstone，1813—1873），苏格兰医生、传教士、著名探险家，他一生都致力于在非洲中部的探险事业。他的工作使得非洲中部诸多地理实体得以记录，并且他反对奴隶制。——译者注

3　威廉·海因里希·伊曼纽尔·布莱克（Wilhelm Heinrich Immanuel Bleek，1827—1875），德国语言学家，1851年在波恩大学获得博士学位，毕生从事非洲语言调查和研究。——译者注

书馆里工作的布莱克因为肺病而不能亲自实施田野考察，于是他转而研究格雷和其他传教士收集的材料，并通过囚犯来研究当地语言［霍屯督人（Hottentot，又称Khoi khoi）和布须曼人（Bushman，又称San）的语言］。这使他成为真正意义上的非洲（语言）研究的创始人。

布莱克出版的第一本书是1864年的《南非狐狸故事——霍屯督人的寓言和民间故事》(*Reynard the fox in South Africa, or Hottentot fables and tales*)。"狐狸故事"最初在中世纪（12世纪之后）的欧洲深受人们的喜爱。拟人化的狐狸成为主人公，用巧（诡）计欺骗公狼，从而与母狼交配，这种故事有个特点就是对其性欲和食欲的露骨描写。

这些拟人化的动物，即使是稍弱的动物（豺狼、兔子、乌龟等），也会用它们的诡计来打败更强壮、更大的动物（狮子等），以满足自己的食欲和性欲，用现在的话来说就是恶作剧精灵。霍屯督人的故事中有很多这类故事。不幸的是，布莱克在48岁时去世，他的妻妹整理了他的材料，并在1911年出版了《布须曼人民间故事实例》(*Specimens of Bushman Folklore*)。这本书包含原文和英文翻译，已经成为研究布须曼人传说故事的基本资料。

另一位要提到的是传教士卡拉维[1]，他收集了祖鲁人的传说，并于1866年以原文和英文对译出版。这一点得到了麦克斯·缪勒和布莱克的称赞。值得注意的是，卡拉维还将《圣经》翻译成祖鲁语。传教士们并不仅是单方面将当地的资料翻译为欧美语言，也常常将圣经翻译为当地语言。这在后面谈到伊萨尔·雅各布·施密特（Isaal Jacob Schmidt）时也会提起。

---

[1] 亨利·卡拉维（Henry Callaway，1817—1890），英格兰传教士，于19世纪五六十年代在南非纳塔尔地区收集整理祖鲁人的民间文学。编有 *Nursery Tales, Traditions, and Histories of the Zulus*。——译者注

10.2 非洲神话的概要

要把撒哈拉沙漠以南的所谓"黑非洲",根据传统的生计和居住地划分为几个区域并不简单。但可以粗略地说,除了俾格米人(Pygmy)和布须曼人这种狩猎-采集社会之外,尚有东非的牧民、手锹耕作社会;萨赫勒(苏丹)的定居农业-游牧社会;以刚果盆地为中心的非洲中西部的班图和尼日尔-科尔多凡[1]定居农业等不同生计形式存在。许多国度都被认为是因这些生计形式相异的族群之间斗争而形成的。

非洲的圣王(具有宗教魅力的国王)往往被认同为神,被认为是天界最高神的子孙。由于民众的生命力与王国的命运和兴衰直接相关,因此国王得病或衰老是不被允许的,在有些地方,国王不得不被他们的继承人杀死。这种习惯被称为"弑君"。

非洲各地都流传至高神的观念,而且往往与太阳、天界或始祖联系密切,甚至难以区分。例如,在非洲西南部随处可见的神是尼亚穆毕(Nyamubi)或展毕(Zambi)。安哥拉的恩展毕(Nzambi)据说是一个伟大的、看不见的神,是万物的创造者,而赫雷罗族(Herero)的恩贾姆毕-卡龙加(Njambi-Karunga)是一个居住在天上的神。在东非,有一位众所周知的叫作穆伦古(Mulungu)的神,他是最高神。根据尼昂加族(Nyanja)的神话,在变色龙向人类传达穆伦古的"人类不用死去"的消息之前,一只狡猾的蜥蜴说了相反的话,于是人类从此会死去。[2]

非洲各地都流传着动物作为捣蛋鬼出现的民间传说故事。其

---

[1] 尼日尔-科尔多凡语系(Niger-Kordofanian)是非洲最大的语言集团,班图人的语言也属于该语系。这里所指为说这些语言的民族。——译者注

[2] Abrahamsson, Hans. 1951. *The Origin of Death*: *Studies in African Mythology*. (Studia Ethnographica Upsaliensia; 3): 22. Uppsala: Almqvist & Wiksells Bokryckeri.

中最常见的是关于兔子、蜘蛛、鬣狗和乌龟的故事。例如，在布须曼人的故事中，经常出现野兔这个恶作剧的天才。人们用手势和动物的声音来讲述故事，诡计多端的野兔代表他们打败了作为恶魔使者的狮子。这是只有那些亲近动物、熟悉并了解其详细习性的狩猎民族才能拥有的传说世界。

另一方面，在西非发展出了众神活跃的神庙万神殿（pantheon）。例如，在约鲁巴族（Yoruba）的神话中，最高神奥罗伦（Olorun）和海洋之神奥罗昆（Orokun）生出了天父奥巴塔拉（Obatala）和地母奥杜杜阿（Odudua）；奥巴塔拉和奥杜杜阿又生出了旱地阿戈舒（Aganju）和湿地叶马加（Yemaja），叶马加和儿子奥润干（Orungan）乱伦后生出十六个神［统称为奥里萨（Òrìsà）］。[1]

在马里的多贡族（Dogon）神话中也出现了天父和地母的概念。换句话说，至高无上的神阿玛（Amma）创造出大地并娶她为妻。然而，由一窝白蚁巢穴做出的大地的阴蒂却反抗神的阳具，所以阿玛消除了这个障碍。这就说明了女性割礼的根源。伟大的猎人奥格特梅利（Ogotemmêli）向法国民族学家马尔塞尔·格里奥勒（Marcel Griaule）讲述的多贡人丰富的神话世界，显示了他们拥有高度发达的世界观。[2]

多贡人居住在被称为萨赫勒（Sahel）的地区，自古以来就深受伊斯兰教的影响。此外，基督教已经在整个非洲传播，改变了非洲人对神的观念及其宗教和神话。面对这些外来刺激，在某些情况下，非洲人会以其本土文化和宗教展开对抗。例如有观点认

---

[1] 该神话有其他异文，说奥罗伦创造了奥巴塔拉，而奥罗昆是叶马加与奥润干的十五个孩子之一。神话文本有不同异文内容相左是常有的现象。——译者注

[2] グリオール，マルセル1981『水の神：ドゴン族の神話的世界』坂井信三／竹沢尚一郎（訳）せりか書房．

为，随着穆斯林社会在非洲逐渐扩大，穆斯林化导致女性宗教地位降低，而传统的附体治疗疾病的扎尔（zar）仪式成为了一种抗衡力量。此外，还有许多由非洲人自己单独组织的基督教会。另一方面，那些被带到新大陆和加勒比地区的奴隶后代，也在当地开展恢复和振兴非洲传统宗教的运动这些组织被称为非裔美洲人的异教（cult），其中典型例子比如海地的伏都教（Vaudou）和古巴的萨泰里阿教（Santería）。

10.3 江口一久的西非民间传说研究

这里，我想提一位可以代表日本的非洲民间故事研究者——江口一久。20世纪60年代后半期，他才20多岁，就开始在西非喀麦隆北部的马鲁阿（Maroua）市进行田野调查，掌握了当地富尔贝人（Fulbe）的语言，持续将当地民间故事进行录音并转录为文字，随后翻译成英语或日语进行出版。

这些成果已经用英语出版了4卷，用日语出版了6卷。其中，仅日语版本就包含多达1361个故事，可谓工程浩大。日语版第一卷的内容都是一位名叫巴巴赞度（Baaba Zandu）的当地人讲述的内容。看看江口的序言就可以感受到他的个性，以及他对非洲民间故事特点的理解。

> 自1969年以来，直到今天，我一直在收集喀麦隆北部富尔贝人的民间故事。我满怀期待地收集着民间故事，其数量已经非常可观。我遇到许多讲故事的人，但他们当中大多数人最多只能讲出五六十个故事。然而，讲述本书所收录民间故事的巴巴赞度先生，在他去世前共讲述了大约500个民间故事。这

样的例子即使是在广大的非洲也并不多见。

产生这种现象的理由可能有以下几个。其一是这样的讲述者,其绝对数量本身就很少。其二是即使有这样的能讲故事的人,也很难见到。其三是即使我们从这些人那里听到许多故事,有的也可能无法发表。非常难得的是,这次我非常高兴可以发表巴巴赞度先生的一部分故事。

巴巴赞度先生是一位专业讲故事的人,简言之就是以讲故事为生的人。讲故事的人具有出色的语言和记忆能力,在节日和庆祝活动中是必不可少的存在。我想读者在阅读本书时就能感受到巴巴赞度先生讲故事的深厚功力。

……

幸运的是,1971年在一个偶然机遇下,我有幸在马鲁阿郊区的一个市集见到了巴巴赞度先生,并与他结识。从第二年起,我开始请他给我讲一些老故事。他是一个非常善良的人,当他来和我们交谈时,会给我当时还很小的女儿们带来花生和红薯等礼物。我的女儿们也喜欢巴巴赞度先生。我们与他的交往于1976年结束,之所以这么说,是因为当我1977年去马鲁阿时,他已经去世了。[1]

神话文本28 小细腿、小噘嘴和将军肚

这是巴巴赞度讲述的众多故事中的一个(江口著作的日语版前三卷内容都是他讲述的故事)。由于他是一位穆斯林,他会先诵一段:"祝愿你平安。愿和平与安拉的仁慈和祝福降临

---

[1] 江口一久 1996-2003『北部カメルーン・フルベ族の民間説話集』全6卷:Ⅰ. 京都:松香堂 / 吹田:国立民族学博物館.

到你身上！"[1] 然后才开始讲他的故事。

让我们来听一听"三个人的故事"，他们分别是小细腿、小噘嘴和将军肚。三人商量一番，要踏上旅途。

三人出发了，在原野上行走，随后三人肚子饿了。三人找到一棵有果子吃的树。

接下来，小噘嘴与将军肚对小细腿说："爬上树去，给我们摘下树上的果子。我们要吃果子。"小细腿说："如果我爬上去，我的腿就会断。"将军肚和小细腿说："那么，小噘嘴你爬上树吧。给我们摘树上的果子。我们要吃树上的果子。"小噘嘴说："如果我爬上去拿到果子，我的嘴就会裂开。"然后，小细腿和小噘嘴说："将军肚，爬上树去给我们摘下果子。我们要吃树上的果子。"将军肚说："那好吧。"他爬上了树，在准备摘果子时，树上的树枝刺伤了他的腹部，他从树上摔下来，死了。

接下来，小噘嘴说："让我们大声喊叫，让村里的人过来。"但当他正在大声呼喊时，他的嘴裂开了，然后就死了。

之后，小细腿想跑着去告诉村里的人。但当小细腿正在奔跑时，他的腿断了，然后就死了。

故事到此结束。

资料来源：《喀麦隆北部富尔贝族的民间故事集》[2]

虽然这是一个"荒唐"的故事，甚至还会给人带来有些残酷的印象，但我认为听故事的人已经喜欢上了这种非现实的黑色幽默。有趣的是，这个故事在这一地区似乎是众所周知的，

1　这是穆斯林通用的的固定问候语，阿拉伯语的拉丁转写为"Assalam Alaikum wa Rahmatullah wa Barakatuh"，又称为"祝安辞"。——译者注

2　江口一久 1996-2003『北部カメルーン・フルベ族の民間説話集』全6卷：Ⅲ．京都：松香堂／吹田：国立民族学博物館．

很多讲故事能手都讲过这个故事。它在英语版本的全四卷中都有出现，在日语版本的第四卷中，有四位讲故事的人都讲到了这个故事。

同样有趣的是，不同讲述者所讲出的故事开头和故事结尾的语句也不一样。在一个故事中，讲述者的开场白是："小小的故事，小小的故事。小小高粱节，小小高粱节。一位加涅姆布族族人拿着槿麻[1]荆棘，他的头部正中有一截树桩，巴萨！"这就成了接下来开始讲故事的信号。在另一个故事中，除了开场白，还有故事结尾的语句也很有特点。"故事到此结束，烤兔肉已经做好啦""鸡粪已经烘好啦"，感觉这里的"某物做好啦"是故事结尾的常用套语。

在日本也有常见故事开场白和结尾句，例如"在遥远的过去好像有这样的故事""可喜可贺，可喜可贺"以及"故事到此结束"。在世界各地，人们会将讲故事的时间构筑成一段不一样的时空，讲故事的人常常会将"接下来让我们进入故事吧""故事到此结束了哟"这样的信号向观众进行传达。

如果发现某个地区有很多类似的故事，就会成为制定该地区民间故事类型索引（type index）的依据。江口也似乎曾想创建这样一个富尔贝人民间故事的类型索引，但不幸的是，他尚未实现这个目标就已经去世了。

10.4 "萨满"的"发现"

刚才我们谈论的非洲位于欧洲以南，接下来让我们把目光移

1　槿麻，学名大麻槿（Hibiscus cannabinus），又称为红麻，其纤维用来制作绳子等。——译者注

到位于欧洲以东的西伯利亚。你听说过"萨满教"这个词吗？它来自于"萨满"（Shaman）一词。在西伯利亚东部一个叫埃文基人[1]的民族中，人们将治病和占卜的人称为萨满，后面它成为一个学术术语被吸收到日语中。

萨满教的故乡是欧亚大陆北部和中部。"萨满"这个词最早出现是在17世纪末，记录于奉彼得大帝之命前往中国的荷兰人伊斯布兰德·伊德斯[2]的旅行日志之中（首版于1698年）。可能是在从克拉斯诺亚尔斯克（Krasnoyarsk）到伊尔库茨克（Irkutsk，伊德斯写的地名是Illinskoi）的某个地方，他接触到了通古斯人（Tungus）的萨满，他把他们称为"魔鬼的仆人"（duiveldienaar）。

到了18世纪，萨满开始出现在各种旅游书籍的插图中，这在叶卡捷琳娜二世（于1762—1796年间在位）的宫廷中引起了巨大轰动。

1673年出版的一本关于北欧萨米人（亦称"拉普人"）的书《拉普尼安》（Laponian，1674年译成英语）虽然没有直接使用"萨满"一词，但详细描述了萨满中的"咒术仪式"（magical ceremonies）。据巫师所说，仪式非常重要的一个作用是治疗病人。巫师的灵魂会在击鼓时离开他的身体，进入"忘我"（extasie）状态。然后，在他的灵魂再次返回身体之前，他就一直像死了一样倒在地上。当他醒来后，他就会说出病人得病的病因，

---

1 此处指的是分布于今天中、俄、蒙三国交界的东北亚地区的鄂温克族，俄罗斯称为埃文基人（Evenk），不同地区的鄂温克族曾被其他民族分别称为"索伦人""通古斯人"和"雅库特人"。——译者注
2 埃贝尔哈尔德·伊斯布兰德·伊德斯（Eberhard Isbrand Ides，1657—1708），荷兰商人，受俄国派遣到访中国，其旅行记录为《从莫斯科到中国：横跨大陆的三年之旅》（*Three Years Travels from Moscow Overland to China*）。——译者注

并提出给愤怒的神进行献祭等建议。

在包括西伯利亚在内的欧亚大陆北部和中部，萨满教普遍使用萨满鼓（图15）。接下来，从19世纪后半叶开始，关于萨满和萨满教的研究取得了进展。如今，进入"忘我"状态〔广义的"迷狂"（ecstasy）或恍惚（trance）〕被认为是萨满的特征之一，其具体做法分为"脱魂"（狭义的"迷狂"）和"附体"（possession），刚才说的萨米人的萨满就是属于脱魂型的。

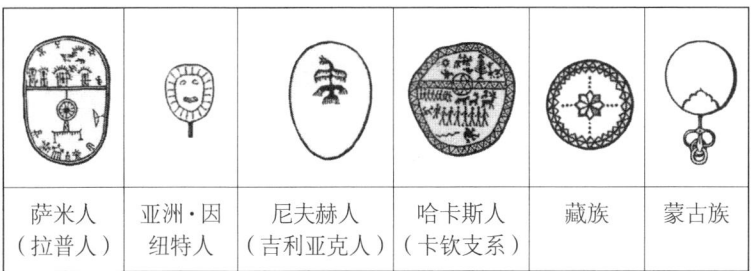

图15　萨满鼓示例

10.5 欧亚北部民族学、民俗学的发展

正如我们在第四章中看到的，日耳曼和凯尔特人的神话和传说在中世纪就以文字的形式被记录下来，但直到近代才被"重新发现"。换言之，在1756年北欧神话《埃达》的法语译本出版后，随着"国民"或"民族"意识的高涨，日耳曼和凯尔特的神话和传说（尤其是前者）被拔高为民族认同的基础，其结果就是促进了人们对民俗（folklore）资料的收集。

也就是说，希望分析德国人独特信仰的格林兄弟出版了《儿童和家庭故事集》（1812—1815），以及《德意志传说集》（1816—1818）和《德意志神话学》（哥哥雅各布所著，1835年）等著作，对周边国家产生了巨大影响。在这样的背景下,芬兰医生伦洛特[1]编撰了史诗《卡勒瓦拉》(1835)。在俄罗斯,阿法纳西耶夫(Afanassjew)编撰了《俄罗斯民间故事集》(1855—1863)。此外,德国各地都出版了民俗志和乡土志。与之并列的是从19世纪到20世纪,北半球的各个地方也出版了许多民族志。在沙俄帝国的领土上,有来自不同领域、不同国别的学者和探险家在各地开展调查研究,其成果先后用多个语种,尤其是用德语进行发表。

关于芬兰民族史诗《卡勒瓦拉》,小泉保称赞道,"在全世界创世神话中,它是以最优美的场面描写开篇的神话"。

神话文本29 《卡勒瓦拉》节选

飞来一只美丽潜鸭;潜鸭在海上不停飞翔,想寻找一个栖身住所,想寻找一个做窝地方。

潜鸭飞到东,飞到西,飞向西北,又飞向南方。但潜鸭未找到一块地方,不论这地方是如何荒凉,可供它做窝栖身,可供它夜间躲藏。

潜鸭继续盘旋飞翔,潜鸭开始沉思默想:"我如何在风中搭建巢穴,我如何在浪里修造住所?狂风会摧毁我的巢穴,大浪会卷走我的住所。"

这时大水的母亲,大气漂亮的女郎,从大海中伸出膝盖,从波涛中露出肩膀,让潜鸭在她膝盖上造窝,让潜鸭栖身在她的肩膀。

这漂亮的鸟儿,小潜鸭,在海面上低飞,盘旋,终于发现

---

[1] 埃利亚斯·伦洛特(Elias Lönnrot,1802—1884),芬兰民俗学家、民族文学家,民族史诗《卡勒瓦拉》的编纂者,1853年被任命为赫尔辛基大学芬兰语言及文学教授,1854—1863年任芬兰文学协会主席。——译者注

水母的膝盖，露出了蔚蓝色的海面；潜鸭把膝盖误认为小山，那里草木丰盛翠绿新鲜。

潜鸭缓缓低飞，盘旋，轻轻落在水母的膝盖上面。它在膝盖上面造好了窝，便开始生下金黄色的蛋。一共产了六个金蛋，第七个是一只铁蛋。

潜鸭开始孵着它的蛋，下面的膝盖逐渐变暖。它孵蛋孵了一天又一天，一直孵到了第三天，这时，大水的母亲，水母，大气的女郎，她觉得浑身越来越热，她觉得皮肤热不可忍，她觉得膝盖已在燃烧，她觉得血管正在熔消。她陡然把膝盖扭动，她的四肢也在抖动。

于是鸭蛋都滚入大海里，于是鸭蛋都落入大水中：鸭蛋被摔成了碎片，鸭蛋被摔成了碎粉。

但是没有在水中腐朽，它们也没有成为废品，碎片却发生神奇变化，碎片却成了可爱的珍品：

碎蛋下面的部分，变成了坚实的地面；碎蛋上面的部分，变成了美丽的蓝天；碎蛋上面一层蛋黄，变成了灿烂的太阳；碎蛋上面一层蛋白，变成了皎洁的月亮；碎蛋中点点花斑，变成了繁星闪闪；碎蛋中点点黑斑，变成了浮云片片。

资料来源：《卡勒瓦拉》[1]

这与日本神话《日本书纪》中的卵生神话十分相似。然而，卵生的神话不仅在日本有，而且在希腊和中国也有。

《卡勒瓦拉》原本是很久以前就在民间流传的歌谣，由伦洛特在19世纪初游历卡累利阿地区（Karelians）后收集汇编

---

[1] リョンロット 1999『カレワラ:フィンランド叙事詩』上下（岩波文庫）小泉保（訳）岩波書店.（1976年初刊，99年改訂版）（汉译文采纳［芬兰］伦洛特：《卡莱瓦拉》，张华文译，南京：译林出版社，2018年，第8—10页。——译者注）

> 而成。因此，其中很多内容是根据他的意图所改编的。例如，刚才的"大气女郎少女伊尔马特（Ilmatar）"实际上是一位伟大的民间巫师的部分缩影。由此可以看出，伦洛特是映射到基督教的圣母玛利亚才进行这样的修改的。[1]

起初，芬兰在1809年被纳入沙俄帝国，其民族意识以此为契机开始高涨，人们将本民族独特的神话传说当作自身独特的文化，《卡勒瓦拉》就在这种背景下应运而生。据说它对芬兰最终在1917年从沙俄帝国独立，起到了极大的促进作用。许多芬兰作曲家特别是让·西贝柳斯（Jean Sibelius），受《卡勒瓦拉》启发创作了很多曲目。

这样一来，像民俗学这样试图寻找一个民族的神话，或一个民族的独特文化的学问，往往能起到抵御外部压力的支柱作用。例如，德国格林兄弟的民俗学和日本柳田国男的民俗学，两者可以说是分别在承受来自拿破仑和欧美列强及俄国的外部压力之下，掀起了探求本民族独特文化的运动。

顺便提一下，后来与芬兰人同属一个语系的爱沙尼亚人，也需要一部本国的国民性史诗，于是由德裔爱沙尼亚人克罗伊茨瓦尔德[2]从1857至1861年编撰的《卡列维波埃格》（*Kalevipoeg*）[3]就起到了这个作用。

---

[1] 小泉保 1999『カレワラ神話と日本神話』（NHKブックス；855）：21-22. 日本放送出版協会.

[2] 弗里德里希·雷因霍尔德·克罗伊茨瓦尔德（Friedrich Reinhold Kreutzwald，1803—1882），爱沙尼亚民俗学家和民族文学家，被称为是德意志化的爱沙尼亚知识分子，对爱沙尼亚民族意识的早期发展做出重要贡献。——译者注

[3] 又译为《卡列维之子》。——译者注

10.6 欧亚大陆北部和中部神话传说的研究

人们在编纂这些民族史诗的同时，也在不断地记录和研究欧亚大陆北部和中部的神话和民间传说。其中，翻译时间相对较早的有于1839年被翻译成德文的蒙古族英雄史诗《格斯尔汗传》。翻译该书的是荷兰出生的传教士施密特[1]，此前他已于1836年出版了蒙古文原文版本。与卡拉维一样，施密特也在从事《圣经》的蒙古语、藏语翻译工作，他被认为是蒙古学和藏学研究的奠基人。

《格斯尔汗传》具体成书时间已不得而知，但它广受人们的喜爱，并一直在口头传承，之后到了18世纪逐渐发展成了现在的形式。史诗中描绘的是一位虚构的英雄——格斯尔王。到19世纪后半叶，当日本神话被翻译成英语并广为人知时，《格斯尔汗传》中的一个场景（第30回）被拿来与大国主命受命接受须佐之男的考验的场面进行比较。[2]

神话文本30 《格斯尔汗传》节选

国王即命武士，立刻将格斯尔推进蛇牢。

格斯尔被关进蛇牢，并不着慌，他将黑斑羽雌鸟的乳汁洒在每条毒蛇的身上，那些大大小小的蛇便全被毒死。格斯尔拿大蛇做枕头，拿小蛇当做褥子，就在牢里安然睡去。

十方圣主格斯尔可汗第二天清晨起来便高声唱道：

1　伊萨尔·雅各布·施密特（Isaal Jacob Schmidt，1779—1847）是德裔俄籍著名藏学家。施密特早年跟随卡尔梅克地区的喇嘛学习了蒙古语和藏语。——译者注

2　该场景见于《古事记》，讲大国主神与须势理公主相爱，岳父须佐之男设下重重难题考验大国主神。这是民间叙事中常见的难题求婚类型。——译者注

"我以为这位国王,把我抛进蛇牢,想让毒蛇将我折磨得性命难保;不料他的毒蛇反而都被我杀掉,而他借此将要享受安乐升平啊!"

蛇牢的守卒去向国王回禀道:"格斯尔不但没有死掉,反而把那些毒蛇全部杀净,还躺在那里唱歌哩。"

固穆王又下令把格斯尔打进蚁牢。于是格斯尔又被抛进了蚁牢。

这回,格斯尔又把黑斑羽雄鸟的鼻血洒在所有的蚂蚁身上,那些蚂蚁又全都被毒死了。

接下来,格斯尔进了蛊子牢,撒了少许的蛊子筋,那些蛊子就全被弄死了。

……

然后,格斯尔又进了蜂牢,他把金虻虫放出去,将毒蜂全都咬死。

资料来源:《格斯尔汗传》[1]

关于北欧亚大陆,有一位早逝的语言学者。他就是芬兰的卡斯特伦(Castrén)。他将《卡勒瓦拉》翻译成瑞典语,并与该书的编撰者伦洛特一起进行研究。卡斯特伦对自己芬兰人祖先的信仰和生活非常感兴趣,而要了解这些,就必须了解与芬兰人关系密切的欧亚大陆北部原住民的语言文化。因此他前往西伯利亚进行了调查,并于1857年出版了一本包括萨莫耶德人(Samoyed)民间故事的书,但他年仅39岁就去世了。我们不应忘记,今天的神话研究是建立在这些前辈努力的基础之上的。

在欧亚大陆北部和中部,有像萨米人这样的一些民族,已经得到详细充分的调查与研究。此外,还有一些神话和传说具

---

[1] 若松寛(訳)1993『ゲセル・ハーン物語:モンゴル英雄叙事詩』(東洋文庫;566)平凡社.(汉译文参考《格斯尔传》,桑杰扎布译,北京:人民出版社,1960年,第96—97页。)

有独特的吸引力，如斯拉夫神话、高加索地区的《纳尔特史诗》（*Nart Saga*）和亚美尼亚神话。

表6 非洲和欧亚大陆北部的宗教和神话调查研究进展年表

●表示非洲，■表示欧亚大陆北部

公历年份	事件
● 1602	在彼得·德·马雷斯（Pieter De Marees，荷兰探险家）的著作《古内亚黄金国的描述和历史叙事》（*Beschrijvinge ende historische verhael van het Gout Koninckrijck van Gunea*）中，"拜物教"（源自葡萄牙语feitiço）首次被引入北欧
■ 1673	谢弗鲁斯（Schefferus，法学家、修辞学家）编写的拉普兰（Lapland）百科全书式的地志《拉普尼安》（*Lapponia*）出版，其中有关于拉普（萨米）"巫师"的详细描述
■ 1698	荷兰外交官伊斯布兰德·伊德斯在他的《从莫斯科到中国》（*Driejaarige Reize naar China*）中有关于通古斯的萨满的报道，"萨满"一词首次出现
● 1705	博斯曼于1704年出版的著作的英文译本《对几内亚海岸的全新而准确的描述》（*A New and Accurate Description of the Coast of Guinea*）对西非进行详细描述，其中包含物神的内容
● 1760	德·布罗塞所著《物神崇拜》（*Du Culte des dieux fetiches*）出版。他认为"拜物教"（咒物崇拜）是宗教的起源
■ 1835	芬兰民族史诗《卡勒瓦拉》出版，1841年翻译成瑞典语，1845年翻译成法语，1852年翻译成德语
■ 1839	传教士施密特（生于荷兰）将蒙古族英雄史诗《格斯尔汗传》翻译成德语；在此之前，蒙古语原文版本已于1836年出版；施密特还将《圣经》翻译成蒙古语、藏语等语言，并对这些语言进行研究，为蒙古语和藏语研究奠定基础

(续表)

公历年份	事件
■ 1855—1863	俄罗斯的阿法纳西耶夫汇编出了《俄罗斯民间故事集》
■ 1857	芬兰语言学家、民族学家卡斯特伦所著《关于阿尔泰民族的民族学讲义，萨莫耶德人的民间故事和鞑靼人的英雄传说》(Ethnologische Vorlesungen über die altaischen Völker nebst samojedischen Märchen und tatarischen Heldensagen) 出版；1841 年，他出版了《卡勒瓦拉》的瑞典语译本，1841—1844 年，他与《卡勒瓦拉》的编写者伦洛特对俄罗斯北部的芬兰－乌戈尔（Finno-Ugric）语系下的多个民族进行了调查；1853 年的《芬兰神话》(Vorlesungen über die finnische Mythologie) 也是一部重要著作
■ 1857—1861	雷因霍尔德·克罗伊茨瓦尔德编辑出版了爱沙尼亚民族史诗《卡列维波埃格》(Kalevipoeg)
● 1858	英国探险家利文斯通在纽约出版了非洲的探险记录《南非的传教士旅行和研究》(Missionary Travels and Researches in South Africa)，人们评价他为"一位相对不那么有偏见的探险家"
● 1864	德国语言学家布莱克根据前南非英属开普殖民地总督格雷建立的图书馆收录的材料出版《南非狐狸故事——霍屯督人的寓言和民间故事》(Reynard the fox in South Africa, or Hottentot fables and tales)，其中包括许多恶作剧精灵的故事。布莱克去世后，他妻子的妹妹露西·劳埃德（Lucy C. Lloyd）编辑并出版了《布须曼人民间传说实例》(Specimens of Bushmen Folklore) (1911)，布莱克被认为是非洲研究的创始人
● 1866	英国传教士卡拉维收集了南非祖鲁部落的民间传说，并以原文和英译对照的方式出版了《祖鲁人的童话、传说和历史》(Nursery tales, traditions and histories of the Zulus)，受到缪勒和布莱克的赞赏；出版于 1870 年的《阿马祖鲁的宗教体系》(The Religious System of the Amazulu) 也是一部关于祖鲁人的创造神话和神灵观念的重要著作

本章的参考文献

【1】关于非洲神话和宗教的主要概述和研究

1. 阿部年晴1994『アフリカの創世神話』(精選復刻紀伊國屋新書)紀伊國屋書店.

2. 阿部年晴2005「アフリカの神話」大林太良ほか(編)『世界神話事典』: 458-466. 角川書店.

3. バスティード, R 1998「アフリカの神話」パノフほか『無文字民族の神話』新装復刊: 229-278. 白水社.

4. Baumann, Hermann. 1936. *Schöpfung und Urzeit des Menschen im Mythus der afrikanischen Völker*. Berlin: Reimer.

5. Abrahamsson, Hans. 1951. *The Origin of Death: Studies in African Mythology*. (Studia Ethnographica Upsaliensia; 3). Uppsala: Almqvist & Wiksells Bokryckeri.

6. Bascom, William. 1992. *African Folktales in the New World*. (Folkloristics). Bloomington: Indiana University Press.

7. Meinhof, Carl. 1921. *Afrikanische Märchen*. Jena: Eugen Diederichs.

8. Dammann, Ernst. 1963. *Die Religionen Afrikas*. (Die Religionen der Menschheit; Bd. 6). Stuttgart: W. Kohlhammer.

9. グリオール, マルセル1981『水の神:ドゴン族の神話的世界』坂井信三/竹沢尚一郎(訳)せりか書房.

10. グリオール, マルセル/ジェルメーヌ・ディテルラン 1986『青い狐:ドゴンの宇宙哲学』坂井信三(訳)せりか書房.

11. Eguchi, Paul Kazuhisa. 1978-84. *Fulfulde Tales of North Cameroon*, 4 Vols. (African Languages and Ethnography; 11, 13, 15, 18). Tokyo: Institute for the Study of Languages and Cultures of Asia and Africa.

12. 江口一久1996-2003『北部カメルーン・フルベ族の民間説話集』全6巻, 京都: 松香堂/吹田: 国立民族学博物館.

【2】关于非洲的探险史和研究史等等

1. ユゴン，アンヌ1993『アフリカ大陸探検史』（知の再発見双書；29）堀信行（監修）創元社.

2. 那須国男1986『アフリカ探険物語』（現代教養文庫）社会思想社.

3. Jungraithmayr, Herrmann & Wilhelm J. G. Möhlig（Hrsg.）1983. *Lexikon der Afrikanistik. Afrikanische Sprachen und ihre Erforschung.* Berlin: Dietrich Reimer Verlag.

4. ド・ブロス，シャルル2008『フェティシュ諸神の崇拝』（叢書・ウニベルシタス；889）杉本隆司（訳）法政大学出版局.

5. Pietz, William. 1985–88. The Problem of the Fetish. *Res*, 9: 5–17, 13: 23–45, 16: 105–123.

6. Apter, Emily & William Pietz（eds.）1993. *Fetishism as Cultural Discourse.* Ithaca: Cornell University Press.

7. 田中雅一（編）2009『フェティシズム論の系譜と展望』（フェティシズム研究；1）京都：京都大学学術出版会・

8. Antenhofer, Christina（Hrsg.）2011. *Fetisch als heuristische Kategorie. Geschichte—Rezeption—Interpretation.* Bielefeld: transcript Verlag.

9. Chidester, David. 1996. *Savage Systems: Colonialism and Comparative Religion in Southern Africa.*（Studies in Religion and Culture）. Charlottesville: University Press of Virginia.（チデスター，デイヴィッド『サベッジ・システム：植民地主義と比較宗教』沈善瑛／西村明訳，青木書店，2010年）

【3】欧亚大陆北部的神话与民间故事概述书和资料汇编

1. 斎藤君子1988『シベリア民話集』（岩波文庫）岩波書店.

2. 斎藤君子1993『シベリア民話への旅』平凡社.

3. 斎藤君子2011『シベリア神話の旅』三弥井書店.

4. 荻原眞子1995『東北アジアの神話・伝説』東方書店.

5. 荻原眞子1996『北方諸民族の世界観：アイヌとアムール・サハリン地域の神話・伝承』草風館.

6. 荻原眞子2005「シベリアの神話」大林太良ほか（編）『世界神話

事典』: 411-418. 角川書店.

7. 荻原眞子 2005「内陸アジアの神話」大林太良ほか(編)『世界神話事典』: 419-425. 角川書店.

8. 山田仁史/永山ゆかり/藤原潤子（編）2014『水・雪・氷のフォークロア：北の人々の伝承世界』勉誠出版.

9. Schmalzriedt, Egidius & Hans Wilhelm Haussig (Hrsg.). 1999. *Götter und Mythen in Zentralasien und Nordeurasien.* (Wörterbuch der Mythologie; Bd. 7, 1. Teil). Stuttgart: Klett-Cotta. (Uray-Köhalmi, Käthe, "Die Mythologie der mandschu-tungusischen Völker/ Roux, Jean-Paul," Die alttürkische Mythologie, "Boratav, Pertev N., "Die türkische Mythologie. Die Mythologie der Ogusen und der Türken Anatoliens, Aserbaidschans, Turkmenistans, "Vértes, Edith," Die Mythologie der Uralier Sibiriens, "Pentikäinen, Juha," Die lappische (saamische) Mythologie)

10. Coxwell, C. Fillingham. 1925. *Siberian and Other Folk-Tales.* London: The C. W. Daniel Company. (コックスウェル『北方民族の民話』上下, アジアの民話 3・4, 渋沢青花訳, 大日本絵画, 1978—79年)

11. Findeisen, Hans. 1970. *Dokumente urtümlicher Weltanschauung der Völker Nordeurasiens.* Oosterhout: Anthropological Publications.

12. Kunike, Hugo. 1940. *Märchen aus Sibirien.* (Die Märchen der Weltliteratur). Jena: Eugen Diederichs Verlag.

13. Gulya, János. 1968. *Sibirische Märchen.* (Die Märchen der Weltliteratur). München: Eugen Diederichs Verlag. (抄訳は小澤俊夫編訳『モンゴル・シベリア』世界の民話 21, ぎょうせい, 1978年所収)

14. Doerfer, Gerhard. 1983. *Sibirische Märchen. Tungusen und Jakuten.* (Die Märchen der Weltliteratur). Düsseldorf: Eugen Diederichs Verlag. (抄訳は小澤俊夫編訳『シベリア東部』世界の民話 37, ぎょうせい, 1986年所収)

15. Holmberg, Uno. 1927. *Finno-Ugric, Siberian.* (The Mythology of All Races; 4). Boston: Marshall Jones Company.

【4】萨满教、狩猎仪式等当地宗教和世界观

1. Harva, Uno. 1938. *Die religiösen Vorstellungen der altaischen Völker.*（FF Communications；125）. Helsinki：Suomalainen Tiedeakatemia.（ハルヴァ，ウノ『シャマニズム：アルタイ系諸民族の世界像』全2巻，東洋文庫830・835，田中克彦訳，平凡社，2013年）

2. Paulson, Ivar, Ake Hultkrantz & Karl Jettmar. 1962. *Die Religionen Nordeurasiens und der amerikanischen Arktis.*（Die Religionen der Menschheit；Bd. 3）. Stuttgart：W. Kohlhammer Verlag.

3. Lot-Falck, Eveline. 1953. *Les rites de chasse chez les peuples sibériens.* Paris：Gallimard.（ロット=ファルク『シベリアの狩猟儀礼』人類学ゼミナール14，田中克彦/糟谷啓介/林正寛訳，弘文堂，1980年）

4. Paproth, Hans-Joachim. 1976. *Studien über das Bärenzeremoniell.* Uppsala：Tofters Tryckeri.

5. エリアーデ，ミルチア2004『シャーマニズム：古代的エクスタシー技術』上下（ちくま学芸文庫）堀一郎（訳）筑摩書房（Eliade, Mircea, *Le chamanisme et les techniques archaïques de l'extase*, Paris：Payot, 1951）

6. フィンダイゼン1977『霊媒とシャマン』和田完（訳）冬樹社（Findeisen, Hans, *Schamanentum, dargestellt am Beispiel der Besessenheitspriester nordeurasiatischer Völker*, Stuttgart：W. Kohlhammer, 1957）

7. ホッパール，ミハーイ1998『図説シャーマニズムの世界』村井翔（訳）青土社（Hoppál, Mihály, *Schamanen und Schamanismus*, Augsburg：Pattloch, 1994）

8. 大林太良1984「日本のシャマニズムの系統」加藤九祚（編）『日本のシャマニズムとその周辺』（日本文化の原像を求めて；2）：3-27. 日本放送出版協会.

9. 大林太良1991『北方の民族と文化』山川出版社（「シャマニズムの起源」「シャマニズム研究の問題点」「シベリアのシャマニズム」の3論文を収める）

10. フルトクランツ，オーケ2008「シャマニズムの研究史」山田仁史（訳），岩田美喜/竹内拓史（編）『ポストコロニアル批評の諸相』：

165-200. 仙台：東北大学出版会.

11. 山田仁史 2012「シャマニズムをめぐる神話と世界観」高倉浩樹（編）『極寒のシベリアに生きる』: 219-237. 新泉社.

12. 山田仁史 2013「日本と周囲諸地域のシャマニズムにおける弾弓」菊谷竜太／滝澤克彦（編）『身体的実践としてのシャマニズム』（東北アジア研究センター報告；8）: 109-123. 仙台：東北大学東北アジア研究センター.

13. 加藤九祚 1974『シベリアに憑かれた人々』（岩波新書）岩波書店.

【5】中亚和内亚（蒙古、西藏和突厥部落）的传统和宗教

1. 原山煌 1995『モンゴルの神話・伝説』東方書店.

2. 小澤重男（訳）1997『元朝秘史』上下（岩波文庫）岩波書店.

3. 若松寛（訳）1993『ゲセル・ハーン物語：モンゴル英雄叙事詩』（東洋文庫；566）平凡社.

4. 若松寛（訳）1995『ジャンガル：モンゴル英雄叙事詩2』（東洋文庫；591）平凡社.

5. 君島久子 1987『ケサル大王物語：幻のチベット英雄伝』筑摩書房.

6. 坂井弘紀 2002『中央アジアの英雄叙事詩：語り伝わる歴史』（ユーラシア・ブックレット；35）東洋書店.

7. Tucci, Giuseppe & Walther Heissig. 1970. *Die Religionen Tibets und der Mongolei*. (Die Religionen der Menschheit; Bd. 20). Stuttgart: Verlag W. Kohlhammer

【6】卡莱瓦拉

1. リョンロット 1999『カレワラ：フィンランド叙事詩』上下（岩波文庫）小泉保（訳）岩波書店.（1976年初刊，99年改訂版）

2. 森本覚丹（訳）1983『カレワラ：フィンランド国民的叙事詩』上下（講談社学術文庫；612 613）講談社.（英訳からの重訳）

3. Lönnrot, Elias. 1999. *The Kalevala*. Translated from the Finnish with an Introduction and Notes by Keith Bosley. (Oxford World's Classics). Oxford: Oxford University Press.

4. 小泉保（編訳）2008『カレワラ物語：フィンランドの神々』（岩

波少年文庫；587）岩波書店．

5. 小泉保 1999『カレワラ神話と日本神話』（NHKブックス；855）日本放送出版協会．

6. 石野裕子 2012『「大フィンランド」思想の誕生と変遷：叙事詩カレワラと知識人』岩波書店．

7. Krohn, Kaarle. 1924-28. *Kalevalastudien*, 6 Bde.（FF Communications；53・67・71・72・75・76）. Helsinki：Suomalainen Tiedeakatemia.

【7】关于萨米族的一般书籍等

1. Bernatzik, Hugo Adolf. 1942. *Lappland*. Leipzig：Koehler & Voigtländer Verlag.（1934年夫妻で調査旅行した記録。写真多数）

2. Bäckman, Louise. 2000. Die Saami. Ein volk in vier Ländern. *In*：Burenhult, Göran（Hrsg.）, *Naturvölker heute. Beständigkeit und Wandel in der modernen Welt*：156-157. Augsburg：Bechtermünz.（サーミの現状を写真入りで伝える）

3. ラウラヤイネン, レーナ 2006『魔術師のたいこ』横浜：春風社．（サーミ人の伝承にある程度もとづきながら書かれた創作）

4. ロゴシュキン，アレクサンドル（監督）2002『ククーシュカ：ラップランドの妖精』デックスエンタテインメント（映画のDVD）

【8】萨米族的宗教

1. Hultkrantz, áke. 1962. Die Religion der Lappen. *In*：Paulson, Ivar, Äke Hultkrantz & Karl Jettmar, *Die Religionen Nordeurasiens und der amerikanischen Arktis*.（Die Religionen der Menschheit；Bd. 3）：283-303. Stuttgart：W. Kohlhammer Verlag.

2. Bäckman, Louise & áke Hultkrantz. 1978. *Studies in Lapp Shamanism*.（Acta Universitatis Stockholmiensis；Stockholm Studies in Comparative Religion；16）. Stockholm：Almqvist & Wikseil International.

3. Bäckman, Louise & áke Hultkrantz（eds.）1985. *Saami Pre-Christian Religion：Studies on the Oldest Traces of Religion among the Saamis*.（Acta Universitatis Stockholmiensis；Stockholm Studies in

Comparative Religion; 25). Stockholm: Almqvist & Wiksell International.

4. Schefferus, Johannes. 1674. *The History of Lapland*. Oxford: At the Theater.（前年にラテン語で出された *Lap-Ponia* の英訳。サーミ研究の幕開けを告げた古典）

【9】萨米族的神话与传说

1. Pentikäinen, Juha. 1997. *Die Mythologie der Saamen.* (Ethnologische Beiträge zur Circumpolarforschung; Bd. 3). Aus dem Finnischen von Angela Bartens. Berlin: Reinhold Schletzer Verlag .（1995年フィンランド語版からの独訳）

2. Pentikäinen, Juha. 1999. Die lappische (saamische) Mythologie. In: Schmalzriedt, Egidius & Hans Wilhelm Haussig (Hrsg.), *Götter und Mythen in Zentralasien und Nordeurasien.* (Wörterbuch der Mythologie; 1. Abt.: Die alten Kulurvölker; Bd. 7, 1): 701-827. Stuttgart: Klett-Cotta. （サーミ神話の資料・研究史についての詳細な概説を含む）

3. Bartens, Hans-Hermann. 2003. *Märchen aus Lappland.* (Die Märchen der Weltliteratur). München: Diederichs.（サーミの伝承と研究史についての概説を含む）

【10】斯拉夫神话概述

1. 栗原成郎 1995『吸血鬼伝説』（河出文庫）河出書房新社 .

2. 栗原成郎 1996a『ロシア民俗夜話：忘れられた古き神々を求めて』（丸善ライブラリー；190）丸善 .

3. 栗原成郎 1996b「スラブ人の神話的表象世界：神話と自然観に見るスラブ的なもの」川端香男里 / 中村喜和 / 望月哲男（編）『スラブの文化』（講座スラブの世界；1）：32-66・弘文堂 .

4. 栗原成郎 2005「ロシアフォークロアと神話」伊東一郎（編）『ロシアフォークロアの世界』：13-32. 群像社 .

5. 伊東一郎 1986「神話と民間信仰」森安達也（編）『スラヴ民族と東欧ロシア』（民族の世界史；10）：338-362. 山川出版社 .（簡にして要を得たすぐれた概説）

6. グレーンベック，ヴィルヘルム / アレクサンダー・ブリュックナー1972『ゲルマン，スラヴの民族宗教史』金山龍重/華園聰麿（訳）仙台：宝文堂.（Chantepie de la Saussaye Begr., *Lehrbuch der Religionsgeschichte*, 4., vollständig neubearbeitete Aufl., 2. Bd., Tübingen：Mohr, 1925に収められたAleksander Brückner, Slaven und Litauer, S. 506-39およびVilhelm Grönbech, Die Germanen, S. 540-600を訳出，訳注を付し，さらにAleksander Brückner, *Die Slaven*, Religionsgeschichtliches Lesebuch; Heft 3, Tübingen：Mohr, 1926の原典資料重訳を付す。とくに後者は西スラヴの神話についての貴重な邦訳）

7. ギラン，フェリックス1993『ロシアの神話』小海永二（訳）青土社.（固有名詞の訳語のミスなどが散見）

8. ワーナー，エリザベス2004『ロシアの神話』（丸善ブックス；101）斎藤静代（訳）丸善.

9. ボワイエ，レジス（Boyer, Régis）2001「スラブの神話・宗教」ボンヌフォワ，イヴ（編）『世界神話大事典』：700-711. 大修館書店.

10. 松村一男2012「スラヴの神話」大林太良/伊藤清司/吉田敦彦/松村一男（編）『世界神話事典 世界の神々の誕生』（角川ソフィア文庫）：138-145. 角川書店.

11. Máchal, Jan. 1928. Slavic Mythology. In：*The Mythology of All Races*, Vol. 3：215-330, 351-361, 389-398. Boston：Marshall Jones.

12. Gieysztor, A. 1967. Die Mythologie der Slawen. In：Grimai, Pierre（Hrsg.）, *Mythen der Völker*, Bd. 3：104-139. Frankfurt a. M.：Fischer.

13. Bět'áková, Marta Eva & Václav Blažek. 2012. *Encyklopedie baltské mytologie*. Praha：Libri.（チェコ語によるバルト神話辞典。英訳予定）

【11】斯拉夫神话经典原始资料的日译本和参考书目

1. 國本哲男/山口巌/中条直樹ほか（訳）1987『ロシア原初年代記』名古屋：名古屋大学出版会.

2. 木村彰一（訳）1983『イーゴリ遠征物語』（岩波文庫）岩波書店.

3. 中村喜和（編訳）1970『ロシア中世物語集』（筑摩叢書；168）筑摩書房.

4. 中沢敦夫 2011『ロシア古文鑑賞ハンドブック』横浜：群像社.

【12】斯拉夫"小神"（如妖怪）
1. 斎藤君子 1999『ロシアの妖怪たち』大修館書店.
2. 佐野洋子 2008『ロシヤの神話：自然に息づく精霊たち』三弥井書店.

【13】俄罗斯的民间故事
1. アファナーシェフ 1987『ロシア民話集』上下（岩波文庫）中村喜和（編訳）岩波書店.

【14】关于高加索地区的神话和民间传说的概述
1. Levin, Isidor. 1978. *Märchen aus dem Kaukasus*.（Die Märchen der Weltliteratur）. Düsseldorf: Diederichs.（コーカサスの自然・文化・伝承・研究史についてのすぐれた概説を含む）
2. シャラシジェ，ジョルジュ（Charachidzé, Georges）2001「カフカスの神話・宗教」ボンヌフォワ，イヴ（編）『世界神話大事典』: 712-727. 大修館書店.
3. Dumézil, Georges. 1986. Mythologie der kaukasischen Völker. *In*: Haussig, Hans Wilhelm（Hrsg.）, *Götter und Mythen der kaukasischen und iranischen Völker*.（Wörterbuch der Mythologie; Bd. 4）: 1-58. Stuttgart: Klett Cotta.

【15】特别是关于亚美尼亚神话
1. シャラシジェ，ジョルジュ 2001「アルメニアの宗教と神話」ボンヌフォワ，イヴ（編）『世界神話大事典』: 729-732. 大修館書店.
2. Ananikian, Mardiros H. 1925. Armenian Mythology. *In*: *The Mythology of All Races*, Vol. 7: 1-100, 363-371, 379-397, 435-440, Boston: Marshall Jones.
3. Ishkol-Kerovpian, K. 1986. Mythologie der vorchristlichen Armenier. *In*: Haussig, Hans Wilhelm（Hrsg.）, *Götter und Mythen der kaukasischen und iranischen Völker*.（Wörterbuch der Mythologie; Bd. 4）: 59-160. Stuttgart: Klett-Cotta.

4. Levin, Isidor. 1977. Armenier. *In*: Ranke, Kurt (Hrsg.), *Enzyklopädie des Märchens*, Bd. 1: 794-805. Berlin: Walter de Gruyter.

【16】纳尔特叙事诗

1. 大林太良／伊藤清司／吉田敦彦／松村一男（編）2012『世界神話事典 創世神話と英雄伝説』（角川ソフィア文庫）角川書店.（264-265頁にシュルドン，394-396頁に英雄ナルトたち）

2. リトルトン，C・スコット／リンダ・A・マルカー1998『アーサー王伝説の起源：スキタイからキャメロットへ』辺見葉子／吉田瑞穂（訳）吉田敦彦（解説）青土社.（吉田敦彦の解説に，ナルト叙事詩の概要が記されている）

3. Dumézil, Georges. 1930. *Légendes sur les*. Paris: Institut d'Etudes Slaves.

4. Dumézil, Georges. 1965. *Le livre des héros. Légendes ossètes sur les Nartes*. Paris: Gallimard.

5. Dumézil, Georges. 1978. *Romans de Scythie et d'alentour*. Paris: Payot.（以上の3文献が，デュメジルによるオセットのナルト叙事詩仏訳を含む）

6. Sikojev, André. 1985. *Die Narten. Söhne der Sonne. Mythen und Heldensagen der Skythen, Sarmaten und Osseten*. Köln: Diederichs.

7. Sikojev, André. 2005. *Kinder der Sonne. Die Narten - Das große Epos des Kaukasus*. München: Hugendubel.（以上の2文献はオセットのナルト叙事詩の露語からの独訳を含む。シコイェフはロシア正教会の聖職者で，父はオセット人，母はドイツ人）

8. Colarusso, John. 2002. *Nart Sagas from the Caucasus: Myths and Legends from the Circassians, Abazas, Abkhaz, and Ubykhs*. Princeton: Princeton University Press.（チェルケス，アバザ，アブハズ，ウブイフという北西コーカサス諸語で伝えられてきたナルト叙事詩からの選訳）

9. Colarusso, John & Tamirlan Salbiev (eds.) 2016. *Tales of the Narts: Ancient Myths and Legends of the Ossetians*. Translated by Walter May. Princeton: Princeton University Press.

第十一章
传教与民族志
——东南亚

右图：塞兰岛上的摘椰人（根据阿道夫·埃伦加德·詹森著作的插图绘制）

11.1 东南亚概况

东南亚大体可以分为大陆部分和岛屿部分。在政治上，前者包括越南、老挝、柬埔寨、泰国和缅甸，后者包括菲律宾、印度尼西亚、文莱、新加坡和东帝汶，而马来西亚则横跨上述两者。然而，从文化上讲，广义的东南亚可以被定义为包括中国西南到台湾一带的少数民族地区、新几内亚岛的一部分地区，以及从印度东北部到孟加拉国和马达加斯加的各种民族。这主要是基于语系及其文化的广泛性分布进行划分的，如大陆上的南岛语、藏缅语、侗台语和苗瑶语民族，以及岛屿上的南岛语民族。

在这一地区，直到20世纪都有狩猎-采集民在此生存，但我们对他们的神话并不了解。在他们的观念中，天神往往与雷电联系在一起，一些人可以变成老虎，而这大概可以追溯到狩猎-采集民阶段。就农业人口而言，许多地方都出现了平原地区的种植水稻的农民，与腹地和山区的刀耕火种的农民间的冲突和谈判。滨海与山地，乃至下游与上游之间的关系有时也反映在神话中。在东西贸易路线上占据重要位置的东南亚，自古以来，各个国家就围绕港口城市发展，而其建国神话的形成与印度教、佛教、伊斯兰教和基督教等大宗教有关。广而论之，越南受到中国的强烈影响，其他中南半岛国家受到印度教以及南传佛教的影响，这些半岛和岛屿变得印度化，继而又伊斯兰化。在这样的历史背景下，东南亚神话包含的各种要素常常是重叠并存的，因此我们可以在一定程度上对它们进行区分。

东南亚也经历了各种文化的流动和传播。例如，随着南岛语族群的迁移，以及后来更先进文化的影响，在美拉尼西亚、波利尼西亚西部和中部以及由此到密克罗尼西亚这一片地区都可以找到共同的神话主题。另一方面，日本的伊邪那岐和伊邪那美的蛭儿神话、国家诞生神话、出云神话中的因幡之白兔，日向神话中的木花咲耶姬和石长比卖，以及海幸彦和山幸彦的神话都与东南亚神话有很多共同之处。同样的倾向也可以在琉球群岛的民间传说中看到。

东南亚的神话研究，主要是在19和20世纪的殖民统治和基督教传教中进行的，有许多材料被记录下来，但很少有人试图将整个地区的神话进行概述。除了大林太良[1]的研究之外，大多数的研究都集中在某个地域或主题上，如这个神话是岛屿部分的还是大陆部分的、是建国神话还是民间故事，等等。

11.2 传教、统治与民族志

如上所述，东南亚的民族学研究与殖民统治和基督教传教密切相关。例如，研究岛屿部分神话的知名学者包括：荷兰莱顿大学（Leiden University）第二位民族学教授、被视为印度尼西亚民

---

1 大林太良 1985「東南アジアの神話」パノフ，ミシェル/大林太良ほか『無文字民族の神話』大林太良/宇野公一郎（訳）：57-87. 白水社；大林太良 2005「東南アジアの神話」大林太良/伊藤清司/吉田敦彦/松村一男（編）『世界神話事典』（角川選書；375）：342-348. 角川書店.

族学之父的威尔肯（G. A. Wilken）；继他之后成为印度尼西亚民族学核心人物的传教士克鲁特（A. C. Kruyt）；以及作为莱茵传教士协会¹成员、研究苏门答腊巴塔克人（Batak）宗教和神话的瓦尔内克（Warneck）。

在研究大陆部分的神话方面，有一段历史背景：由于1884—1885年的中法战争，中国云南省边境地区的两个城市开埠；法属印度支那联邦于1887年成立，老挝于1893年被列为保护国。在这种情况下，隶属于巴黎外方传教会（Missions Etrangères de Paris）的三位传教士，即邓明德²、李埃达³和萨维纳⁴，留下了许多作品。

此外，军官、政府官员和博物学家等来自不同职业的人，在从事本职工作之余，也从事民族学调查和研究，并留下了关于神话和宗教的记录。

1　即Rheinische Missionsgesellschaft，1828年9月由来自德国巴门、科隆和埃尔伯费尔德的三个福音派传教协会联合成立莱茵传教士协会，直到1971年被联合福音传教团吸收。——译者注

2　波尔·维阿尔（Paul Vial，1855—1917），法国传教士，汉名邓明德，以往中国学界将其法文名译为"保罗·维亚尔"或"保禄·维亚尔"，皆不符合法汉人名音译惯例。邓明德1880年来到中国云南盐津、漾濞等地，1887年来到云南石林彝族地区传教，直至1917年逝世。著有《倮倮——历史、宗教、民俗、语言和文字》等，在向西方介绍云南彝族语言文学和文化方面成绩突出。——译者注

3　阿尔弗雷德·李埃达（Alfred Liétard，1872—1912），法国传教士，汉名田德能，1896年到中国云南大理、红河等地传教。1912年卒于云南昭通。著有《云南：倮倮泼——华南的一个土著部落》《法倮词典（阿细方言）试用本》等。——译者注

4　弗朗索瓦·玛丽·萨维纳（François-Marie Savina，1876—1941），法国传教士，于1925—1929年间在中国海南岛黎族地区调查，1929年出版了《海南岛志》，编写了《临高-法词典》，是临高语研究的先驱。——译者注

11.3 起源神话

在东南亚的神话中，很少有人关心宇宙的起源，因为这些神话的前提都是世界已经存在，其更多的是讨论人类起源的神话。广为流传的是关于"原始海洋"的故事，也就是史前时代覆盖万物的水的故事。

根据印度尼西亚苏拉威西岛上的米纳哈萨人（Minahasan）的神话：在世界之初，有一块岩石土从海洋中突出来。一只鹤从这里诞生，一位女神从岩石的汗水中诞生。女神按照仙鹤的建议从岩石上取了一把土，铺在岩石上，大地就此形成。然后她在山上吹了阵风便由此受孕生下儿子。儿子长大后，母子二人朝着不同的方向旅行，当他们再次相遇，却没有认出对方，导致他们母子结婚，继续繁衍后代。在这个传说中，可以看到各种传自其他地区的神话元素，如人类起源于岩石、大地的形成〔大地潜水者（Earth-diver）或岛屿钓鱼型〕、风中受孕主题，以及通过乱伦繁衍人类。

在缅甸克钦族的神话中，创世神在 Nat（精灵）的帮助下用葫芦创造了第一个男人。这个葫芦从天上掉到地上，又有一个人从里面出来了。东南亚有许多关于人类起源于葫芦和竹子等植物的神话。

在老挝的建国神话中也可以看到类似的主题。老挝神话说，坤博隆（Khun Borom）[1] 即传说中的始祖国王，被认为是天神的儿子。各个手稿的内容虽不尽相同，但也有相同的部分，就是在古代，天神引起洪水后，一个葫芦从天上落下，并从中产生了老挝和其他民族。接下来，神让他的儿子坤博隆下凡作为统治者，他

---

[1] 来自巴利语的 Khun Parama，意思是"最高的主"。——译者注

的身边有一对夫妇。这对夫妇的形象至今仍然出现在老挝的新年活动中。此后，天地间的交流停止了，领土由坤博隆的七个儿子分割统治。在这个神话中，混合了老挝的本土元素和来自印度的元素。

有些神话以动物作为其祖先，比如犬祖神话就是其中一个。在中国台湾岛赛德克人督达（Daudar）支系的案例中，一个女人和一头猪生了一个男孩，她通过涂上刺青改变了自己的外表并与儿子进行交合。此后，她又与狗生了许多孩子，他们成为督达族群的祖先。事实上，狗和猪、鸡都是东南亚地区长期以来一直饲养的家畜，这可能构成了这一传说的背景。还有一个关于部落祖先从由蛇孵化的太阳之蛋中诞生的神话，这常常被用作酋长和国王的谱系故事，从中可看到发达社会文化的世界观对其产生的影响。

11.4 与丧失乐园相关的神话

在东南亚的岛屿部分和大陆部分，都广泛分布着这样的神话：天地曾经离得很近，甚至天地之间有交流，但之后这样的交流被断绝，天地就此分离。还有一种神话是，远古时期，食物是上天赐予的，且米饭的饭粒很大，煮一粒米就够吃了，此外农作物会自动生长、农具也会自己工作等，这样的状态可以称为乐园，但后来人类由于过失和不敬失去了乐园，从此不得不辛勤劳作。还有一种神话也可以归入这一类，那就是人类一开始是不会死的，但后来因为某个契机背负上了会死去的命运。

例如，在苏拉威西岛的米安·巴兰塔克（Mian Balantak）部落的神话中，最初的一对夫妇乘坐一个犁船形盒子或陶器，顺着藤条从天而降。那根藤条连接着天与地,他们降落在世间唯一一处凸出水面的山顶上。每当两人需要什么东西时,男人只要顺着藤条爬上天就能解决。因为他们所需要的一切都是天神赐予的。但不知何时起,两人开始自己种植需要的作物,这样一来,连接天地的藤条断了。在那些日子里,人们仍然具有不死之身,当他们变老时,只要褪一层皮就会重新变得年轻。但是,当纷争、通奸和罪恶变得司空见惯时,一场大洪水就来了。唯一幸存下来的,是一对听从了神的警告建造了一艘犁头船的夫妇。载着这对夫妇的船来到天神身边。神给了他们虾,但他们不吃。神又给了他们香蕉,他们吃了。由于人选择了香蕉,因此就背负上死亡的命运。如果他们选择了虾,就能保持靠蜕皮来重返青春的能力。这实际是基于香蕉这种植物在收获结束后会枯死的特征编写的。

神话文本 31 苏拉威西岛波索港的香蕉型神话

它讲述了一位名叫拉莫尔(Ramor)的创造者对人类的创造,以及死亡的起源。这是克鲁特(Kruyt)从当地人口中听到的故事,并以荷兰语发表。

很久以前,天与地离得很近。特别是位于岛中心的山更加接近天空。在那个地方,有一天,拉莫尔用石头切出两个人,一个男人和一个女人,但他们还不能动,因此拉莫尔把他们抬到山顶,以赋予他们生命。拉莫尔把风召来,风一吹到那对最初的夫妻,他们就都有了呼吸。

Tau 和 Piamo(这对最初夫妇的名字)就这样获得了生命,他们能够去到他们想去的地方。不久之后,拉莫尔将一块石头绑在绳子上,从天上放了下来。但第一批人类并没有接受它。他们对拉莫尔喊道:"我们该怎么处理这块石头?请给我们一些别的东西吧。"

然后，石头被拉起来，离开了地面。拉莫尔在上面绑了一个香蕉。当它被放到地上时，Tau、Piamo 二人争先恐后地向香蕉冲去，并把它拿在手里。这时传来拉莫尔的声音："哈哈，人类的孩子们！既然你们选择了香蕉，你们的生命也将变得和它一样。当香蕉树有了孩子，母树就会枯萎。同样地，当你们有孩子后，你们也将会死去，孩子会取代你们的位置。而如果你们选择石头，你们的生命就会像石头一样没有变化（不会死去）。"

听到这些的 Tau、Piamo 为自己的选择感到后悔，但要弥补他们的错误却已追悔莫及。

资料来源：《关于第一批人类的传说》[1]

11.5 大洪水与火的起源

洪水神话的分布也很广泛。通常情况下，从洪水中幸存下来的往往是兄妹或母子，而新的人类或者民族是从他们的乱伦中繁衍出来的。例如，就中国海南岛的黎族人而言，只有一对姐弟从大洪水中幸存下来。由于雷公在姐姐的脸上画上了黑色的纹样，所以弟弟并不知道她就是自己的姐姐而娶了她，他们繁衍出的后

---

1 Kruyt, Albertus Christiaan. 1894. DeLegenden der Poso-Alfoeren aangaande de eerste menschen. Mededeelingen van wege het Nederlandsche zendelinggenootschap, 38: 339–346, blz. 339–340.（参考：Frazer, James George. 1913. The Belief in Immortality and the Worship of the Dead, Vol. 1. London: Macmillan, pp. 72–73.）

代也越来越多。这也是纹身的起源神话。[1] 根据印度曼尼普尔邦的马兰人（Malam Naga）的传说，第一对兄妹 Medugai 和 Shimotin 来自西部，然后发生了一场大洪水，只有这两个人幸存下来。起初他们对是否结婚也曾犹豫不决，但后来神出现在他们的梦境中，说只要他们今后不吃猪肉，就允许他们结婚。于是他们结合，繁衍出了他们的后代，直到今天马兰人仍然禁食猪肉。[2]

除了大洪水之外，还有原始人类被大火毁灭的传说，这多见于印度东北部的属于南亚语系的多个语族中。例如，据说义都-米什米族（Idu-Mishmi）[3]在经历大火时还经历了大风和地震。很久以前，人类与众神一起生活在地上。然而，住在天上的英尼塔亚神被众神和人类的恶行激怒，于是派出风神、地震神和火神这些下等神到地上消灭他们。众神虽然爬到高高的树上，但还是难逃一劫，被火吞噬而死。只有一男一女幸存下来，他们生活在一起，生了三个孩子。第一个孩子成了米什米族（Mishmi）人，第二个孩子成了藏族人和其他民族，第三个孩子及其后代都是猴子。[4]

在洪水神话中常常出现这样的故事：人们失去了火，后面又重新设法获得。根据婆罗洲（Borneo）沙捞越伊班族（Ibans）的传说，当妇女进入森林采摘竹笋时，她们坐在她们认为是圆木的

---

1 刘威：《海南黎人文身之研究》，《民族学研究集刊》1936 年第 1 期，第 197–233 页。

2 Walk, Leopold. 1949. Das Flutgeschwisterpaar als Ur- und Stammeselternpaar der Menschheit. *Mitteilungen der Österreichischen Gesellschaft für Anthropologie, Ethnologie und Prähistorie*，78–79：66–67.

3 义都-米什米族是印度和中国的跨境民族，在中国西藏察隅县划为珞巴族的一个支系，"米什米"是西方人对义都支系的他称。他们的语言义都语属于汉藏语系藏缅语族，并非南亚语系，这里应是作者笔误。——译者注

4 山田仁史 2010「大洪水（Sintflut）と大火災（Sintbrand）の神話」篠田知和基編『水と火の神話：「水中の火」』：162. 名古屋：楽瑯書院.

东西上,但那实际上是一条大蛇。男人们来了,把它切碎了,正准备烤着带回家吃时,天上下起了大雨,把土地淹没了。逃到高高山顶上幸存下来的有一个女人、一条狗、一只老鼠和其他小动物。最终,这条狗在一棵藤蔓植物下找到了一个温暖的地方。在那里,藤蔓随风摇晃,带动藤蔓的枝干相互摩擦起来,因此产生暖意。受此启发,女人想出了一种生火方法,即用木片在藤蔓上摩擦来生火。女人和烧火棍生下了一个儿子,但他只有一条手臂、一条腿、一只眼睛、一只耳朵、半张脸颊、半个身体和半个鼻子。他后来被风的精灵赋予了一个完整的身体。[1]这种"单面人"的主题除了东南亚之外,在非洲也有流传。

11.6 作物、稻魂、神

在东南亚刀耕火种农民中形成了关于农作物起源的神话,按照詹森[2]的分类可分为以下两类:(1)海努维勒型,即作物来源于人体(尤其是女尸);(2)普罗米修斯型,即作物是从某处偷来的。前者源于印尼塞兰岛韦马莱人神话中的一位少女的名字,后者源于希腊神话,这两种神话也见于火的起源神话。农作物来源于尸体的传说在讲南岛语人们居住的区域广泛分布,具体包括从东南亚的岛屿部分到大洋洲,但在东南亚大陆部分和中国台湾岛却很少见,这是留给今后研究的课题。另一方面,这些尸体转化的神话在日本神话和南美、北美大陆神话中也有流传,以一种更

---

1 Frazer, James George. 1918. *Folk-Lore in the Old Testament*, Vol. 1: 220-221. London: Macmillan.
2 阿道夫·埃伦加德·詹森(Adolf Ellegard Jensen, 1899—1965),德国民族学家,神话学家,大林太良在德国留学期间的老师之一。——译者注

像民间故事的形式演化为如"槟榔和烟草等成为人们嗜好"的植物起源故事。在普罗米修斯型中，人们把谷物藏在生殖器里偷走这样的故事，在东南亚和东亚广泛存在。

在谷物中，特别是在水稻中有和人类同样的灵魂，这种稻魂的观念深入人心。在东南亚，很多人也怀有相当于日语中"かみ"（神）的神灵观念，即神灵们以各种各样的形式存在于人们周围的环境中，因而会对与自然物、祖先和死者等具有联系的神灵产生信仰，比如缅甸的"纳特"（Nats），泰国和老挝的"费"（Phii），柬埔寨的"涅达"（Neak Ta），印尼半岛山民间流传的Yang，就是具体例子。再比如，在老挝，人们在居民区设立了供奉Phii的小型神龛，并以大米和香蕉等作为供品。在老挝少数民族中也能看到同样的信仰，老挝北部的佧木族（Khamu）会将房屋的神灵称为Loi Gaan，森林的灵魂为Loi Ho，他们的性格与Phii相似。这些神灵信仰与佛教等多种信仰混淆并存，有时被人格化或神格化。

随着东南亚的印度化，梵语中表示"神或神性"的Devata或Devatā一词传播到东南亚各地，被万神庙（Pantheon，众神的世界）采纳。比如在苏门答腊岛托巴巴达克族（Toba Batak）的人们认为，最高神巴塔拉·古鲁（Batara Guru）居住在上层世界，而其他神灵（Devatas）则居住在中层和下层世界。其中人们会用男女木雕像来象征Debata Idup，他们是送子之神。[1] 在棉兰老岛的巴戈博族（Bagobo）的人们认为，世界成立之初，Devata创造了海洋和陆地，然后用泥土造人，并向其吐口水，就这样造出了第一个男人和女人，然后又造出了大鳗鱼和大螃蟹。据说，当后者咬

---

[1] Warneck, Johannes. 1909. *Die Religion der Batak*. (Quellen der Religions-Geschichte). Göttingen: Vandenhoeck & Ruprecht.

住前者时，会发生地震。[1]

11.7 与天体有关的神话

说到关于太阳、月亮和星星等天体的神话和概念，关于太阳和月亮之间的争斗的神话在东南亚地区广为人知。其中特别有名的是这个故事：过去，太阳和月亮各自有很多孩子，他们达成一致意见，要吃掉自己的孩子。太阳做到了，但月亮却没有。因此，直到现在月亮仍然和她的孩子——星星一同出现在夜空中，而太阳却白天独自在天空中闪耀。根据尤里·别列兹金[2]最近的研究，这个主题在非洲和澳大利亚也广为流传，而且可能可以追溯到人类神话中非常古老的时期（图16）。[3]

过去曾有"多个太阳"的传说，"用弓箭等射日"的神话在整个环太平洋地区流传，东南亚也在其分布范围内。例如，在缅甸的掸族（Shan）人的传说中，曾经有三个太阳，所有的动物和男人都因为极高的温度而死亡，然后妇女成为圣人和菩萨的母亲，并具有良好的美德。然后，第四个太阳也出来了，妇女们也都死了。在幸存的巨鱼的脂肪被点燃后，大火烧尽了整个世界，之后历经成千上万年，世界才被重新创造出来，但据说这个世界很快又会被烧毁。这是一个佛教版本的故事。另外在中国台湾岛的少

1　Eugenio, Damiana L. (ed.) 1993. *Philippine Folk Literature: The Myths*: 92. Diliman, Quezon City: University of the Philippines Press.

2　尤里·别列兹金（Yuri E. Berezkin），当代民俗学家、神话学家、社会人类学家，欧洲大学圣彼得堡分校教授。他以运用计算民俗学方法（或者也可以说是数字人文）研究神话和民间文学著称。——译者注

3　Berezkin, Yuri E. 2007. Out of Africa and Further Along the Coast: African-South Asian-Australian Mythological Parallels. *Cosmos*, 23: 3-28.

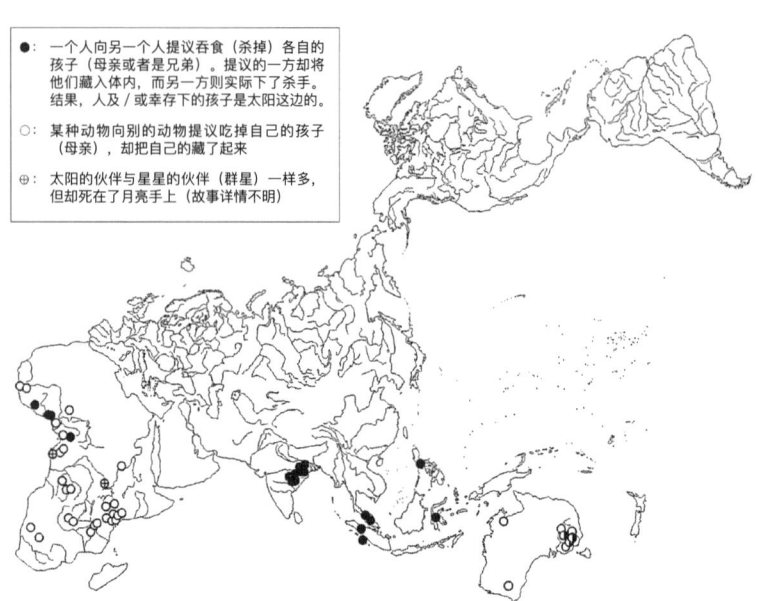

- ●：一个人向另一个人提议吞食（杀掉）各自的孩子（母亲或者是兄弟）。提议的一方却将他藏入体内，而另一方则实际下了杀手。结果，人及／或幸存下的孩子是太阳这边的。
- ○：某种动物向别的动物提议吃掉自己的孩子（母亲），却把自己的藏了起来
- ◉：太阳的伙伴与星星的伙伴（群星）一样多，但却死在了月亮手上（故事详情不明）

图 16　月亮欺骗太阳型故事的分布图

数民族那里有一个更简单的传说，即两个太阳中的一个被射中，变成了月亮。

神话文本 32　北部湾地区（越南北部）莽人的射日神话

这是由被派往法属印度支那的军人奥古斯特·博尼法塞（Auguste Boniface）收集并发表的传说，标题是《关于世界和人类创造的圣诗概要大纲》。

世界是由具有国王或皇帝头衔的神灵们创造的。一个创造了天，另一个创造了地，还有一个创造了树木等。

最初生活在地球上的人类是丑陋的。这些人的嘴是竖着张开的，他们走路时脚跟在前面。他们住在山洞里，吃土和生

肉，像动物一样，不考虑血统地相互交合。

天神想毁灭这个种族，但他怜悯了一个人。主派了一位天使到这个人那里，给了他一颗种子。这个人一播下这颗种子，它就开始发芽开花，很快就结出了一个巨大的葫芦。

当这个人和他的妹妹一进到这个葫芦里，天上就开始下雨。葫芦漂浮着，当水退去时，它停在了昆仑山的山顶。

十二个天体使大地干涸，它们带来了极度的干燥，龙王用他的弓射下了它们，只留下两个，即太阳和月亮。

为了维持自己的种族，这个男人出发去寻找他的妻子和他妹妹的丈夫。但黑龟和树都先后劝说他们在一起，因为大地上只剩下他们两人了。

于是他们结合在一起，但令他们烦恼的是，诞出的是一块丑陋的肉块。男人把这块肉切成三百六十块，它们分别生出人类、多王和精灵。

资料来源：《关于世界和人类创造的圣诗概要大纲》[1]

兄妹结婚的洪水神话和射日的传说在东南亚广泛流传。此外，从"昆仑山"和"龙王"等还可以看出来自汉族的影响。

羽衣传说和天鹅处女的故事在全世界可以看到类似的母题，且在东南亚广为流传。"曾经存在的天地交流及其断绝"与"乐园丧失"的主题也与此相通。另一方面，从天而降的仙女通常被视为星星，如文曲星。根据大林太良的研究，这种传说从中国北部到越南和吕宋岛北部整个区域都有分布。以越南为例，曾经在

---

[1] Bonifacy, Auguste. 1903. Étude sur les chants et la poésie populaires des Mâns du Tonkin. Premier congrès international des études d'Extrême-Orient, Hanoi（1902）. Compte rendu anayhique des séances: 85-89. Hanoi: F. -H. Schneider, pp. 87-88.

一个荒凉的地方有一个池塘，仙女们总是在那里洗澡。一个樵夫把其中一个仙女的衣服藏了起来，并娶她为妻。当他们所生的孩子三岁时，仙女在米缸下找到了她的衣服，她留下孩子自己飞走了。后来，观音菩萨把仙女变成了早晨的亮星，把父子俩变成了晚上的亮星。[1] 迪克森（Dickson）则断定东南亚的羽衣传说起源于印度。

11.8 传说化的故事群

有很多广为人知的传说，与其说它们是狭义的"神话"，不如说是民间故事。比如与日本的"海幸彦·山幸彦"相通的"丢失的鱼钩"故事在环太平洋地区很有名，在东南亚也有一个陆上版本。在印度尼西亚哈马黑拉岛（Halmahera）的加莱拉族（Galela）的神话里，一个男人向一头毁坏他田地的猪投去长矛，猪被长矛刺中逃走了，但长矛还插在它身上。男人追着猪来到地下世界，有一个在那里的男人说："我的女儿被长矛刺伤了，你如果能治好她，我就让她嫁给你。"男人将那人的女儿治疗得很好，于是他带上他的妻子准备回到地上，但他违背了"不能睁眼"的嘱咐，于是失去了他的妻子，这个故事的后半部分成了俄耳甫斯型。

此外还有被看作是"被大海卷走的流浪英雄"故事的女性版本——"Vāgīna dentāta"（凹陷的阴道）故事，东南亚版"恶作剧精灵的鼷鹿"故事也广为流传。鼷鹿欺骗鳄鱼渡河到对岸，这个主题与日本的"因幡的白兔"相似，但对立的双方有时会变为

---

1 大林太良 1980「中国・東南アジアの星型羽衣説話」『山本達郎博士古稀記念論文集 東南アジア・インドの社会と文化』上：323-343. 山川出版社.

猴子和乌龟。鼷鹿与鳄鱼的故事分布于东南亚从西到南的岛屿，猴子与乌龟的故事分布于东南亚从北到东的地区。在菲律宾的一个故事中，一只乌龟和一只猴子发现了一棵香蕉树，并将其平分种下。强壮的猴子拿走了树的上半部分，弱小的乌龟拿走了下半部分，但只有后者能生根，长出枝叶和果实。乌龟不会爬树，就请求猴子帮它摘取果实，猴子虽然答应了但却想要将其独占。乌龟生气了，捡起许多锋利的贝壳放在树下。猴子从树上下来就被贝壳划伤而流血。猴子打算对乌龟进行报复，并让他在被用臼捣碎和被扔进水中做出选择。乌龟骗猴子说它害怕溺水，然后成功地逃脱了。

神话文本 33　菲律宾他加禄语的猴龟大战

以下是菲律宾独立运动的斗士何塞·黎刹（José Rizal）在日本停留期间报告的一个与日本的"猴蟹大战"非常相似的故事，那就是在菲律宾，小孩们都知道的"乌龟与猴子的故事"。黎刹的报告成为之后人们对这两个故事进行比较研究的重要诱因。另外，在故事中出现的带刺的贝壳在他加禄语（Tagalog）中称为SUSU，是一种螺（玉黍螺，periwinkle）。

乌龟和猴子发现了一棵漂浮在河水波浪之间的香蕉树。那是一棵非常漂亮的树，有绿色的大叶子和树根，仿佛是刚被暴风雨刮出来的。它们把树带到了岸上。乌龟说："让我们把它分掉，各自种下各自的那部分。"它们把树从正中间砍开，猴子因为比较强壮，就把树的上半部分拿走了，认为树长出了叶子，接下来可以长得更快。乌龟比较弱小，所以它拿走了带树根的丑陋的下半部分。几天后，这两只动物相遇了。

乌龟问道："猴子你好啊，香蕉树怎么样了？"

猴子答道:"哎,别提了,它早就枯萎了。你的那半部分怎么样啦,乌龟?"

乌龟答道:"我那部分的长势不错。叶子长得很茂盛,果实也很成熟了。只是我没办法爬上去拿它们。"

猴子不怀好意地说:"别担心,我会爬上去给你拿的。"

乌龟感激地说:"猴子,那就麻烦你啦。"

于是他们来到乌龟的家里。

猴子一看到黄色的果实在大绿叶的遮挡下闪闪发光,就马上爬上树去,扭下香蕉便整个吞下。

乌龟看到猴子根本不在意自己,就对它恳求说:"也给我一些香蕉吃吧。"

猴子答道:"我才不会给你任何能吃的东西,即使是一块香蕉皮我也不给。"猴子一边回答,一边用香蕉扑扑地打着自己两边的脸颊。

乌龟想要报复猴子。它走到河边,捡起带刺的贝壳放到香蕉树周围,然后把自己藏在椰子树的壳里。当猴子从树上下来时,脚被贝壳刺伤流血了。

接下来猴子花了很长时间,终于找到了那只乌龟,恶狠狠地说道:"你这个无耻的家伙原来躲在这儿呢!你将为你的所作所为付出代价,拿命来吧!不过呢,我也是个宽宏大量的人,因此我会让你选择你的死法。你想让我把用臼把你捣碎呢,还是把你扔进水里?"

乌龟答道:"用臼、臼吧。我怕被淹死!我怕淹死。"

猴子笑道:"呵呵,原来你怕被淹啊,那我就把你淹死。"

于是猴子把乌龟带到海岸边,并把乌龟一下扔进了水中。但乌龟很快就游出了水面,并嘲笑那只上当的狡猾猴子。

资料来源:《东方寓言》[1]

---

[1] Rizal, José. 1889. Two Eastern Fables. Trübner's Record, 3rd Series, 1(3): pp.71-74.

11.9 与多种文明的邂逅

东南亚的多个民族在与世界上的各种文明相遇时，受到了它们的影响。关于这部分的历史也印刻在其神话与传说中。比如"失去文字"的神话通常是说，在遇到拥有文字的强势民族时，讲述无文字民族一方的"自我认识"的故事。另一方面，在一个有文字国家的地方则需要建国神话，其中强调外来的王者以及本土异种（比如水界之龙）等构成的系统。

就越南而言，其建国神话是在 13 世纪末至 15 世纪末与北方元、明王朝的对抗中完成编撰的。进入 20 世纪，在与法国和美国的斗争中又被人们充满情绪地引证。越南的始祖雄王是龙与神仙的子孙，胡志明在呼吁起义时说道："龙神的子孙们！让我们团结起来吧！"在与美国的战争中，北越常将他说过的"我们必须保卫雄王建立的伟大祖国"这话就用作标语。这句话除了政治性的一面，它作为神话和民间故事所具有的娱乐性至今也仍然根深蒂固地存在着。

再比如，在东南亚多国，原本来自印度的《摩诃婆罗多》和《罗摩衍那》等叙事诗中的奇闻轶话则与皮影戏相结合，供人们娱乐。

本章的参考文献

【1】介绍东南亚地区、民族、文化的概述和书目等

1. 大林太良（编）1984『東南アジアの民族と歷史』(民族の世界史；6) 山川出版社.

2. LeBar, Frank M., Gerald C. Hickey & John K. Musgrave (eds.) 1964. *Ethnic Groups of Mainland Southeast Asia.* New Haven: Human

Relations Area Files Press.（東南アジア大陸部諸民族の概説）

3. LeBar, Frank M. (ed.) 1972-75. *Ethnic Groups of Insular Southeast Asia*, 2 Vols. New Haven: Human Relations Area Files Press.（東南アジア島嶼部諸民族の概説）

4. Embree, John F. & Lillian Ota Dotson. 1950・*Bibliography of the Peoples and Cultures of Mainland Southeast Asia*. New Haven: Southeast Asia Studies, Yale University.（東南アジア大陸部諸民族書誌）

5. Kennedy, Raymond. 1962. *Bibliography of Indonesian Peoples and Cultures*, 2nd ed. (Behavior Science Bibliographies). New Haven: Southeast Asia Studies, Yale University.（インドネシア諸民族の書誌）

6. Saito, Shiro. 1972. *Philippine Ethnography: A Critically Annotated and Selected Bibliograpy*. Honolulu: The University Press of Hawaii.（フィリピン民族学の書誌）

【2】关于东南亚神话与宗教的主要概述

1. 大林太良 1985「東南アジアの神話」パノフ,ミシェル/大林太良ほか『無文字民族の神話』大林太良/宇野公一郎（訳）: 57-87. 白水社．

2. 大林太良 2005「東南アジアの神話」大林太良/伊藤清司/吉田敦彦/松村一男（編）『世界神話事典』（角川選書; 375）: 342-348. 角川書店．

3. ボンヌフォワ,イヴ（編）2001『世界神話大事典』金光仁三郎（主幹）大修館書店．（1027-1107頁に,第8章「東南アジアの神話・宗教」）

4. 小野明子 1974「日本神話とインドネシア神話」大林太良（編）『日本神話の比較研究』: 159-200. 法政大学出版局．

5. Dixon, Roland B. 1916. *Oceanic.* (Mythology of All Races; Vol. 9). Boston: Marshall Jones.

6. Stöhr, Waldemar & Piet Zoetmulder. 1965. *Die Religionen Indoensiens.* (Die Religionen der Menschheit; Bd. 5, 1). Stuttgart: W. Kohlhammer.

7. Stöhr, Waldemar. 1976. *Die altindonesischen Religionen.* (Handbuch der Orientalistik, 3. Abt., 2. Bd., Abschn. 2). Leiden: E. J. Brill.

8. シュテーア，ヴァルデマール2000「多様性と全体性：インドネシアの宗教」エリアーデ（原案）『世界宗教史』7（ちくま学芸文庫）奥山倫明／木塚隆志／深澤英隆（訳）：137-227，346-349，文献解題23-27. 筑摩書房.

9. Scott, James George. 1918. Indo-Chinese. *In*: Gray, Louis Herbert (ed.), *Mythology of All Races*, Vol. 12: 247-357, 429-430, 448-450. Boston: Marshall Jones.

10. Höfer, András, Gernot Prunner, Erika Kaneko, Louis Bezacier & Manuel Sarkisyanz. 1975. *Die Religionen Südostasiens*. (Die Religionen der Menschheit; 23). Stuttgart: W. Kohlhammer.

【3】东南亚的建国神话

1. 弘末雅士 2003『東南アジアの建国神話』（世界史リブレット；72）山川出版社.

2. 生田滋 1974「東南アジアの建国神話」大林太良（編）『日本神話の比較研究』：201-267. 法政大学出版局.

3. 山本達郎 1939「印度支那の建国説話」史学会（編）『東西交渉史論』上：261-314. 冨山房.

【4】东南亚（华南）传教、统治和民族学

1. Michaud, Jean. 2007. *'Incidental' Ethnographers*: *French Catholic Missions on the Tonkin-Yunnan Frontier, 1880-1930*. (Studies in Christian Mission; Vol. 33) Leiden: Brill.

2. Glover, Denise M., Stevan Harrell, Charles F. McKhann & Margaret B. Swain (eds.) 2011. *Explorers and Scientists in China's Borderlands, 1880-1950*. Seattle: University of Washington Press.

3. 藤原貞朗 2008『オリエンタリストの憂鬱：植民地主義時代のフランス東洋学者とアンコール遺跡の考古学』めこん.

4. Aritonang, Jan Sihar & Karel Steenbrink (eds.) 2008. *A History of Christianity in Indonesia*. (Studies in Christian Mission; Vol. 35). Leiden: Brill.

5. Koentjaraningrat. 1975. *Anthropology in Indonesia*: *A Bibliographical*

Review. (Koninklijk Instituut voor Taal-, Land- en Volkenkunde, Bibliographical Series; 8). 's-Gravenhage: Martinus Nijhoff.

6. Roxborogh, John. 2007. Asia, Southeast. *In*: Bonk, Jonathan J. (ed.), *Encyclopedia of Mission and Missionaries.* (Routledge Encyclopedia of Religion and Society): 35–39. New York: Routledge.

7. Vial, Paul. 1898. *Les Lolos. Histoire, religion, mœurs, langue, écriture.* (Études sino-orientales; fasc. A). Changhai: Imprimerie de la mission catholique.

8. Liétard, Alfred. 1913. *Au Yun-nan. Les Lo-lo p'o. Une tribu des aborigènes de la Chine méridionale.* (Bibliothèque-Anthropos; tome 1, 5e fase.). Münster i. W.: Aschendorffsche Verlagsbuchhandlung.

9. Savina, François Marie. 1924. *Histoire des Miao.* Hongkong: Imprimerie de la Société des Missions-Étrangères.

10. Warneck, Johannes. 1909. *Die Religion der Batak.* (Quellen der Religions-Geschichte). Göttingen: Vandenhoeck & Ruprecht.

【5】创世与人类起源神话

1. Kühn, Alfred. 1935. *Berichte über den Weltanfang bei den Indochinesen und ihren Narchbarvölkern.* Leipzig: Albert Richter.

2. Münsterberger, Warner. 1939. *Ethnologische Studien an indonesischen Schöpfungsmythen.* Haag: Martinus Nijhoff.

3. Laubscher, Matthias Samuel. 1971. *Schöpfungsmythik ostindonesischer Ethnien.* (Basler Beiträge zur Ethnologie; Bd. 10). Basel: Pharos-Verlag.

4. 大林太良 1993「東南アジア・オセアニアの犬祖説話」埴原和郎（編）『日本人と日本文化の形成』: 125–134，朝倉書店．

5. White, David Gordon. 1991. *Myths of the Dog-Man.* Chicago: The University of Chicago Press.（ホワイト，デイヴィッド・ゴードン『犬人怪物の神話：西欧，インド，中国文化圏におけるドッグマン伝承』金利光訳，工作舎，2001年）

6. Mair, Victor H. 1998. *Canine Conundrums: Eurasian Dog Ancestor Myths in Historical and Ethnic Perspective.* (Sino-Platonic Papers; No.

87). Philadelphia: Department of Asian and Middle Eastern Studies, University of Pennsylvania.

【6】与丧失的乐园相关的神话

1. Fischer, Henri Théodore. 1932. Indonesische Paradiesmythen. *Zeitschrift für Ethnologie*, 64: 204-245.

2. Anell, Bengt. 1936. The Origin of Death according to the Traditions in Oceania. *Studia Ethnographica Upsaliensia*, 20: 1-32.

3. 山田仁史 2004「東南アジア・オセアニアにおける死の起源神話」松村一男（編）『生と死の神話』: 113-129. リトン.

【7】大洪水与火的起源

1. Walk, Leopold. 1949. Das Flutgeschwisterpaar als Ur- und Stammeselternpaar der Menschheit. *Mitteilungen der Österreichischen Gesellschaft für Anthropologie, Ethnologie und Prähistorie*, 78-79: 60-115.

2. Porée-Maspero, Eveline. 1962-69. *Études sur les rites agraires des Cambodgiens*, 3 tomes. La Haye: Mouton.

3. Frazer, James George. 1918. *Folk-Lore in the Old Testament*, Vol. 1. London: Macmillan.

4. 篠田知和基／丸山顯德（編）2005『世界の洪水神話：海に浮かぶ文明』勉誠出版.

5. Yamada, Hitoshi. 2011. The Gourd in South Chinese and Southeast Asian Flood Myths. *In*: Shinoda, Chiwaki (éd.), *Mythes, Symbole et Images*, I: 21-36. Chiba: Librairie Rakuro.

6. 山田仁史 2010「大洪水（Sintflut）と大火災（Sintbrand）の神話」篠田知和基編『水と火の神話：「水中の火」』: 157-176. 名古屋：楽瑯書院.

7. Frazer, James George. 1930. *Myths of the Origin of Fire*. London: Macmillan.（フレイザー, J・G『火の起原の神話』ちくま学芸文庫, 青江舜二郎訳, 筑摩書房, 2009 年）

【8】作物、稻魂、神灵

1. Jensen, Adolf Ellegard. 1939. *Hainuwele. Volkserzählungen von der Molukken-Insel Cerarm*. Frankfurt a. M.: Vittorio Klostermann.

2. Jensen, Adolf Ellegard. 1966. *Die getötete Gottheit. Weltbild einer frühen Kultur.*（Urban-Bücher；90）. Stuttgart：W. Kohlhammer.（イェンゼン，Ad・E『殺された女神』人類学ゼミナール2，大林太良 / 牛島巌 / 樋口大介訳，弘文堂，1977年）

3. Mabuchi, Toichi. 1964. Tales concerning the Origin of Grains in the Insular Area of Eastern and Southeastern Asia. *Asian Folklore Studies*，23：1-92.

4. 大林太良1973『稲作の神話』弘文堂.

5. 山田仁史2001「台湾原住民の作物起源神話」『台湾原住民研究』6：91-178.

6. 宇野円空1941『マライシアに於ける稲米儀礼』東洋文庫.

7. van der Weijden, Gera. 1981. *Indonesische Reisrituale*. Basel：Ethnologisches Seminar der Universität und Museum für Völkerkunde.

8. 長田俊樹2000『ムンダ人の農耕儀礼：アジア比較稲作文化論序説』（日文研叢書；21）京都：国際日本文化研究センター.

【9】有关天体的神话

1. 大林太良1999『銀河の道 虹の架け橋』小学館.

2. 山田仁史2011「日月の争いと星々の神話」『説話・伝承学』19：21-40.

3. Mänchen-Helfen, Otto. 1937. Der Schuß auf die Sonnen. *Wiener Zeitschrift für die Kunde des Morgenlandes*，44：75-95.（メンヒェン=ヘルフェン，オットー「太陽を射る話」山田仁史訳・註，『比較民俗学会報』29（3）［137］：8-20,（4）［138］：1-8, 2009年）

4. 岡正雄1994「太陽を射る話」大林太良（編）『岡正雄論文集異人その他他十二篇』（岩波文庫）：203-217・岩波書店.（初出は1935年）

5. 山田仁史1998「太陽を射たモグラ：比較の視点から」『口承文芸研究』21：36-47.

6. Hartland, Edwin Sidney. 1891. *The Science of Fairy Tales: An Inquiry into Fairy Mythology*. London: Walter Scott.

7. 西村真次 1927『神話学概論』早稲田大学出版部.

8. 大林太良 1980「中国・東南アジアの星型羽衣説話」『山本達郎博士古稀記念論文集 東南アジア・インドの社会と文化』上：323-343. 山川出版社.

【10】故事化的传说群

1. Frobenius, Leo. 1904. *Das Zeitalter des Sonnengottes*. Berlin: Georg Reimer.

2. 大林太良 1991『神話の系譜：日本神話の源流をさぐる』（講談社学術文庫；957）講談社.

3. 後藤明 2002『南島の神話』（中公文庫）中央公論新社.

4. 金関丈夫 1996「Vagina DentataJ 大林太良（編）『新編 木馬と石牛』（岩波文庫）：253-301. 岩波書店.（1940年初出）

5. Ross, Sonja. 1994. *Die Vagina Dentata in Mythos und Erzählung. Transkulturalität, Bedeutungsvielfalt und kontextuelle Einbindung eines Mythenmotivs*.（Völkerkundliche Arbeiten；Bd. 4）. Bonn: Holos Verlag.

6. 西岡秀雄 1956「兎と鰐説話の伝播」『史学』29：130-149, 337-349.

7. 小島瓔禮 1965「稲羽の素兎考」『国学院大学久我山高等学校紀要』3：98-132.

8. Antoni, Klaus J. 1982. *Der weisse Hase von Inaba. Vom Mythos zum Märchen*.（Münchener ostasiatische Studien；Bd. 28）. Wiesbaden: Steiner.

9. 大林太良 1995『北の神々南の英雄：列島のフォークロア12章』小学館.

【11】其他的参考文献

1. 山田仁史 2007「神話から見たヒトの起源と終末」野家啓一（編）『ヒトと人のあいだ』（シリーズ ヒトの科学；6）：35-62. 岩波書店.

2. 劉咸 1936「海南黎人文身之研究」『民族學研究集刊』1：197-233.

3. Eugenio, Damiana L. (ed.) 1993. *Philippine Folk Literature: The Myths*. Diliman, Quezon City: University of the Philippines Press.

4. Berezkin, Yuri E. 2007. Out of Africa and Further Along the Coast: African-South Asian-Australian Mythological Parallels. *Cosmos*, 23: 3-28.

第十二章
从中国学到东亚学
—— 中国与朝鲜半岛

右图：帝江（《山海经》的插画）

12.1 东亚的宏观观点

本章将讨论包括中国、朝鲜半岛和日本在内被称为"东亚"的地区。之前涉及的东南亚、非洲和欧亚大陆北部的神话研究，在 19 世纪后半叶得以深入。我曾多次提到，这与殖民主义有着深刻的关系。然而，关于东亚神话的正式研究可以说直到 20 世纪才开始。

并且，日本学者在这方面的研究有很多积累，这与东亚同属汉字文化圈这一共同的基础有关。换句话说，欧美研究者学习汉字十分费劲，因此很难进入这个领域，而日本人从近代之前就开始学习汉语；即便现在也从基础教育阶段就开始学汉字，对汉字十分熟悉而亲切，因而进入门槛较低。虽然现代韩国（朝鲜）语基本上只用谚文书写，但许多古老的历史文件都是用汉文书写的。正是由于这种文化背景，日韩地区的人们在访问中国时，即使语言不通也可以使用笔谈的方式进行交流。

此外，日本学者的深厚积累还与日本在东亚所处的位置有很大的关系。换句话说，日本在进入明治时代后率先推进现代化，在其过程中从欧美引进各种各样的概念并将其翻译成中文，进而"输出"到中国和朝鲜半岛。因此，东亚各国间现在依然共享各种现代概念，其中包括"宗教"和"神话"等词汇。

中国、朝鲜半岛和日本的另一个共同点是古典神话和所谓的非古典神话。之前涉及的东南亚、非洲、欧亚大陆北部和大洋洲有许多无文字社会。在无文字社会中，并没有古典神话和非古典神话之间的区别。然而在东亚，有必要将自古以文字记录下的古典神话和到近现代重新记录下的口传非古典神话进行区分。将两者联系起来虽然有趣，且有必要，但也有困难的一面。

现在，当我们看中国和中国的神话时，加上这古典与非古典的区别的因素，需要注意以下三点：

首先要注意的是汉族和少数民族的区别。中国是一个汉族人口占绝对多数的国家，但除此之外还有55个少数民族。汉族是占人口的90%以上的绝大多数，此外既有满族、蒙古族、维吾尔族和藏族这些人口较多的少数民族，也有人口只有几千人的少数民族。

其次要注意的是北方和南方的文化差异，比如有"南船北马""北麦（馒头和面条）南米"等区别。光在中国南部就有很多重要的语言，[1] 它们常常被认为是汉语（普通话）的方言，但也有很多时候人们认为以下观点更有说服力，那就是这些原本产生于南方的语言随着来自北方的汉语的覆盖产生了"汉语化"变化。这种"汉化"在中国全境展开。

最后要注意的是，仅针对中国的古典神话而言，其并不是系统性的。日本神话在8世纪初由《古事记》《日本书纪》得以文字化，这是由于随着日本律令制度的完善，之后在仿照大唐建国时，为保证日本自身的独立性而使神话系统性地留存下来。相比之下，中国的神话以片段的形式存在于各种典籍中，在这个意义上，中国神话有点类似于希腊神话，但即便如此，希腊神话中也

1　橋本萬太郎 1978『言語類型地理論』: 38-39. 弘文堂.

有如阿波罗多洛斯和奥维德等人在一定程度上对神话进行了整理，但在中国却基本没人这么做，因此神话散落在各种各样的古典资料中。[1]因此，目前可见的几种将零散的神话进行收集的材料集就显得比较有用，例如，中国的袁珂[2]、徐志平[3]和日本的伊藤清司[4]的作品就很好。

12.2 从汉学到东亚学

将中国作为学术研究对象的汉学（Sinology）先驱，是清代来到中国的耶稣会传教士，他们往欧洲发回了各种各样的报告。但对中国神话的系统研究则到20世纪才开始。虽然从19世纪起就已经开始有对中国神话的零星介绍，[5]但真正开始开展研究的还要数以下这些汉学家：法国的葛兰言（Marcel Granet）和马伯乐（Henri Maspero）、德国的何可思（Eduard Erkes）、奥托·门兴－黑尔芬（Otto Maenchen-Helfen）、卡尔·亨策（Carl Henze）等人。

首先，"神话"一词在日本是在明治时期作为翻译词语创造出来的。[6]最早将这个词传入中国的是留学日本的诗人蒋观云，该河

---

[1] 事实上并非如此，中国历代特别是明清以来都有致力于将零散片段的古籍神话加以系统化整理的实践，只是这些实践长期被排斥在主流文化之外。——译者注

[2] 袁珂1980『神話選譯百題』上海：上海古籍出版社．

[3] 徐志平2006『中國古代神話選注』台北：里仁書局．

[4] 伊藤清司1996『中国の神話・伝説』東京：東方書店．

[5] 李福清2007『中國各民族神話研究外文論著目錄1839-1990』北京：北京圖書館出版社．

[6] 平藤喜久子2004『神話学と日本の神々』：4-6.弘文堂．

出现在他于1903年写的一篇短论文[1]中。[2]之后到1920年前后时，在中国的近代化建设中，神话与民俗被当作塑造国民的核心而受到重视，神话研究和民俗学研究也得以正式推进，当时鲁迅（周树人）和他的弟弟周作人，以及在早稻田大学学习的钟敬文发挥了重要作用。

在朝鲜半岛，从19世纪后半叶，欧美传教士开始进行神话传说的翻译与介绍，在经过日本占领时期日本学人开展研究的阶段后，本土的正式研究于20世纪10年代末期由留学早稻田大学的孙晋泰开始推进。[3]

这样，我们可以看到，日本是近代东亚地区最早实现近代化的国家之一，它输出了各种"学术知识"，而外国留学生在这个过程中扮演了中介角色。我们也可以理解神话和民间传说被人们视作民族文化核心的历程。同时，我们也不能忽视西方汉学家在中国神话研究中发挥的作用。这与西方日本学家（Japanologists）在日本神话中发挥作用的意义相同。自20世纪后半叶以来，随着东亚各国在政治和经济上变得更加重要，欧美的汉学和日本学，包括朝鲜半岛研究，现在以东亚研究这样一个更大框架推进。在这种情况下，人们对神话和宗教以及东亚文化[4]有很大的兴趣。

---

1 馬昌儀（編）1994『中国神話学文論選萃』上：18-20. 北京：中国广播电视出版社．

2 章太炎、孙福宝、梁启超等人译介"神话"一词进入汉语，比蒋观云要早。——译者注

3 Grayson, James H. 2001. *Myths and Legends from Korea: An Annotated Compendium of Ancient and Modern Materials*: 13-23. London: Routledge；金廣植 2014『植民地期における日本語朝鮮説話集の研究：帝国日本の「学知」と朝鮮民俗学』勉誠出版．

4 日文原文为「サブカルチャー」（subculture），意为"亚文化群"。——译者注

12.3 中国的古典神话

正如我之前已提到的,中国的神话不是单一色彩的,而是由从各种文化体系中汲取的元素混合而成的产物。北京师范大学的杨利慧等学者认为,这样的中国神话有以下三个特征[1]:

第一,它是分散而零碎的。事实上,放眼世界,像日本神话这样早在8世纪就系统性记录下来的例子是非常罕见的。与此相对,中国神话并没有经过这样的系统化记录,因此中国的神话只是片段性地存在于各种各样的书籍中。只是后面我也会提到,我们也许可以做如下评价:日本神话已拥有成文的标准版,而中国神话仍以多样的姿态存在于多种书籍中。

第二,中国的神话是历史主义的。儒家传统观点有避免谈论超自然现象的倾向,如"不语怪力乱神",像神话等非理性的想法,尤其在知识分子中遭到轻视,要么难以被记录下来,要么在某些情况下被重新进行合乎理性和历史的解释。例如,中国传说中的黄帝有四面,但孔子对此进行合乎理性与历史的解释,说四面是指他"向四个方向派遣差人"[2]。

第三,有的神话被改写为文学和哲学书籍。例如,在《庄子》这样的哲学书籍中可以找到神话的痕迹。

以上是中国神话的特点,但还有一点我需要再强调一下,那就是人们常说的中国神话的零散性,这并不是说完全没有将神话在一定程度上进行汇总的文献,比如有《山海经》和《楚辞》等。[3]

1　Yang, Lihui(楊利慧)& Deming An(安德明)2008. *Handbook of Chinese Mythology*.(Handbooks of World Mythology). New York: Oxford University Press.

2　李亦園、王秋桂(主編)1996『中國神話與傳說學術研討會論文集』上下(漢學研究中心叢刊 論著類;第5種):上, 35. 台北:漢學研究中心.

3　伊藤清司 1996『中国の神話・伝説』:7–9. 東京:東方書店.

虽然是零散的，但人们知道在中国有神话的存在。其中，创世神话可分为三个乃至女娲、混沌、四极、阴阳、颛顼、盘古这六个系统。[1]

第一系列是以称作女娲的女神为中心的故事。"娲"这个字表示像蛇那样的生物，及通过蜕皮脱壳来恢复青春的力量。女娲常常与男神伏羲成对出现，关于他们有在天地崩塌时进行修补的神话，下面是《太平御览》卷七十八引用的后汉应劭撰写的《风俗通义》的故事。

> 俗说天地开辟，未有人民，女娲抟黄土作人。剧务，力不暇供，乃引绳絚于泥中，举以为人。故富贵者，黄土人；贫贱者，引絚（绳）人也。[2]

第二系列的起源神话是关于混沌的。例如，写于西汉的《淮南子》的"精神训"中有如下内容：

> 古未有天地之时，惟像无形，窈窈冥冥，芒芠漠闵，澒濛鸿洞，莫知其门。有二神混生，经天营地；孔乎莫知其所终极，滔乎莫知其所止息。于是乃别为阴阳，离为八极；刚柔相成，万物乃形；烦气为虫，精气为人。[3]

第三个，也是最后一个系列的神话，是一个称为盘古的巨人的身体变作各种各样东西的神话。

---

1 Birrell, Anne. 2000. *Chinese Myths*. London：British Museum Press.
2 《太平御览》卷七八引《风俗通义》。
3 《淮南子·精神训》。

神话文本 34　盘古之死与世界的创造

这是世界从一个称作盘古的巨人身体诞生的片段性神话。

首生盘古，垂死化身；气成风云，声为雷霆，左眼为日，右眼为月，四肢五体为四极五岳，血液为江河，筋脉为地里，肌肉为田土，发髭为星辰，皮毛为草木，齿骨为金石，精髓为珠玉，汗流为雨泽，身之诸虫，因风所感，化为黎甿。

资料来源：《绎史》卷一引《五运历年纪》[1]

如上所述，尽管中国古典神话是零散的，但可以通过将它们像谜题一样进行联结来再次重构，从中可以看出古代中国人的世界观，即他们是如何思考宇宙与人类的起源等问题。然而，由于有很多事情难以理解，往往需要借助文献之外的材料，其中一种便是考古学材料。[2] 其中最为著名的是于20世纪70年代发掘的湖南长沙马王堆汉墓。现在我们已了解埋葬在这三座墓中的人物的身份（长沙国丞相及其妻子），以及该墓修建的时间（公元前2世纪），从此发掘出的"帛画"上画着各种各样的神仙、动物以及饶有趣味的图像，似是在模仿中国古典神话的世界观，因此备受关注（图17）。[3] 现在这样的考古学方面的新资料正在不断出现，由此也出现了一种将神话与考古学资料进行比对的研究方法。

1　伊藤清司 1996『中国の神話・伝説』：29. 東京：東方書店.

2　伊藤清司 1996『中国の神話・伝説』：17-20. 東京：東方書店.

3　Birrell, Anne. 2000. *Chinese Myths*：67-68. London：British Museum Press.（ビレル，アン『中国の神話』丸善ブックス 99，丸山和江訳，丸善，2003年）

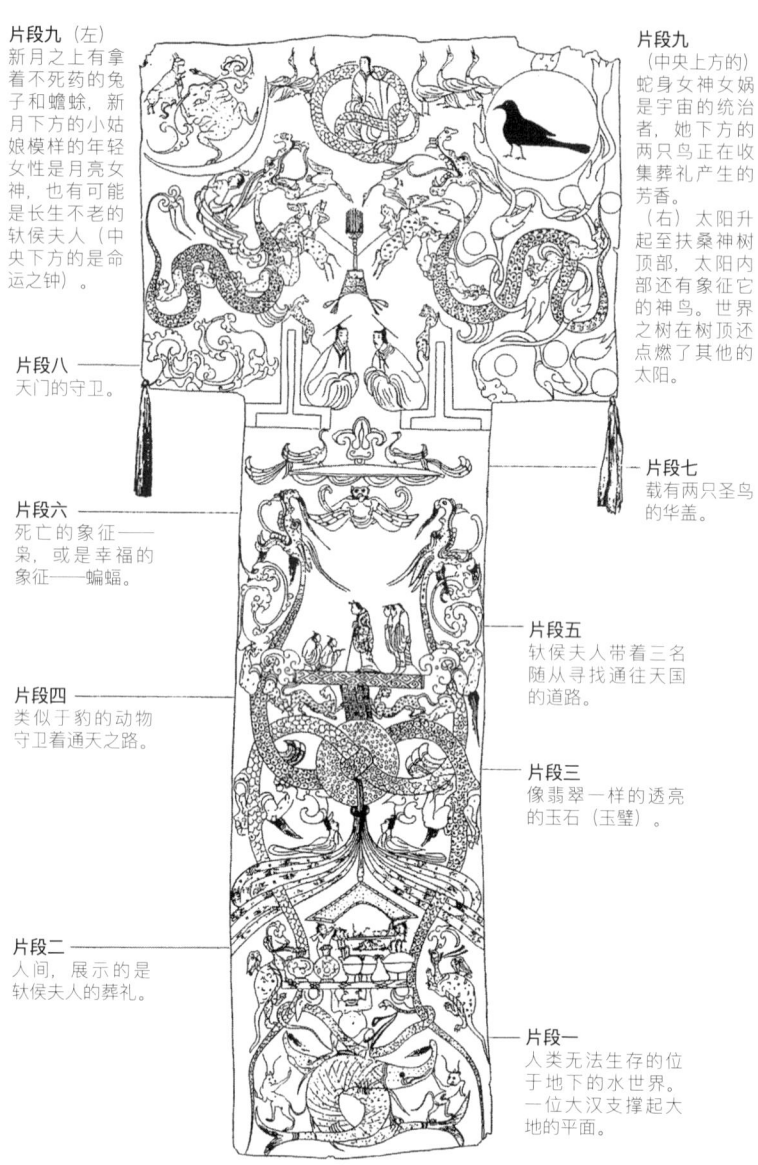

图 17 马王堆汉墓的帛画

图片来源：Birrell, Anne. 2000. *Chinese Myths*. London: British Museum Press.

12.4 中国的民俗与民间信仰

另一种经常被用来作为比较材料的是少数民族的文化。如前所述，中国有55个获得官方认定的少数民族，有一种观点认为，汉族文化的一些古老元素可能仍然存在于他们的文化中。例如，收录于《楚辞》的《九歌》等一系列诗歌中，有一首诗叫《国殇》。民族学家凌纯声以云南佤族的猎头资料将其解释为出战、杀敌、祭枭（祭祀暴露的头颅）、娱魂（取悦灵魂）的意思。对《诗经》采取同样研究手法的是之前提到的汉学家葛兰言。他将《诗经·国风》的诗歌解释为像中国少数民族常举行的歌会，是年轻男女间流传的情歌。

话说回来，汉族的古典神话是如何在民间流传的？其中一个重要的媒介是由讲坛说书等方式流传的志怪小说《封神演义》。这部作品在日本于1990年代被漫画化之后才逐渐为人所知，但在中国深受老百姓的欢迎。该作品最初写于明朝，故事发生在从商朝到周朝的时期，周武王讨伐商纣王时，各路神仙都参加了战斗，他们各自用一种叫"法宝"的奇特武器互相争斗，堪称一部鸿篇巨制。该作品在汉族中可谓家喻户晓，很多人们熟知的民间信仰的神灵也出现在该作品中。除此之外，汉族丰富的民间传说也被记录在多部文献中，并一直流传至今。

神话文本35 中国的灰姑娘故事

众所周知，与西方的灰姑娘类似的故事在世界范围内广泛流传，其中最古老的记录在公元9世纪唐朝的段成式所写的《酉阳杂俎》续集卷一中。众所周知，日本博物学家和真菌学家南方熊楠第一个注意到了它，并于1911年在《东京人类学会杂志》上发表了一篇题为《公元9世纪中国书籍中的灰姑娘故事》的文章。后来，欧美的研究人员也用英语对这个故事进行介绍，该故事由此变得广为人知。文中提到的"洞"是指根据唐朝的羁縻政策作为非汉族组织的最小单位。

南人相传，秦汉前有洞主吴氏，土人呼为"吴洞"。娶两妻，一妻卒，有女名叶限。少慧，善淘金，父爱之。末岁父卒，为后母所苦，常令樵险汲深。

时尝得一鳞，二寸余，赪鳍金目，遂潜养于盆水。日日长，易数器，大不能受，乃投于后池中。女所得余食，辄沉以食之。女至池，鱼必露首枕岸。他人至，不复出。其母知之，每伺之，鱼未尝见也。因诈女曰："尔无劳乎？吾为尔新其襦。"乃易其弊衣，后令汲于他泉，计里数百也；母徐衣其女衣，袖利刃，行向池呼鱼。鱼即出首，因斫杀之。鱼已长丈余，膳其肉，味倍常鱼，藏其骨于郁栖之下。

逾日，女至向池，不复见鱼矣，乃哭于野。忽有人披发粗衣，自天而降，慰女曰："尔无哭，尔母杀尔鱼矣！骨在粪下。尔归，可取鱼骨藏于室。所须第祈之，当随尔也。"女用其言，金玑衣食随欲而具。

及洞节，母往，令女守庭果。女伺母行远，亦往。衣翠纺上衣，蹑金履。母所生女认之，谓母曰："此甚似姊也。"母亦疑之。女觉，遽反，遂遗一只履，为洞人所得，母归，但见女抱庭树眠，亦不之虑。

其洞邻海岛，岛中有国名陀汗，兵强，王数十岛，水界数千里。洞人遂货其履于陀汗国。国主得之，命其左右履之，足小者履减一寸，乃令一国妇人履之，竟无一称者。其轻如毛，履石无声。陀汗王意其洞人以非道得之，遂禁锢而拷掠之，竟不知所从来。乃以是履弃之于道旁，即遍历人家捕之，若有女履者，捕之以告。陀汗王怪之，乃搜其室，得叶限，令履之而信。叶限因衣翠纺衣，蹑履而进，色若天人也。始具事于王，载鱼骨与叶限俱还国。其母及女即为飞石击死。洞人哀之，埋于石坑，命曰"懊女冢"。洞人以为媒祀，求女必应。

陀汗王至国，以叶限为上妇。一年，王贪求，祈于鱼骨，宝玉无限。逾年，不复应。王乃葬鱼骨于海岸，用珠百斛藏之，以金为际。至征卒叛时，将发以赡军。一夕，为海潮所沦。

成式旧家人李士元所说。士元本邕州洞中人，多记得南中怪事。

资料来源：段成式《酉阳杂俎》续集卷一[1]

12.5 朝鲜半岛的神话与传说

与中国一样，韩国、朝鲜的神话也可以分为古典神话和非古典神话。收录古典神话的主要资料包括《三国史记》《三国遗事》，前者是朝鲜现存最古老的历史书籍，共有50卷。它是由金富轼等人奉高丽仁宗之命编写的，成书于1145年，是记录新罗、高句丽和百济三个王国的官方正史。

《三国遗事》成书于约一个世纪之后，当时蒙古人的威胁迫在眉睫，为保卫民族认同，由人们将此前成书的《三国史记》漏记的内容收集汇编而成，全书共五卷。由于该书是在高丽忠烈王统治时由一位叫一然的僧人记录下的，因此其中有很多佛教故事。

在这些神话中，建国神话的篇幅很大，其中可以看到天降君

---

[1] 参考山田仁史 2011『台湾的灰姑娘』，篠田知和基（编）『爱的神话学』：459–480，名古屋，楽瑯書院．（汉译文引自顾希佳编著：《中国古代民间故事长编·隋唐五代卷》，杭州：浙江大学出版社，2012年，第280—281页。——译者注）

主于朝鲜半岛、以不寻常的方式诞生的英雄即位登基等共通的主题。此外,到了近现代,还有许多所谓非古典神话以口头传承的形式记录下来,这一点与中国和日本相通。

神话文本36　檀君神话

以下原文中的"壇君"现在一般写为"檀君",这是古朝鲜的建国神话。

《魏书》云:乃往二千载有坛君王俭,立都阿斯达,开国号朝鲜。与高同时。

《古记》云:昔有桓因庶子桓雄,数意天下,贪求人世。父知子意,下视三危太伯可以弘益人间,乃授天符印三个,遣往理之。雄率徒三千,降于太伯山顶神坛树下,谓之神市。是谓桓雄天王也。将风伯、雨师、云师,而主谷、主命、主病、主刑、主善恶,凡主人间三百六十馀事。在世理化。

时有一熊一虎同穴而居,常祈于神雄,愿化为人。时神遗灵艾一炷,蒜二十枚,曰:"尔辈食之,不见日光百日,便得人形。"熊虎得而食之。忌三七日,熊得女身;虎不能忌,而不得人身。熊女者无与为婚,故每于坛树下咒愿有孕。雄乃假化而婚之,孕生子,号曰坛君王俭。以唐高即位五十年庚寅,都平壤城,始称朝鲜。又移都于白岳山阿斯达,又名弓忽山,又今弥达。御国一千五百年。(后略)

资料来源:《三国遗事》纪异第一《古朝鲜》[1]

---

[1] 参三品彰英(遗撰)村上四男(编集代表)1975—95『三国遗事考证』全5册;上300—301. 塙书房. 部分修改。(汉译文参一然:《三国遗事》,权锡焕、陈蒲清注译,长沙:岳麓书社,2009年,第5—6页。——译者注)

本章的参考文献

【1】中国与东亚的宏观视角

1. Eberhard, Wolfram. 1968. *The Local Cultures of South and East China*. Translated from the German by Alide Eberhard. Leiden: E. J. Brill.（エバーハルト，W『古代中国の地方文化：華南・華東』白鳥芳郎監訳，六興出版，1987年）

2. 橋本萬太郎 1978『言語類型地理論』弘文堂．

3. 橋本萬太郎（編）1983『漢民族と中国社会』（民族の世界史；5）山川出版社．

4. 大林太良 1996『東と西 海と山：日本の文化領域』（小学館ライブラリー；92）小学館．

5. 大林太良/生田滋 1997『東アジア民族の興亡：漢民族と異民族の四千年』日本経済新聞社．

6. 片岡樹/シンジルト/山田仁史（編）2013『アジアの人類学』（シリーズ来たるべき人類学；4）横浜：春風社．

【2】关于中国神话的主要概述、研究和收集其基本资料的书目

1. 伊藤清司 1996『中国の神話・伝説』東京：東方書店．

2. 伊藤清司 2012「中国の神話」大林太良/伊藤清司/吉田敦彦/松村一男（編）『世界神話事典：世界の神々の誕生』（角川ソフィア文庫）：27–36．角川学芸出版．

3. 伊藤清司先生退官記念論文集編集委員会（編）1991『中国の歴史と民俗』第一書房．

4.『中国民話の会通信』82号（「追悼伊藤清司先生」2007年9月。略年譜・主要著書論文目録を付す）

5. 君島久子 1983『中国の神話：天地を分けた巨人』（世界の神話；7）筑摩書房．

6. 松村武雄 1976『中国神話伝説集』（現代教養文庫；875）社会思想社．

7. 徐志平 2006『中國古代神話選注』台北：里仁書局．

8. 袁珂 1980『神話選訳百題』上海：上海古籍出版社．

9. 袁珂 1989『中国民族神話詞典』成都：四川省社会科学院出版社.

10. 袁珂 1993『中国の神話伝説』上下，鈴木博訳，青土社（1950年原著初出，84年増補版）

11. 袁珂 1998『中国神話大詞典』成都：四川辞書出版社.（1985年初版の訳は『中国神話伝説大事典』鈴木博訳，大修館書店，1999年）

12.《中国各民族宗教与神話大詞典》編審委員会（編）1993『中国各民族宗教与神話大詞典』北京：学苑出版社.

13. 馬昌儀（編）1994『中国神話学文論選萃』上下，北京：中国広播電視出版社.

14. 鍾敬文（学術総監）苑利（主編）2002『神話巻』（二十世紀中国民俗学経典）北京：社会科学文献出版社.

15. 鍾敬文 2002『伝説故事巻』（二十世紀中国民俗学経典）北京：社会科学文献出版社.

16. 鍾敬文 2002『史詩歌謠巻』（二十世紀中国民俗学経典）北京：社会科学文献出版社.

17. 楊利慧 1999『女媧溯源：女媧信仰起源地的再推測』（中国民間文化探索叢書）北京：北京師範大学出版社.

18. 楊利慧 2009『神話与神話学』（新世紀高等学校教材・漢語言文学専業課系列教材）北京：北京師範大学出版社.

19. Yang, Lihui（楊利慧）& Deming An（安徳明）2008. *Handbook of Chinese Mythology.*（Handbooks of World Mythology）. New York：Oxford University Press.

20. Birrell, Anne. 2000. *Chinese Myths.* London：British Museum Press.（ビレル，アン『中国の神話』丸善ブックス 99，丸山和江訳，丸善，2003年）

21. 李福清（Riftin, Boris）1991『中國神話故事論集』馬昌儀（編）台北：臺灣學生書局.

22. 李福清（Riftin, Boris）2007『中國各民族神話研究外文論著目録 1839–1990』北京：北京圖書館出版社.

23. 李亦園／王秋桂（主編）1996『中國神話與傳説學術研討會論文集』上下（漢學研究中心叢刊 論著類；第5種）台北：漢學研究中心.

24. 賀学君 / 蔡大成 / 櫻井龍彥（編）2012『中日学者中国神話研究論著目録総匯』(中国社会科学院民俗学研究書系) 北京：中国社会科学出版社.

【3】現代日本的中国神話研究

1. 百田弥栄子 1999『中国の伝承曼荼羅』(三弥井民俗選書) 三弥井書店.（中国語訳は『中国伝承曼荼羅：中国神話伝説的世界』范禹訳，北京：民族出版社，2005年）

2. 百田弥栄子 2004『中国神話の構造』三弥井書店.

3. 百田弥栄子 2015『シルクロードをつなぐ昔話：中国のグリム童話』三弥井書店.

4. 森雅子 2005『西王母の原像：比較神話学試論』慶應義塾大学出版会.

5. 森雅子 2013『神女列伝：比較神話学試論2』慶應義塾大学出版会.

6. 斧原孝守 1992「雲南少数民族の月食神話」『比較民俗学会報』13（3）：16-27.

7. 斧原孝守 1996「オオゲツヒメ・ウケモチノカミ神話考：中国の民間説話との比較」『口承文芸研究』19：64-77.

8. 斧原孝守 1999「陽物の橋」『中国民話の会通信』54：4-8.

9. 斧原孝守 2002「中国大陸における『脱皮喪失神話』について」『比較民俗学会報』22（4）：1-11.

10. 斧原孝守 2005「『猿蟹合戦』とモクズガニ：猿と蟹はなぜ争うのか」『説話・伝承学』13：114-126.

11. 斧原孝守 2006「神武東征伝説の源流：昔話『奪われた三人の王女』（ATU 三〇一）との比較」『東アジアの古代文化』126：159-175.

12. 斧原孝守 2008「中国少数民族神話から見た猿田彦の原像：猿祖神話との関連をめぐって」『猿田彦大神フォーラム年報 あらはれ』11：166-185.

13. 2010「失われた人間の尾：中国大陸の二次的な人間起原神話の一類型」『比較民俗学会報』31（1）：5-14.

14. 斧原孝守 2015「東アジアにおける昔話モチーフの分布」『口承文芸研究』39：177-187.

【4】中国民间传说的主要汇编及类型索引

1. 飯倉照平（編訳）1993『中国民話集』（岩波文庫）岩波書店.

2. Eberhard, Wolfram. 1937. *Typen chinesischer Volksmärchen.* (FF Communications; No. 120). Helsinki: Suomalainen Tiedeakatemia.（中国語訳は艾伯華『中國民間故事類型』王燕生／周祖生訳，劉魁立審校，北京：商務印書館，1999年。日本語訳は馬場英子／瀬田充子／千野明日香編訳『中国昔話集』1・2，東洋文庫761，762，平凡社，2007年）

3. Ting, Nai-tung. 1978. *A Type Index of Chinese Folktales: In the Oral Tradition and Major Works of Non-Religious Classical Literature.* (FF Communications; No. 223). Helsinki: Suomalainen Tiedeakatem ia.（中国語訳は丁之通『中國民間故事類型索引』中国民間文化研究書系，鄭建威／李偉／商孟可／段宝林訳，李広成校，武漢：華中師範大学出版社，2008年）

4. 金榮華 2007『民間故事類型索引』上中下，台北：中國口傳文學學會.

【5】有关道教的民俗信仰与众仙

1. 二階堂善弘 1998『封神演義の世界：中国の戦う神々』（あじあブックス；6）大修館書店.

2. 二階堂善弘 2002『中国の神さま：神仙人気者列伝』（平凡社新書；130）平凡社.

3. 二階堂善弘 2003『中国妖怪伝：怪しきものたちの系譜』（平凡社新書；176）平凡社.

4. 実吉達郎 1996『中国妖怪人物事典』講談社.

5. 陸西星（撰）鐘伯敬（評）1996『封神演義』（中國古典名著）楊宗瑩（校訂）繆天華（校閱）台北：三民書局.

6. 許仲琳（編）1995『完訳 封神演義』上中下，矢野真弓／川合章子（訳）横浜：光栄.

7. 八木原一恵（編訳）1999『封神演義』（集英社文庫）二階堂善弘（解説）集英社．

8. 曾勤良 1984『臺灣民間信仰與封神演義之比較研究』台北：華正書局．

【6】中国民俗学与中国神话研究的发展

1. 子安加余子 2008『近代中国における民俗学の系譜：国民・民衆・知識人』御茶の水書房．

2. 叶舒宪 2005『老子与神話』（新世紀学人文萃）西安：陝西人民出版社．（pp. 268-291「中国神話学百年回眸」）

3. Li, Jing（ed.）2015. *Chinese Folklore Studies*：*Toward Disciplinary Maturity*.（Asian Ethnology；Vol. 74，No. 2）. Nagoya：Nanzan Institute for Religion and Culture.

【7】钟敬文对中国神话及民间传说研究的主要著作及评传资料汇编

1. 鍾敬文 2002『民間文芸学巻』（鍾敬文文集）合肥：安徽教育出版社．

2. 鍾敬文 2002『民俗学巻』（鍾敬文文集）合肥：安徽教育出版社．

3. 楊哲（編）2004『中国民俗学之父：鍾敬文生涯・学芸自記与学界評述』合肥：安徽教育出版社．

【8】作为近代日本学科的神话学与其他学科在亚洲的（特别是在中国与朝鲜半岛）的发展

1. 平藤喜久子 2004『神話学と日本の神々』弘文堂．

2. 山室信一 2001『思想課題としてのアジア：基軸・連鎖・投企』岩波書店．

3. 岸本美緒（編）2006『東洋学の磁場』（岩波講座「帝国」日本の学知；第3巻）岩波書店．

4. 末廣昭（編）2006『地域研究としてのアジア』（岩波講座「帝国」日本の学知；第6巻）岩波書店．

5. Tanaka, Stefan. 1993. *Japan's Orient*：*Rendering Pasts into History*. Berkeley：University of California Press.

【9】欧美汉学中的神话研究及其主要成果的概述

1. Granet, Marcel. 1919. *Fêtes et chansons anciennes de la Chine*. Paris: Ernest Leroux.（グラネ，M『中国古代の祭礼と歌謡』東洋文庫500，内田智雄訳，平凡社，1989年）

2. Granet, Marcel. 1926. *Danses et légendes de la Chine ancienne*, 2 tomes. Paris: Félix Alcan.（グラネ，マルセル『中国古代の舞踏と伝説』明神洋訳，せりか書房，1997年）

3. Maspero, Henri. 1924. Légendes mythologiques dans le *Chou King*. *Journal Asiatique*, 204: 1-100.

4. Erkes, Eduard. 1926. Chinesisch-amerikanische Mythenparallelen. *Toung Pao*, 24: 32-53.

5. Mänchen-Helfen, Otto. 1935. Herakles in China. *Archiv Orientální*, 7 (1-2): 29-34.

6. Hentze, Carl. 1932. *Mythes et symboles lunaires. Chine ancienne, civilisations anciennes de l'Asie, peuples limitrophes du Pacifique*. Anvers: De Sikkel.

7. Hentze, Carl. 1955. *Tod, Auferstehung, Weltordnung. Das mythische Bild im ältesten China, in den grossasiatischen und zirkumpazifischen Kulturen*, 2 Bde. Zürich: Origo Verlag.

8. 松本信広 1932「古代文化論」『現代史学大系』第10巻：1-216. 共立社.

9. 石田幹之助 1932『欧米に於ける支那研究』創元社.

10. 後藤末雄 1969『中国思想のフランス西漸』全2巻（東洋文庫；144·148）矢沢利彦（校訂）平凡社（初出は1933年）

11. 青木富太郎 1940『東洋学の成立とその発展』蛍雪書院.

12. 福井文雅 1991『欧米の東洋学と比較論』隆文館.

13. 福井文雅 2008『ヨーロッパの東方学と般若心経研究の歴史』五曜書房.

14. 高田時雄（編）1996『東洋学の系譜 欧米篇』大修館書店.

菊地章太 2007『フランス東洋学ことはじめ:ボスフォラスのかなたへ』研文出版.

15. 黄長/孫越生/王祖望（主編）2005『欧洲中国学』北京：社会

科学文献出版社.

【10】关于朝鲜半岛神话与民间传说的概述、基础资料、研究资料和类型索引

1. 松原孝俊 2012「朝鮮半島の神話」大林太良/伊藤清司/吉田敦彦/松村一男（編）『世界神話事典：世界の神々の誕生』（角川ソフィア文庫）：37-48.角川学芸出版.

2. 黄浿江 1991『韓国の神話・伝説』宋貴英（訳）東方書店.

3. 金両基 1995『韓国神話』青土社.

4. 依田千百子 1985『朝鮮民俗文化の研究』瑠璃書房.

5. 依田千百子 1991『朝鮮神話伝承の研究』瑠璃書房.

6. 依田千百子 2007『朝鮮の王権と神話伝承』勉誠出版.

7. 三品彰英 1972『増補 日鮮神話伝説の研究』（三品彰英論文集；第4巻）平凡社.

8. 三品彰英（遺撰）村上四男（編集代表）1975-95『三国遺事考証』全5册，塙書房.

9. 金厚蓮/田畑博子 2006『韓国神話集成』第一書房.

10. Grayson, James H. 2001. *Myths and Legends from Korea: An Annotated Compendium of Ancient and Modern Materials*. London: Routledge.

11. 金富軾 1980-81『完訳三国史記』上下，金思燁（訳）六興出版.

12. 一然 1980『完訳 三国遺事』金思燁（訳）六興出版.

13. 今村鞆 1941『高麗以前の風俗関係資料撮要』京城：朝鮮総督府中枢院.

14. 孫晋泰 2009『朝鮮民譚集』増尾伸一郎（解説）勉誠出版.（初出は1930年）

15. 崔仁鶴 1976『韓国昔話の研究:その理論とタイプインデックス』弘文堂.

16. 崔仁鶴 1977『朝鮮伝説集』日本放送出版協会.

17. Choi, In-hak（崔仁鶴）1979. *A Type Index of Korean Folktales*. Seoul: Myong ji University Publishing.

【11】朝鲜半岛的民俗学与人类学的发展

1. 三品彰英 1960「朝鮮民俗学：学史と展望」『民俗学の成立と展開』(日本民俗学大系；1)：131-145. 平凡社.

2. 全京秀 2004『韓国人類学の百年』岡田浩樹/陳大哲（訳）風響社.

3. 金廣植 2014『植民地期における日本語朝鮮説話集の研究：帝国日本の「学知」と朝鮮民俗学』勉誠出版.

终章
现代神话与神话学

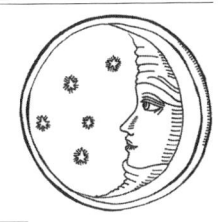

在十二个章节中,我梳理了世界神话的起源及其"发现"和翻译的发展历程。在这最后一章中,我想就着前面已经介绍过的故事重新思考:神话在向身处现代的我们诉说着什么?神话并不是遥远的、过去的故事,我们能够意识到它就在我们的身边,不是吗?

例如,《日本书纪》里说,世界最初就像鸡蛋那样混沌,之后天地分离,众神和日本的国土诞生。芬兰民族史诗《卡勒瓦拉》中说,很久以前,一个鸭蛋被打破了,蛋的下半部分变成大地,上半部分变成天空,蛋黄变成太阳,蛋白变成月亮。此外,关于宇宙和世界生于蛋的创世神话还在埃及、希腊、波斯、印度、中国和波利尼西亚等不同地区和民族中流传。从现代科学知识的角度来看,这样的神话看上去似乎只是可笑的幻想,但真的是这样吗?提出宇宙大爆炸理论的比利时人勒梅特(Georges Lemaître)认为宇宙是由一个"宇宙蛋"的爆炸而诞生的。他是一名物理学家,同时也是一名神职人员,他说:"通往真理的道路有两条。"乍一看,科学与神话和宗教似乎是两件不相干的事物,但它们之间的关系却出奇地密切。

我在这本书中详细描述了女神身体变成农作物的故事。在印度尼西亚东部的神话中,很久以前,一个名叫海努维勒的神秘女孩能够随意拿出宝物,由此受到村民们的嫉妒而被杀害。之后,她的尸体各个部分变成了各种薯芋，成为岛民的主食。在《古事记》中，大气都比卖女神被杀，她的头部生出蚕，双眼生出稻米，耳朵生出小米，鼻子生出红豆，外阴生出小麦，臀部生出大豆。北美的克里克族（Creek）说，很久以前，一位老妇人说道："将我的身体放到田里拖着走，然后三个月后再来看看。"人们按照她说的做了，他们发现田里长出了玉米和豆子。这些在我们今天看来有点残酷的神话在向我们传达什么样的信息呢？原始农民可能对农作物的出生和枯萎、作物结果及下一次的农耕循环感到惊讶。这些神话想要表达的可能是"死为生之前提"之意。如果人们认为粮食是由昂贵的牺牲换来的话，那今天的人们可能会产生"切不可浪费粮食"的想法。

　　本书多次提到的英雄神话也在全世界广为流传，例如俄狄浦斯的神话。俄狄浦斯是希腊底比斯国王拉伊奥斯的儿子。拉伊奥斯相信这样一个不祥的神谕："如果出生的是一个男孩，你将被他所杀"，因此他在俄狄浦斯出生时就将他抛弃了，但俄狄浦斯在历经各种艰难困苦后茁壮成长，并最终杀死拉伊奥斯而使神谕应验。其间发生了一个非常著名的故事，即斯芬克斯问他这样一个谜题："哪种生物在早上有四条腿，中午有两条腿，晚上有三条腿？"俄狄浦斯回答出"人类"这个正确答案。有很多英雄的神话和传说都是像这样的：一开始被遗弃，在历经流浪后得到妻子和超自然力量。波斯的居鲁士国王，罗马的罗慕路斯和勒慕斯，征服怪物的珀尔修斯和征服八岐大蛇的素戈鸣尊都是这样的例子。世界各地的英雄神话都能看到这样类似的模型，究其原因可能是它们触动了人们内心深处的某个地方。现在，有人试图将这种模式应用于电影和小说，这种模式已被用于好莱坞电影的剧本手册，我想读者可以由此联想到某部作品。

　　最后，当说到洪水神话时，读者可能会想起《圣经》中的诺亚洪水，但日本也有洪水传说。根据岩手县洋野町（原大野村）的一个故事，在开天辟地后，一场巨大的海啸袭来，导致海水沿河流倒灌，造成一场大洪水，导致众人流离丧命，但据说只有一对相信神灵预言的夫妇保住性命。由于这个故事据说是"开天辟地"时的故事，因此它是在该地区流传的真实的神话吗？实际上，该地区在1896年（明治29年）、1933年（昭和8年）和2011年（平成23年）受到大海啸和由其产生的河道逆流袭击，受到严重破坏。传说中对海啸的描述也是经历过这场灾难的人才会写得出的。此外，在宫城县多贺城市的名胜（歌枕）[1]末之松山有这样的传说："曾有海啸，但并未到达此处。"事实上，在东日本大地震发生时，海啸的确没有到达这个稍稍高起的地方。因此，洪水的神话和传说可能还发挥了以下作用，即经历过真实灾害的人们通过洪水神话来将这样的记忆流传给后代。

从上述例子中我们可以看出，广义上的神话与现代社会并非毫无关系。那么，为什么世界上的神话能够吸引人们的心灵，超越民族和时代？因为它们很有趣？因为它们很美？还是因为它们是基本的故事？

也许确是如此。但我不认为这就是全部。我认为，神话是对"毁灭的风景"的描述。简单地说，神话有时是由不同的民族和宗教在它们相遇之前写下来的，弱势的一方被摧毁了；这也是出于一种强烈但可悲的愿望，即把它们的传统留给后代。这仿佛是一份最后的遗嘱。

你知道"天鹅之歌"这个词吗？据说天鹅在濒临死亡时会用最美的声音唱歌。就像诗人看到他们的传统在眼前崩溃，目睹这

---

[1] "歌枕"指历代出现在和歌中的名胜，松山即为一处作为"歌枕"而被吟诵的地名。——译者注

样"毁灭景观"的他们也用尽最后的力气，在恐惧和颤抖中写下文字。我想这正是神话能打动我们心灵的原因。我希望读者能从日本神话、日耳曼神话、玛雅神话、芬兰的《卡勒瓦拉》、阿伊努神话中也能想到这一面。（表7）

表7 作为"毁灭风景"的神话比较表

神话	成书年份	书名	作者	原文语种	对抗势力	本书涉及章节
日本	712	《古事记》	太安万侣	古代日语	唐与新罗等	第八章
日耳曼	9至12世纪	《埃达》	佚名	古爱尔兰语	基督教	第四章
玛雅	1554—1558	《波波尔·乌》	佚名	基切语	西班牙	第九章
芬兰	1835	《卡勒瓦拉》	伦洛特	芬兰语	基督教	第十章
阿伊努	1923	《阿伊努神谣集》	知里幸惠	阿伊努语	基督教与俄罗斯	第八章

那么，研究神话的神话学的现状是什么？正如我在本书中不时进行介绍的那样，本书梳理了从19世纪末到20世纪，那些构成神话学研究基础的材料的性质、形成及其传播过程。语言学、民族学、人类学、心理学、文学和宗教学等各个领域的研究者利用这些材料进行神话学研究中。并且，进入21世纪，国际比较神话学会（Association for Comparative Mythology）于2006年成立，研究方法和视角也变得越来越多样化。

也许，只要人类还存在于这个世界上，神话就会继续被阅读和讲述。并且我相信，投入到"神话学"这门研究神话的学科的人才也将不断出现。

本章的参考文献

从 19 世纪到 20 世纪的神话学理论

1. 大林太良 2012「神話学の方法とその歴史」大林太良 / 伊藤清司 / 吉田敦彦 / 松村一男（編）『世界神話事典 創世神話と英雄伝説』（角川ソフィア文庫）: 24-54. 角川書店.

2. 松村一男 1999『神話学講義』（角川叢書；5）角川書店.

3. エリアーデ，ミルチャ 1987「19-20 世紀における神話：神話の宗教的価値と論理的構造を求めて」久米博（訳），シュール，P=M /F. L. アトリー /J. セズネック / F. ハード /M. エリアーデ『神話の系譜学』（叢書ヒストリー・オヴ・アイディアズ；13）: 160-211. 平凡社.

4. Segal, Robert A. 2004. *Myth: A Very Short Introduction*. Oxford: Oxford University Press.

5. 楊利慧 2009『神話与神話学』（新世紀高等学校教材）北京：北京師範大学出版社.（とくに下編「神話研究的理論与方法」）

后　记

回想起来，最初勾起我对外国文化兴趣的是梅棹忠夫和石毛直道编辑的《世界地理I：自然与生命》（学苑图鉴，1974年）。我从书中了解到世上竟有如此多姿多彩的生活方式，总是如痴如醉地看着书中图片和文章。与神话学的相遇稍稍靠后，那是我在小学高年级时读到井上光贞的《从神话到历史》（日本的历史1，中央公论社，1965年），通过此书我得知在国外也分布有与日本神话相似的故事，这使我兴奋不已。当时我也不知道日后能帮大林太良老师执笔那部分的内容。

在我上大学时，我读到大林太良老师的《神话学入门》（中公新书，1966年）并有幸得见他本人，而这也决定了我此后的人生道路。我多次拜访他位于阿佐谷的家，直接接受他的教诲，那段时光已经成为无可替代的宝贵财富。我有意地在老师的书名上添一"新"字，以献给已故的大林老师。尽管如此，我在本书中也认识到与恩师名著的差异。只因我认为以一个人的视角来统一描述全世界的神话是有意义的，故虽才疏学浅但仍挑战了一番，本书就是其结果。我想今后继续对书中的错误和不足进行修正和补充。

从我成为研究生直到今日，关于神话与神话学，得到从大林老师以及其他多位老师的指点教导，在此想列出以下我有幸得见且深受其照顾的各位老师的姓名（按照日语五十音顺序排列，省略敬称）：伊藤清司、Michael Witzel、冲田瑞穂、荻原真子、長田俊樹、斧原孝守、加藤隆浩、纸村彻、木村武史、後藤明、後藤敏文、筱田知和基、岛崎启、中堀正洋、Hans-Joachim Paproth、平藤喜久子、Yuri Berezkin、松村一男、丸山显德、百田弥荣子、森雅子、杨利慧、吉田敦彦、鹿忆鹿、渡边浩司。

这本书基本上是新写的，但也有一些部分是根据旧手稿写的，具体包括以下部分，但我对它们都进行了或大或小的修改。

第一章
・「神話から見たヒトの起源と終末」野家啓一（編）『ヒトと人のあいだ』（シリーズヒトの科学；6）：35–62，岩波書店，2007年の一部を組み入れた。

第三章
・「北アメリカの神々：大自然に住まう神霊と神獣たち」松村一男編）『世界の神々の事典：神・精霊・英雄の神話と伝説』（エソテリカ事典シリーズ；5）：246–247，学研，2004年を3.4.に利用。

第七章
・「オセアニアの神々：太平洋に浮かぶ多様な創世神話」松村（編）同上書：254–255を7.7.に利用。

第八章
・「シーボルトと19世紀の日本神話研究」『シーボルトが紹介したかった日本』：25–33，佐倉：国立歴史民俗博物館，2015年が，8.2.および8.3.と一部重複。

第九章
・「マヤの神々：古代文明が伝える世界の創造と破壊」松村（編）同上書：248–249及び

・「アステカの神々：創造神ケツァルコアトルと人身供犠」松村（編）同上書：250-251 の 2 編を 9.1. に，

・「インカの神々：アンデスを翔ける英雄神ヴィラコチャ」松村（編）同上書：252-253 を 9.3. に利用。

第十章

・「アフリカの神々：王国を守護する聖王とトリックスター」松村（編）同上書：256-257 を 10.2. に利用。

第十一章

・山田仁史ほか「東南アジアの神話」篠田知和基／丸山顯德（編）『世界神話伝説大事典』：304-330. 勉誠出版，2016 年のうち筆者執筆の概説部分（304-309 頁）を大幅に利用。

終章

・「神話と私たち」（科学の泉）全 6 回，『河北新報』2013 年 6 月 11 日—16 日連載および

・「なぜ，神話は滅びないのか？」（仙台放送ニュースアプリ「東北大学コラム」2015 年配信）を組入れた。

另外再提一点私事。在完成本书写作的此刻，我不由地想到，我所受到父母的巨大影响。父母经营着一家唱片店，我从小就在古典音乐的环绕中长大，觉得熟悉又亲切。之后我在些许无意识的反抗下，选择学习民族学，主要调查研究曾经的无文字社会。如果读者细心的话，就可以看到本书对欧洲思想史中人们对异文化，特别是对神话的看法进行的探索。其结果就是，我以自己头脑中形成的西洋文化史为坐标轴，结合民族学与神话学的形式来写成本书。在这个过程中，我还读绘本给妻子和孩子听，这也是

一个很好的经历，我不知从中获得了多少发现！

  本书有些地方的语气是叙述体，这是由于这些部分是基于我的讲课笔记而写的。在此向对神话表现出兴趣的各位同学，及为我提供良好的环境与激励的同事老师们表示感谢。最后，我还要感谢允许我转载译文的各位版权拥有者，以及提出本书规划、认真阅读原稿并不断给出中肯意见的朝仓书店编辑部。

山田仁史

2017 年 2 月

人名索引

阿波罗多洛斯（Apollodõros，公元前2世纪）40、42、269

阿道夫·巴斯蒂安（Adolf Bastian，1826—1905）156、162、172

阿德里安·雷西诺斯（Adrián Recinos，1886—1962）201

阿德里亚恩·德·巴克（Adriaan de Buck，1892—1959）130

阿尔贝图斯·克里斯蒂安·克鲁特（Albertus Christiaan Kruyt，1869—1949）245、248

阿尔弗雷德·李埃达（Alfred Liétard，1872—1912）245

阿克·胡尔特克兰茨（Åke Hultkrantz，1920—2006）46

埃伯哈德·那索尔（Eberhard Nestle，1851—1913）26

埃尔南·科尔特斯（Hernán Cortés，1485—1547）198

埃利亚斯·伦洛特（Elias Lönnrot，1802—1884）100、226、227、228、230、232、290

爱德华·伯内特·泰勒（Edward Burnett Tylor，1832—1917）161、172

爱德华·塞勒（Eduard Seler，1849—1922）201

爱德华·斯图肯（Eduard Stucken，1865—1936）174

爱德华·辛克斯（Edward Hincks，1792—1866）141

安德烈·德·奥尔莫斯（Andrés de Olmos，1485—1571）198

安德烈·泰韦（André Thevet，1504？—92？）63

安德鲁·兰(Andrew Lang，1844—1912）174

奥古斯特·博尼法塞（Auguste Bonifacy，1856—1931）254

奥古斯特·威廉·施勒格尔（August Willhelm Schlegel，1767—1845）123、124

奥托·格鲁佩（Otto Gruppe，1851—1921）51

奥托·门兴-黑尔芬（Otto Mänchen-Helfen, 1894—1969）269

奥维德（Publius Ovidius Naso，前43—17左右）40、45、46、50、269

巴泽尔·贺尔·张伯伦（Basil Hall Chamberlain, 1827—1893）173、174、180

保罗·埃伦赖希（Paul Ehrenreich, 1855—1914）205、206

保罗·埃米利奥·博塔（Paul-Emile Botta, 1802—1870）140

保罗·豪普特（Paul Haupt, 1858—1926）141

保罗·亨利·马利（Paul Henri Mallet, 1730—1807）87

保罗·勒·朱恩（Paul Le Jeune, 1591—1664）66

贝纳迪诺·德·萨阿贡（Fray Bernardino de Sahagún, 1499—1590）200、203

本居宣长（1730—1801）169

彼得·德·马雷斯（Pieter de Marees，生卒年不详）231

伯纳德·勒博维尔·德·丰特奈尔（Bernard Le Bovier de Fontenelle, 1657—1757）70、71

查尔斯·德·布罗塞（Charles de Brosses, 1709—1777）214、215、231

查尔斯·威尔金斯（Charles Wilkins, 1749/1750—1836）123

查尔斯·艾蒂安·布拉萨·德·布尔格（Charles Étienne Brasseur de Bourbourg, 1814—1874）200

大卫·奥古斯特·布劳恩斯（David August Brauns, 1827—1893）172、173、174

戴维·利文斯通（David Livingstone, 1813—1873）216、232

德川光圀（1628—1700）172

邓明德（Paul Vial, 1855—1917）245

恩格尔伯特·坎普尔（Engelbert Kaempfer, 1651—1716）171

菲利普·弗朗兹·西博尔德（Philip Franz Siebold, 1796—1866）171、172

斐迪南·麦哲伦（Ferdinand Magellan, 1470年左右—1521）148

弗朗索瓦·玛丽·萨维纳（Francois-Marie Savina, 1876—1941）245

弗朗西斯科·皮萨罗（Francisco Pizarro, 1478—1541）201

弗朗西斯科·希门尼斯（Francisco Ximenez, 1666—1729左右）200

弗朗兹·葆朴（Franz Bopp，1791—1867）123

弗朗兹·博厄斯（Franz Boas，1858—1942）205

弗雷德里希·麦克斯·缪勒（Friedrich Max Muller，1823—1900）49、51、117、118、124、162、217、232

弗里德里希·莱因霍尔德·克罗伊茨瓦尔德（Friedrich Reinhold Kreutzwald，1803—1882）228、232

弗里德里希·施勒格尔（Friedrich Schlegel，1772—1829）123

盖厄斯·普林尼·塞昆德斯（Gaius Plinius Secundus，23左右—79）61

盖乌斯·尤利乌斯·希吉努斯（Gaius Julius Hyginus，前64—17左右）40

高楠顺次郎（1866—1945）118

戈登·兰道夫·威利（Gordon Randolph Willey，1913—2002）201、204

葛兰言（Marcel Granet，1884—1940）269、275

海因里希·海涅（Heinrich Heine，1797—1856）100

海因里希·朱利叶斯·克拉普罗特（Heinrich Julius Klaproth，1783—1835）171、172

汉斯·斯塔登（Hans Staden，1525左右—1579左右）62、64、65

何可思（Eduard Erkes，1891—1958）269

何塞·黎刹（José Rizal，1861—1896）257

荷马（Homēros，公元前8世纪）35、69

赫尔曼·特林伯恩（Hermann Trimborn，1901—1986）204

赫西俄德（Hesiodos，公元前8世纪）35、40、43

亨利·卡拉维（Henry Callaway，1817—1890）217、232

亨利·克雷斯维克·罗林森（Henry Creswicke Rawlinson，1810—1895）141

亨利·斯库尔克拉夫特（Henry Rowe Schoolcraft，1793—1864）205

亨利·沃兹沃斯·朗费罗（Henry Wadsworth Longfellow，1807—1882）205

胡安·迪兹·德·贝坦索斯（Juan Diez de Betanzos，1510年左右—1576）204

加斯顿·马伯乐（Gaston Maspero，1846—1916）141

加斯帕尔·维莱拉（Gaspar Vilela，1524—1572）170

江口一久（1942—2008）220

蒋观云（1866—1929）269

姐崎正治（1873—1949）118

金富轼（1075—1151）277

金田一京助（1882—1971）181

卡尔·弗洛伦茨（Karl Florenz，1865—1939）173

卡尔·亨策（Carl Hentze，1883—1975）269

卡尔·陶贝（Karl Taube，1957—　）201

凯仁伊（Karl Kerenyi，1896—1973）47

康拉德·西奥多·普罗伊斯（Konrad Theodor Preuss，1869—1938）205

科尔涅利乌斯·塔西佗（Cornelius Tacitus，56左右—120左右）81、92

库尔特·塞特（Kurt Sethe，1869—1934）130、131

理查德·瓦格纳（Richard Wagner，1813—1883）10、95、100

利奥·弗罗贝纽斯（Leo Frobenius，1873—1938）172、174

林鹅峰（1618—1680）171、172

柳田国男（1875—1962）177

鲁道夫·基特尔（Rudolf Kittel，1853—1929）25

鲁迅（1881—1936）270

露西·C. 劳埃德（Lucy C. Lloyd，1834—1914）232

罗伯特·亨利·科德林顿（Robert Henry Codrington，1830—1922）149、151、159、162

马伯乐（Henri Maspero，1883—1945）269

马场辰猪（1850—1888）172

马蒂亚斯·亚历山大·卡斯特伦（Matthias Alexander Castrén，1813—1852）230、232

马丁·路德（Martin Luther，1483—1546）21、24

马克斯·乌勒（Max Uhle，1856—1944）204

马克西米利安·祖·维特（Maximilian Prinz zu Wied，1782—1867）205

马莎·贝克威斯（Martha Beckwith，1871—1959）156

马修·阿诺德（Matthew Arnold，1822—1888）87

迈克尔·道格拉斯·科尔（Michael D. Coe，1929—2019）201

美马顺三（1795—1825）171

蒙特苏马（Montezuma，1466—1520）198

米维礼（Friedrich W.K. Müller，1863—1930）174

米歇尔·德·蒙田（Michel de Montaigne，1533—1592）63

莫里茨·温特尼茨（Moriz Winternitz，1863—1937）118

拿破仑·波拿巴（Napoléon Bonaparte，1769—1821）89、91、94、129、140、228

南条文雄（1849—1927）118

尼古拉·涅夫斯基（Nikolai Nevsky，1892—1937）177

欧赫美尔（Euhemeros，前300左右）50

欧内斯特·梅森·萨道义爵士（Ernest Mason Satow，1843—1929）173

佩德罗·萨米恩托·德·甘博亚（Pedro Sarmiento de Gamboa，1532—1592）203

佩德罗·西埃萨·德莱昂（Pedro Cieza de Leon，1518年左右—1554）204

普鲁塔克（Plutarchus，46—126左右）132

乔万尼·薄伽丘（Giovanni Boccaccio，1313—1375）51

乔治·格兰（Georg Gerland，1833—1919）162

乔治·格雷（George Grey，1812—1898）152、161、216

乔治·史密斯（George Smith，1840—1876）136

乔治·亚历山大·威尔肯（George Alexander Wilken，1847—1891）245

乔治-亨利·勒梅特（George-Henri Lemaître，1894—1966）287

泉靖一（1915—1970）204

让·德·莱瑞（Jean de Léry，1534—1613）63

让·弗朗索瓦·商博良（Jean-Francois Champollion，1790—1832）129、140

桑德罗·波提切利（Sandro Botticelli，1444—1510）44

斯诺里·斯图鲁松（Snorri Sturluson，1178—1241）82

孙晋泰（1900—?）270

特奥多尔·本费（Theodor Benfey，1809—1881）124

提图斯·李维·帕塔维努斯（Titus Livius Patavinus，前59—17）37

托尔·海尔达尔（Thor Heyerdahl，1914—2002）148

托马斯·布尔芬奇（Thomas Bulfinch，1796—1867）51、87

托马斯·克罗夫顿·克罗克（Thomas Crofton Croker，1798—1854）94、99

托马斯·威廉·里斯·戴维斯（Thomas William Rhys Davids，1843—1922）118

托马斯·杨（Thomas Young，1773—1829）129

威廉·埃利斯（William Ellis，1794—1872）151、161

威廉·巴斯科姆（William Bascom，1912—1981）11

威廉·博斯曼（Willem Bosman，1672—？）231

威廉·布莱克（Wilhelm Bleek，1827—1875）216、217、232

威廉·格林（Wilhelm Grimm，1786—1859）92

威廉·怀亚特·吉尔（William Wyatt Gill，1828—1896）162

威廉·罗伯逊·史密斯（William Robertson Smith，1846—1894）24

威廉·乔治·阿斯顿（William George Aston，1841—1911）173

威廉·琼斯（William Jones，1746—1794）116、123

维吉尔（Publius Vergilius Maro，前70—前19）47

吴茂一（1897—1977）48

西奥多·科赫·格伦伯格（Theodor Koch-Grünberg，1872—1924）205

西奥多·魏茨（Theodor Waitz，1821—1864）162

夏洛特·格斯特夫人（Lady Charlotte Guest，1812—1895）96、100

雅各布·格林（Jacob Grimm，1785—1863）92

亚伯拉罕·海琴特亚伯兰·安克特·杜伯龙（Abraham Hyacinthe Anquetil-Duperron，1731—1805）110、111、123

亚历山大·尼古拉耶维奇·阿法纳西耶夫（Aleksandr Nikolajewitsch Afanassjew，1826—1871）226、232

亚历山大·西博尔德（Alexander Siebold，1846—1911）173

一然（1206—1289）277

伊波普猷（1876—1947）177

伊曼纽尔·德·鲁格（Emmanuel de Rougé，1811—1872）140

伊萨尔·雅各布·施密特（Isaac Jacob Schmidt，1779—1847）217、231

伊萨克·蒂钦（Isaac Titsingh，1745—1812）171

伊维特·伊斯布兰德·伊德斯（Evert Ysbrant Ides，1657—1708）224、231

依西多禄（Isidorus，560年左右—636）50、61

尤里乌斯·威尔豪森（Julius Wellhausen、1844—1918）24

约翰·巴彻勒（John Batchelor，1854—1944）180

约翰·弗朗西斯·坎贝尔（John Francis Campbell，1822—1885）94、100

约翰·戈特弗里德·冯·赫尔德（Johann Gottfried von Herder，1744—1803）90、92

约翰·卡尔·博德默（Johann Karl Bodmer，1809—1893）205

约翰·朗（John Long，1768—1791）204

约翰·曼德维尔（John Mandeville，生卒年不详）61

约翰内斯·瓦尔内克（Johannes Warneck，1867—1944）245

约翰内斯·谢弗鲁斯（Johannes Schefferus，1721—1779）231

约瑟夫－弗朗索瓦·拉菲托（Joseph-François Lafitau，1670—1740）67、68、69、70、71

詹姆斯·库克（James Cook，1728—1779）148、161

詹姆斯·洛布（James Loeb，1867—1933）52

詹姆斯·麦克弗森（James Macpherson，1736—1796）88、90

詹姆斯·乔治·弗雷泽（James George Frazer，1856—1941）43

哲罗姆（Hieronymus，340左右—420）24

知里幸惠（1903—1922）181

钟敬文（1903—2002）270

周作人（1885—1967）270

朱尔斯·欧佩尔特（Jules Oppert，1825—1905）141

译后记

我第一次读到山田仁史教授的文字，是他关于大林太良先生的一篇评述——《大林太良与日本神话学》〔王立雪译，《长江大学学报（社会科学版）》2011年第9期〕，那时候我是云南大学民俗学专业的硕士研究生。云南大学的李子贤教授是蜚声中外的神话学家，我在李先生以及秦臻、黄泽老师的引导下，走上了神话学研究的道路。在李先生口中，我时常听到他与大林太良、伊藤清司等诸多日本学人交往的往事，当然也包括大林先生的得意门生山田仁史。

后来，我在北京师范大学跟随杨利慧教授攻读民间文学博士学位，没想到杨老师与山田仁史也有密切的学术交往。和我在云南大学求学时讲授神话学的老师们一样，杨老师也向学生们隆重推荐大林太良的那本小册子《神话学入门》（林相泰、贾福水译，中国民间文艺出版社1988年版）。从大林太良、山田仁史师徒这里，我开始越来越多地汲取日本神话学的养分。杨利慧老师时常对我讲，在当代世界神话研究的格局中，山田仁史是日本神话研究新世代的翘楚。但遗憾的是，山田先生的著述只有几篇论文被译介到中国。

时光荏苒，2019年我在结束中国社会科学院民族文学研究所的博士后研究工作后，回到母校云南大学任教。在李子贤先生的张罗下，2019年底我们成立了神话研究所。那时，恰逢日本神话学者、王孝廉先生的高足金绳初美在昆明访学，我邀请她和师生们举行了一场座谈。金绳初美提到了山田仁史的一些研究。我特地到互联网检索了山田先生的著作，于是就被这本《新神话学入门》吸引住了。我一眼就看出了山田先生的用意——向老师大林致敬。

我想，大林先生的《神话学入门》如此经典，致敬之作定是一部高水准的著作。如果能将其译介给中国学界，那真是三代人学术交往的一段佳话。2020年初，李子贤先生嘱咐高健师兄和我与山田仁史取得联系，聘他做云南大学神话研究所的研究员。高健师兄给他发了电子邮件，可等了很久未有回音。我们以为是中文邮件表达不清楚（山田先生能阅读中文），于是请云南大学国际合作与交流处的王靖宇老师写了日语邮件。又过了许久，他回信了，他非常愿意担任研究员。

正是这次联络，让我萌生了翻译《新神话学入门》的念头。我的日语水平很初级，但王靖宇正是非常合适的译者。靖宇系四川外国语大学日语专业本硕科班，又在日本学习工作过不短的时日，他硕士阶段研究的是日本宗教民俗（与山田背景接近），那时我也有幸参与过他的论文撰写。靖宇此前已经翻译出版了若干日人著述，译笔准确通畅，我便与靖宇商议合作翻译事宜。我们一拍即合，由他主译，我来进行学术把关和译校。于是我们又发邮件和山田先生联系，奇怪的是，也是等了很久才得到回信。他很高兴自己的著作能奉献给中国学界，他和日方出版社联系了授权。后来我们才知道，其实那时他已经住院治疗了，身体状况不太好。

得到了授权，我便与学苑出版社的陈佳老师取得联系。学苑出版社非常支持这项翻译工作，迅速与日方对接版权事宜。与此同时，靖宇也开始翻译。我们原先估计应该会很快翻译完，因为

《新神话学入门》是本小册子。可是，随着翻译的开展，我和靖宇都发现这本小册子非常不简单。该书虽然言简意赅，但是涉及全世界十几种语言的材料，又以思想史为基底，学术细节非常多，这对翻译来说是极大的挑战，大大超出了我们的预期。于是翻译的过程，变成了我和靖宇共同学习的过程，英文和古汉语部分我尚可翻译，而其他诸如西班牙文、希腊文、德文，我只好求教方家，一点点领会。在此要特别感谢张青仁博士的帮助，他提供的多语种地名人名翻译规则表，解决了大问题。

原本我们想尽快出版，为新成立的神话研究所献礼，可是翻译难度陡增大大延迟了计划。无比遗憾的是，2020年7月13日李子贤先生驾鹤西去！继续推进翻译也许是对先生最好的告慰，我们也和陈佳老师共同推进诸事。可是，2021年1月噩耗传来，山田仁史先生也因病辞世！他的早逝让我们久久无法平静。虽然我与山田先生未曾谋面，可也算神交久矣，之前他在病中仍然勉力回复我们的几次"打扰"邮件，可见他对新一代中日学人交往的重视。

2020—2021年，对全世界来说是灾难的至暗时刻，对国际神话学界来说更是接连损失大将。在这种压抑的氛围中，我和靖宇更不敢轻慢译稿，我们翻阅了大量资料，涉及法国文艺复兴、墨西哥印第安古代史、基督教思想史、殖民与后殖民主义、德国浪漫主义、日本《古事记》、芬兰《卡勒瓦拉》、中国的《酉阳杂俎》、巴西民间文学、东南亚近代史……每翻阅一种陌生的资料，我对山田仁史先生的敬佩就加一层。他的博学、严谨、文笔雅达、独立科学精神给我们留下深刻印象。他对民俗学、民间文学也非常熟悉，用语非常内行，这也给我的校译提供了一些便利。

学术翻译是一件费力不讨好的活计，达意精准与语言雅达极难做到。我们自知讹误在所难免，但这桩译事也是为了给前贤一个交代。感谢学苑出版社陈佳老师耐心专业的编辑支持,感谢云南大学黄泽、王卫东、秦臻、高健老师的鼎力支持,感谢云南大学中国语言文学一流学科建设经费的支持。衷心期望方家指出瑕疵,文责在我;期待同侪读之论之,功德在后。

张多
2022年秋于昆明